MIMI HEEGER

# TO ME AND YOU

GRACE & ADAM



IMPRESS

**Mimi Heeger** wurde 1983 in Kreuztal geboren und wohnt mit ihrem Mann, ihren zwei Söhnen und einem kleinen Hund im Siegerland. Die zweite Welt, in der sie lebt, ist die der Bücher. Tag und Nacht taucht sie mit Figuren aus den verschiedensten Genres in deren Geschichten ein. Das eigene Schreiben von Romanen ist schon seit Kindheitstagen ein Wunsch, der schnell zur Leidenschaft und schließlich zum großen Traum wurde.

*Für meine Kinder!*
*Möget ihr auf der spannenden Reise des Lebens nie den Weg zurück zu euren Wurzeln verlieren.*
*Ich liebe euch!*

# Prolog

Oft liege ich wach und frage mich, wer ich bin.

Was genau macht uns zu dem Menschen, der wir sind? Ist schon von Geburt an klar, wer wir einmal sein sollen, oder werden wir erst gezwungen in eine bestimmte Form zu passen? Ist unser Weg klar, noch ehe wir den ersten Schritt getan haben, oder entscheiden wir mit jedem einzelnen, wohin die Reise des Lebens uns führt?

Ist es Erziehung, die uns die Richtung unserer Entwicklung vorgibt? Die nette Erzieherin, die einen jahrelang begleitet und die schönsten Einhörner malen kann? Oder die Lehrerin, die einen quält, bis auch der letzte Buchstabe in fließenden Bögen gelingt? Welchen Einfluss haben Ballettstunden, Fußballtraining und der erste Kuss? Wenn wir es nicht selbst in der Hand haben, wer ist es dann, der uns formt? Unsere Eltern? Die Gesellschaft?

Oder ist all das vollkommener Blödsinn? Können wir sein, wer wir sein wollen? Müssen wir in keine Form passen? Ist es vollkommen egal, wer oder was uns beeinflusst, weil all das schon von Anbeginn klar ist? Aber woher weiß ich dann, wer ich bin?

Oft liege ich wach und frage mich, wer ich bin. Und ich habe Angst, mich niemals gut genug zu kennen, um mir eine Antwort geben zu können.

# Kapitel 1

»Hier.«

Ich zucke leicht zusammen, als ich Adams Stimme höre und seine Gestalt einen Schatten über mich legt. Die Sonne verschwindet einfach hinter der blauen Sweatjacke, die er trägt, und blendet mich nicht länger, als ich mich ihm zuwende.

»Danke«, murmele ich und nehme ihm einen der Kaffeebecher ab. Ehrlich gesagt ist mir nicht mal aufgefallen, dass er gegangen ist, um welchen zu holen.

Außer einem knappen Nicken zeigt er keinerlei Reaktion und lehnt sich stattdessen mit den Ellbogen auf die Reling. Gedankenverloren schaut er hinunter in das schäumende Meer, während ich beobachte, wie er den Styroporbecher zwischen seinen schmalen Fingern hin und her dreht. Sie hinterlassen graue Spuren auf dem weißen Material des Bechers. Mein Blick wandert automatisch zu dem Bleistift, der hinter seinem Ohr klemmt. Ich habe ihn selten ohne gesehen.

Der Wind und die Wellen verschlucken die Geräusche der anderen Passagiere um uns herum. Ich sehe mich um und beobachte eine Mutter, die sich offensichtlich mit ihren Söhnen über den Berg Süßigkeiten streitet, der vor ihnen ausgebreitet ist. Und ein Liebespaar, das seit Stunden damit beschäftigt ist, das perfekte Selfie von sich zu schießen. All diese Menschen bewegen sich vor meinem Auge und dennoch wirken sie nicht real. Stille Schauspieler in meinem persönlichen Stummfilm.

»Immer noch knapp drei Stunden Fahrt. Willst du wirklich die ganze Zeit hier draußen stehen?« Adam ist der Einzige, der meine persönliche Stille durchbricht.

»Ja«, antworte ich knapp und stütze mich ebenfalls gegen die Reling. Ich liebe es, auf einer Fähre zu sein. Den Hafen zu beobachten, wenn er immer kleiner wird, und darauf zu warten, dass auf der anderen Seite des Schiffes neues Ufer auftaucht.

»Hm«, brummt Adam, verzieht seine vollen Lippen und sieht zurück aufs Wasser. Ich folge seinem Blick und denke zum hundertsten Mal darüber nach, warum ausgerechnet er hier bei mir ist. Die Antwort ist: Ich habe nicht die geringste Ahnung. Na ja. Eigentlich schon. Schließlich war meine Mum diejenige, die der Meinung war, die Niederlanden seien zu gefährlich für ein junges Ding wie mich. Und nein, ich bin keineswegs sechszehn. Sondern zwanzig. Offiziell volljährig. Immerhin nur drei Jahre jünger als sie bei meiner Geburt. Doch das zählt offensichtlich nicht. »Andere Zeiten, andere Menschen, Sam!«, sagt sie ständig zu meinem Dad, der, was Regeln und Grenzen angeht, wesentlich lockerer unterwegs ist.

Wie nun Adam, der Adoptivsohn meiner Patentante, das große Los gezogen hat, mein Wachhund zu werden, kann ich tatsächlich nicht mehr genau sagen. Es hat was mit seinem Studium zu tun. Tante Emily, die biologisch gesehen gar nicht meine Tante ist, meinte, es könne seinen Horizont erweitern oder so ähnlich. Alles ging relativ schnell, eins kam zum anderen und ehe ich michs versah, stand fest, dass ich auf der ersten Reise, die ich zu mir selbst machen wollte, einen Begleiter haben würde. Damit war mein Chaos perfekt. Oder vielmehr ist es perfekt. Schließlich stehen wir hier. Schulter an Schulter. Mit jeder Minute weiter von der Heimat entfernt.

Im Seitenprofil betrachte ich Adam, der für seine dreiundzwanzig Jahre verdammt groß ist. Er überragt sogar meinen Dad.

Die Sonne malt Schatten auf sein Gesicht, aber ich weiß auch ohne die Einzelheiten zu erkennen, dass seine Augen blau sind. Ungewöhnlich blau für seinen dunklen Teint.

»Was ist?« Ich habe nicht mal gemerkt, wie ich ihn angestarrt habe, bis er ungeniert zurückstarrt und ich ertappt wegsehe. Die Lippen peinlich berührt zwischen die Zähne gezogen. Es ist ja nicht so, dass ich Adam nicht mag. Trotzdem ein komisches Gefühl, das hier mit ihm zu machen. Er ist ... ich weiß nicht ... so was wie mein Cousin vielleicht? Wenn auch nicht genetisch betrachtet. Er ist halt da. Er ist einfach ... Adam. Wir haben unsere Kindheit miteinander verbracht und doch steht in diesem Augenblick ein Fremder neben mir.

»Kriegst du eigentlich einen Sonnenbrand?«, frage ich wie immer das Erste, was mir in den Sinn kommt, als mich die Sonne über seinen geneigten Kopf hinweg blendet. Sie hat für Ende Mai enorme Kraft. Allerdings weht der Wind so kräftig, dass ich dennoch fröstele. Das schulterfreie Kleid war nicht die beste Wahl für die Schifffahrt. Gut, dass meine Mum nicht hier ist, um auf ihrem Recht zu beharren. Mal wieder.

»Dein Ernst?«

»Absolut«, zucke ich mit den Schultern und schirme mit einer Hand die Helligkeit ab, um seinen Blick zu erwidern.

»Wir sind jetzt bereits dreieinhalb Stunden auf dieser Fähre. Zu einer Reise, von der ich immer noch nicht sicher bin, was ich von ihr halten soll, und der erste vollständige Satz, den du zu mir sagst, ist eine rassistisch angehauchte Frage über meine Hautfarbe?«

Er schüttelt den Kopf und wendet sich wieder dem Wasser zu.

Ich nehme mir einen Augenblick Zeit, seine Frage zu überdenken. Dabei beobachte ich, wie die Sonne durch die kleinen Löckchen auf seinem Kopf schimmert.

»Ja«, antworte ich schließlich. »Es interessiert mich. Und das ist keinesfalls rassistisch gewesen, sondern nur eine Frage. Ich meine, werden schwarze Menschen generell noch schwärzer, wenn sie in die Sonne gehen? Weil du ja von Prinzip schon dunkler bist. Ich zum Beispiel sehe nach zu vielen UV-Strahlen aus wie ein Krebs und meist bilden sich anschließend eklige Blasen und meine Haut schält sich dann wie bei einer Schlange und ...«

»Nein«, unterbricht mich Adam. Seine Stimme ist so barsch, dass ich innerlich zusammenzucke. Im Augenwinkel bemerke ich obendrein, wie der Mann, der schon seit unserer Abfahrt in Harwich Harbour versucht mit mir Blickkontakt aufzunehmen, sich aufrichtet. »Nein«, wiederholt Adam etwas sanfter, »ich kriege keinen Sonnenbrand. Ja, wenn ich lange in der Sonne bin, wird meine Haut ein paar Nuancen dunkler, aber nicht rot.«

Einen Moment sehen wir uns noch in die Augen, ehe wir beide uns wieder Richtung Wasser wenden.

»Hm«, murmele ich, »Danke. Das ist ... interessant.«

Und dann schweigen wir. Das tun wir schließlich schon unser gesamtes Leben. Egal wie oft wir auch miteinander über Belangloses reden. Im Grunde genommen schweigen wir uns meistens an. Keine Ahnung, warum das so ist. Manchmal habe ich das Gefühl, je älter wir werden, desto eigenartiger wird die Stimmung zwischen uns.

So sehr ich mich auch bemühe zurück zu meiner selbstfinderischen Ruhe zu finden, ich schaffe es einfach nicht. Das stetige Kopfschütteln nebenan lenkt mich ab und mein Gehirn zwingt mich immer wieder Adam anzublicken, der dicht neben mir die Lippen fest aufeinanderpresst und so tief durch die Nase schnaubt, dass er die Nordseegeräusche übertönt. Wahrscheinlich hat er keine Lust, mit mir zu verreisen, und kann sich tausend andere Dinge vorstellen, die er in diesem Moment lieber tun würde. Meine bescheuerten Fragen machen es wahrscheinlich nicht besser.

Ich hole Luft, öffne den Mund, um etwas zu sagen. Im gleichen Moment wendet er sich mir zu und auch seine Lippen öffnen sich. Er wartet. Lässt mir den Vortritt. Ich bleibe still. Klappe die Kiefer wieder aufeinander und beiße mir innerlich beinahe die Zunge ab. Warum musste er auch mitkommen? Arrgh ...

»Ich gehe ein wenig in die Lounge«, brummt er und wirft seinen anscheinend leeren Becher mit einem gekonnten Wurf in den Mülleimer, der an einem der Metallpfosten befestigt ist.

Weil ich nicht weiß, was ich sagen soll, oder vielmehr sagen sollte, nicke ich nur.

Ich hasse die Lounge. Mein Onkel Scott wollte uns einen Gefallen tun und hat unseren Tickets ein Upgrade verpasst. Die VIP-Lounges auf den Fähren sind objektiv betrachtet ja vielleicht ganz nett. Schicke Möbel, bequeme Liegesessel und das Personal reicht diese leckeren kleinen Kuchen. Die, die alle aussehen wie kleine Kunstwerke. Mit Pistazien und Marzipan verziert. Mit meinen Eltern habe ich schon ein paar Fährfahrten in einem solchen VIP-Bereich verbracht. Doch so schön das auch alles klingen mag. Das nervt. Die Leute dort sind so mega anstrengend. Ich habe keine Ahnung warum, aber jenseits der Glasscheibe, durch die man nur mit einem Code kommt, flüstern alle. Ich kapiere so einen Irrsinn einfach nicht. Warum sprechen die reichen Leute nicht genauso laut wie die mit normalen Tickets? Die Fish and Chips im unteren Deck bestellt doch auch keiner im Flüsterton. Und dann die Sessel. Ja, sie sind ultrabequem und so. Aber sobald man sich einmal zu viel auf dem quietschenden Leder bewegt, werfen die anderen Leute einem böse Blicke zu. Von wegen Ruhebereich. Ich mein, wer findet schon beim ersten Anlauf die perfekte Position, um es sich gemütlich zu machen? Mir ist die Atmosphäre einfach zu kleinkariert. Außerdem würde ich so verpassen, wie die Mutter immer noch beinahe geräuschlos ihre Kinder anschreit und das Selfie-Paar mittlerweile so wild knutscht, dass es schon peinlich ist.

Außerdem brauche ich den Wind um die Nase. Den visuellen Abschied von England. Ich muss sehen, wie ich meine Heimat hinter mir lasse. Wenn auch nur für ein paar Wochen.

Leider hat die Landesgrenze den Kloß in meinem Hals bisher noch nicht verschwinden lassen. Und langsam schwindet die Hoffnung, dass mir die Lüge, die mich seit Wochen quält, nicht mehr länger die Luft zum Atmen nimmt, wenn wir erst in Rotterdam sind. Wie bei so vielen meiner Pläne ist auch dieser offensichtlich nicht aufgegangen. Ich fühle mich fürchterlich. Wirklich, wirklich hundsmiserabel fürchterlich. Und Adam dabei zuzusehen, wie er in der Lounge das hundertste Bild von den Wellen zeichnet, wird daran auch nichts ändern.

»Geht's Ihnen gut?«

Der Kerl, der schon seit drei Stunden neben mir lungert. Mit dem Fernglas und einer viel zu großen Regenjacke. Offenbar hat mein kurzer Schlagabtausch mit Adam ihm die letzte Zurückhaltung genommen, mich endlich anzusprechen.

»Um ehrlich zu sein, nein«, antworte ich. Es gibt keinen Grund, ihn auch noch anzulügen. Soll doch der Typ, der seit drei Stunden konstant neben mir steht und mit seinem Fernglas aufs Meer schaut, wenigstens die Wahrheit erfahren. Vollkommen egal. Ich sehe ihn nie wieder. Er ist nur ein Statist in meiner Tragödie.

Ich lasse mich auf eine der blauen Metallbänke plumpsen, die alle an den Wänden zum Inneren des Schiffs angebracht sind. Von hier aus sind es nur wenige Schritte bis zur Reling, aber der Wind weht nicht mehr ganz so stark.

Der Typ folgt mir und spielt nervös mit den Fingern an der Schnur seines Fernglases herum, nachdem er sich neben mich gesetzt hat.

»Kann ...«, stottert er etwas, »ich was tun?«

Ich muss ihm definitiv Pluspunkte einräumen, weil er versucht nett zu sein. Wahrscheinlich ist er einfach ein netter Mensch und kein so notorischer Lügner wie ich in letzter Zeit.

»Ich weiß nicht«, entgegne ich und nehme einen Schluck von meinem Kaffee. Milchkaffee. Sehr süßer sogar. Genau so, wie ich ihn mag.

»Es ist so ...« Ich wende mich ihm ein Stück zu und winkle ein Bein auf der Bank an. »Ich denke, ich habe einen Fehler gemacht.«

»Oookay«, erwidert er.

»Also, da gibt es diesen Professor in Rotterdam. Er bietet Sommerpraktika für Studenten an, die ab dem Herbst bei ihm studieren.«

»Du studierst in Rotterdam?«, fragt er und seine Miene hellt sich auf. Er hat ein nettes Gesicht, was noch viel attraktiver wäre, wenn die schreckliche Regenjacke nicht so viel Aufmerksamkeit auf sich ziehen würde. Ein ewiges Mysterium der Menschheit. Warum trägt man eine Regenjacke, wenn die Sonne am Himmel steht? Und warum sind alle Regenjacken grundsätzlich zu groß? Fragen, die die Welt beschäftigen, nur hier gerade wirklich nichts zur Sache tun.

»Nein. Das ist ja das Problem. Ich wollte es. Wirklich. Ich denke, Meeresbiologie wäre genau das Richtige für mich gewesen.« Ich räuspere mich und drehe mich noch ein bisschen weiter zu dem Unbekannten. Gerade ist es mir egal, dass ich ihn nicht kenne und es eigentlich auch unangenehm finde, mit einem Fremden über meine Probleme zu philosophieren. Auch die Regenjackensache blende ich aus. Ich muss mit irgendjemandem darüber reden. Und schließlich hat er mich angesprochen. Jetzt muss er auch zuhören. So verlangt es das Frage-Antwort-Gesetz.

»Also, die Sache ist die. In letzter Zeit habe ich ein paar Studiengänge ausprobiert und keiner scheint das Richtige für mich zu sein. Aber Meeresbiologin aus Rotterdam? Das klingt doch cool. Und ich habe am Meer gelebt, bis ich sechzehn gewesen bin. Warum also nicht Meeresbiologie? Das liegt doch irgendwie nahe? Oder findest du nicht?« Ich lasse ihm gar nicht die Chance, mir zu antworten. Das muss jetzt einfach aus mir raus und Adam kann ich mein Dilemma auf keinen Fall enthüllen. »O Mann. Und jetzt ist Adam da«, lasse ich meinen Gedanken freien Lauf. »Halleluja. Ich habe keinen Schimmer, wie ich erklären soll, dass ich in Rotterdam kein Praktikum mache.«

»Aber du ...«, versucht er sein Glück, aber der Arme kennt leider meinen Drang zu reden noch nicht. Wenn ich erst mal angefangen habe, gibt es kein Halten mehr.

»Meine Eltern, Adam und alle, die ich kenne, denken doch immer noch, dass dieser Professor Hagedorn mir den Praktikumsplatz an der Sturmflutwehr zugesagt hat. Was er dummerweise nur leider nicht getan hat. Na ja, seine Absage klang wirklich irgendwie ... gemein, so nach dem Motto ›schlechte Referenzen‹ ... bla, bla ... Du kennst das sicher.« Ich nippe noch mal kurz an meinem Kaffee und blicke zurück in den strahlend blauen Himmel. »Ich konnte ihnen das einfach nicht sagen. Sie haben sich so für mich gefreut. Ich habe mich geschämt und wenn man erst mal mit der Lügerei begonnen hat ... Und dann haben sie Adam angeheuert, um mich zu begleiten. Weil er schon Semesterferien hat und in Rotterdam einiges an Kunst zu sehen bekommt. Er studiert Kunst, weißt du?«

»Dein Freund.«

»Nein. Doch nicht mein Freund. Adam. Mein ... Adam halt.« Ich versuche gar nicht erst ein genervtes Stöhnen zu unterdrücken. »Jedenfalls denken alle, einschließlich Adam«, ich nicke mit meinem Kopf zu der schweren Metalltür, hinter der er verschwunden ist, »dass ich am Montag mit meinem Praktikum und im Herbst mit meinem Studium beginne.«

»Was du aber nicht tust.«

»Ne, natürlich nicht. Also, eher nicht. Ich meine, wer weiß schon, was im Herbst ist. Jetzt gerade habe ich keine Ahnung, was ich machen will. Immerhin müsste ich theoretisch Montagfrüh bei Hagedorn antreten. Was ich allerdings nicht kann, weil er mich nicht will, und es wird Zeit, dass mir was einfällt, weil ich schon seit vier Wochen Bauchschmerzen habe, weil Lügen einfach wehtut. Kennst du das, wenn sich ein Schmerz hier so richtig festsetzt?« Ich lege meine freie Hand auf besagte Stelle. Wir verfolgen beide meine Bewegung und sehen auf meinen Bauch, ehe sich unsere Blicke treffen. Er hat freundliche Augen. »Und da sitzt er jetzt.«

»Wer?«

»Na, der Schmerz«, knurre ich. »Weil ich meine Eltern nie belüge. Vor allem meinen Dad. Ich bin seine Prinzessin. Ich erzähle ihm alles. Okay, dass ich mit Mitchell in seinem Auto rumgemacht habe, weiß er nicht und auch die Sache mit Jackson und der heimlichen Übernachtung konnte ich ihm nicht sagen, aber eigentlich bin ich so nicht. Und jetzt sind es noch drei Stunden bis Rotterdam und ich habe keinen Schimmer, was genau ich da eigentlich machen soll. Und da wäre noch dieses winzig kleine Problem, dass Adam merken wird, dass etwas nicht stimmt. Er wird dann als Erstes seine Mum anrufen und sie wiederum meine … Und die wird ausflippen. Weil sie eben eine Mum ist. Also, sie hat zum Beispiel das mit Mitchell gewusst, da ist sie cool und so. Aber wenn sie erfährt, dass ich immer noch keine Zukunftsperspektive habe und obendrein …«

»Äh …« Mein unbekannter Freund räuspert sich. »Also«, er macht Anstalten aufzustehen, »ich will dich ungern unterbrechen … aber ich muss …« Er gibt sich nicht mal Mühe, seine Ausrede gekonnt zu verpacken.

»Mach dir keine Mühe.« Ich deute mit dem Kopf an, dass er verschwinden soll. Etwas, was man ihm nicht zweimal sagen muss. Das Wort »vergraulen« bekommt im Duden gerade einen Link zu meinem Facebook-Profil.

Ein tiefes, frustriertes Knurren löst sich aus meiner Kehle. Was soll's. Ich bin für die anderen genauso ein Stummfilm-Statist. Und es mühevoll runterzuschlucken kann meinen Frust auch nicht mildern. Das hier ist alles eine riesengroße Katastrophe. Ich hätte niemals auf dieses Schiff steigen dürfen. Ich hätte einfach die Wahrheit sagen müssen.

London bietet ungefähr eine Million Möglichkeiten für junge Menschen. Da wird doch eine einzige dabei sein, die zu mir passt. Wie zum Teufel sollen mir ein paar Wochen in einem fremden Land, in einer Stadt, die ich nicht kenne, helfen herauszufinden, was ich will? Das ist doch vollkommen absurd. Erschwerend kommt hinzu, dass alle erfahren werden, dass ich das Praktikum nicht bekommen habe. Wie sollte ich das auch verheimlichen? Ich kann schlecht täglich acht Stunden verschwinden und so tun, als ginge ich arbeiten. Und dann mein Dad. Lieber, armer Dad. Er wird wissen wollen, was ich bei den Sturmtoren lerne. Er liebt das Meer. Und außerdem sind wir so. Wir reden viel. Er merkt, wenn irgendwas nicht stimmt. In den letzten Wochen hat er mich täglich gefragt, was los ist. Ich habe die Nervosität vorgeschoben. Er wird nicht verstehen, warum ich mich ihm nicht anvertraut, sondern stattdessen Hals über Kopf das gottverdammte Land verlassen habe. Die Bombe wird platzen. So oder so. Und Adam und ich werden mittendrin stehen in der Explosion. Nur dass er im Gegensatz zu mir keine Ahnung von dem Pulverfass hat, auf dem wir sitzen. Scheiße. Ich ziehe meine Unterlippe zwischen die Zähne und kralle mich an meinem Kaffee fest, der sicher schon eiskalt geworden ist. Noch drei Stunden, dann sind wir da und checken in unser Hostel ein. Es wird jetzt ganz dringend Zeit für einen Plan.

# Kapitel 2

»Vielleicht hätten wir Scotts Angebot doch annehmen sollen«, seufze ich und lasse meinem Stöhnen freien Lauf. Nur in allerletzter Sekunde halte ich mich selbst davon ab, mich genüsslich nach hinten auf die Matratze fallen zu lassen.

»Wir könnten ...«

»Nein«, unterbreche ich Adam. Ich weiß, was er sagen will. Schon klar, wer einen Millionär als Onkel hat, muss bei dem kleinsten Wunsch nur mit dem Finger schnippen. Und vor allem muss man unter keinen Umständen in einem schäbigen Hostel mitten in Rotterdam übernachten. Wobei es wahrscheinlich nicht mal schäbig ist, sondern einfach nur ein ganz normales Hostel. Die kleinen Fensterchen erlauben den letzten Sonnenstrahlen des Tages Eintritt und der Staub glitzert im Abendlicht.

Adam hebt ergeben die Arme und ich lasse mein Gesicht in meine Hände sinken.

»Wenn es wenigstens nicht so widerlich riechen würde.« Bei jedem tiefen Atemzug nehme ich mir vor erst wieder herzhaft durchzuatmen, sobald wir wieder auf der Straße sind.

»Ob das daran liegt?« Ich lasse meine Hände sinken und schaue mit Adam synchron an die Decke. Im ganzen Zimmer kleben Pumps unter dem weißen Rauputz.

»Wer kommt auf die Idee, Schuhe unter die Decke zu kleben?« Ich lege meinen Kopf ein bisschen weiter zur Seite. »Denkst du, die sind benutzt?«

»Das will ich, glaube ich, gar nicht so genau wissen«, brummt Adam und öffnet eins der Fenster, das Gott sei Dank direkt zwischen unserem und dem Nachbarbett liegt. Es ist verriegelt und lässt sich nur leicht kippen.

Er war von Anfang an dafür, Scotts Angebot anzunehmen, uns ein Hotelzimmer oder ein nettes Appartement zu zahlen. Aber nein. Ich wollte ja unbedingt eine richtige Studentin in den Niederlanden sein. Mit allen Vor- und Nachteilen. Gott, jetzt habe ich zwar die Nachteile, nur leider keinen einzigen Vorteil. Mal ganz abgesehen davon, dass ich nicht mal eine gottverdammte Studentin bin.

»Und du willst sicher unten schlafen?«

Adam steht in seiner ganzen Größe vor mir und wirft seinen riesigen Rucksack auf das Stockbett über mir. Jep, wir schlafen in Etagenbetten. Und zwar nicht irgendwelchen Betten. Sie sind aus goldenem und blauem Metall. Unseres ist golden.

»Ehrlich gesagt habe ich keine Ahnung«, seufze ich und ziehe meinen eigenen Rucksack auf meine eigene Matratze. Ich bin von meiner Mum einiges gewöhnt, was einen ausgeflippten Einrichtungsstil angeht, doch das hier übertrifft alles, was ich je gesehen habe. So stylish und vintage, dass man schon nicht mehr sagen kann, ob das Absicht ist.

»Ich bin gespannt, was uns hier erwartet.« Wir blicken beide in das Zimmer und ich muss schlucken. Die anderen sechs Betten sind zwar leer, aber es ist nicht zu übersehen, dass alle zurzeit belegt sind. Noch mal jep, nicht nur Stockbetten, sondern auch eine Schlafkammer für acht Personen. Geschlechtergemischt, versteht sich. Und der Raum ist alles in allem nicht größer als mein Zimmer zu Hause in London. Mein Highlight allerdings bleiben die Toilette und Gemeinschaftsduschen auf dem Flur. Das Leben als Pseudostudentin ist toll. Ehrlich. Was könnte es schon Schöneres geben? Und ich habe nicht mal Badelatschen dabei. *O nein, Mum, Badelatschen werde ich sicherlich nicht brauchen.* Ha. Scheiße.

»Ich wette ums Abendessen, dass da Männer hausen.«

Ich deute mit dem Kinn auf unsere direkten Nachbarn. Mir juckt es regelrecht in den Fingern, die Decken und Kissen, die zerwühlt zurückgelassen wurden, glatt zu streichen. Dafür müsste ich mich nur ein Stück nach vorne beugen. Mein Blick zuckt kurz zu Adam, der mich wütend anfunkelt. Also lasse ich es besser. Klamotten, Taschen und Bücher liegen ebenfalls verteilt auf den Betten.

»Ich bin so froh, dass du keine Vorurteile hast«, knurrt Adam und fischt ein paar Dinge aus seinem Rucksack, ehe er ihn wieder von der Matratze zieht und zu dem schmalen Schrank wuchtet, der für ihn vorgesehen ist. Wie im Krankenhaus haben die Betten kleine Symbole, die sich auf den Schranktüren wiederfinden. Die meisten der Aufkleber sind verblichen oder nur noch zur Hälfte vorhanden. Ich bin der schwarze Kreis. Ein Symbol wie für mich gemacht. Adam ist das gelbe Dreieck.

»Dir scheint das alles nicht wirklich was auszumachen, oder?« Ich starre auf sein breites Kreuz, während er seinen Rucksack auspackt und ein paar Jacken und Pullover auf die freien Kleiderbügel hängt. Ich werde meine Sachen auf keinen Fall in diesen Schrank räumen. Mich schaudert es bei der Vorstellung, meine Klamotten könnten den Geruch der alten Holzschränke annehmen. Das gesamte Haus riecht wie der Speicher meiner Grandma.

»Das hier war deine Idee, vergiss das nicht«, mault er mich an und sein zorniger Blick trifft mich ein zweites Mal.

»Hm«, brumme ich zurück und entsperre mein Smartphone. Meine Mum hat mit zwei Herzchen auf das Bild reagiert, das ich unterwegs gemacht habe. Eigentlich ist nur Wasser zu sehen, aber sie ist meine Mum und kommentiert alles mit Herzchen, was ich ihr schicke.

»Ich habe ein Bett, meine Klamotten, Papier und Blei. Mehr brauche ich nicht.«

Adam ist mittlerweile dabei, seine Unterwäsche in eine integrierte Schublade zu stopfen. Seit wir angekommen sind, habe ich mich nicht vom Fleck bewegt. Beobachte ihn nur, wie er alles unter die Lupe nimmt und sich einrichtet, als sei das seine neue Bleibe. Heiliger Bimbam. Das ist unsere neue Bleibe.

»Ich glaube, ich brauche heute Abend Alkohol.«

Abrupt dreht Adam sich zu mir um und starrt mich an.

»Komm schon«, stöhne ich. »Jetzt sag ja nicht so was wie ›Das würde deiner Mutter aber gar nicht gefallen‹ oder so.«

Mein Kopf fühlt sich schwer an von der langen Reise und den vielen Sorgen. Auf die Hände gestützt überlege ich, wie ich meine erste Nacht hier überstehen soll. Ein Geistesblitz lässt mich hochfahren.

»Warte«, kreische ich und richte mich etwas auf. »Jetzt sag nicht, in den Niederlanden darf man erst ab einundzwanzig trinken. O mein Gott!« Ich werde immer panischer. »Warum weiß ich so was nicht? Ich müsste das wissen. Das steht sicher in jedem Reiseführer ...«

»Grace«, unterbricht mich Adam. In aller Seelenruhe schlendert er zu mir herüber und stützt sich über mir an unserem Hochbett ab. Sein Bizeps spannt sich unter dem weißen T-Shirt, während er die Unterarme an das Metall lehnt. In diesem Moment wird mir noch einmal richtig bewusst, dass wir hier sind. Gemeinsam. Und es wird ziemlich komisch werden, unter Adam zu schlafen. Vier Jahre ist unsere letzte gemeinsame Übernachtung jetzt her. Damals waren wir quasi noch Kinder. Zusammen mit unseren Dads haben wir einen Ausflug in den National Park nach Birmingham gemacht. Wir haben alle vier gemeinsam in einem riesigen Zelt übernachtet. Zwar sind dort weder Toiletten noch einen Schlafsaal zu finden gewesen, aber in der Natur zu übernachten ist etwas anderes, als sich mit Wildfremden ein Klo zu teilen.

»Jetzt bleib mal locker. Punkt eins, du solltest wirklich wissen, was du darfst und was nicht, ehe du in ein fremdes Land zum Studieren gehst.« Sein Gesicht bekommt einen harten Gesichtsausdruck. »Und zweitens darfst du hier genauso trinken wie zu Hause.«

»Und drittens?«, frage ich, als er nicht weiterspricht, jedoch nach wie vor von oben auf mich herabschaut.

»Drittens könnte es sicher nicht schaden, den ein oder anderen Drink zu nehmen. Immerhin müssen wir irgendwie die erste Nacht mit den glorreichen Sechs in einem Zimmer überstehen.«

Langsam stiehlt sich ein kleines Lächeln auf sein Gesicht. Und das steht ihm. Adam lächelt nicht oft. Seit ich ihn kenne, und das sind immerhin schon sechszehn Jahre, ist er meistens ernst. Er redet nicht viel, lacht nicht besonders häufig und wirkt immer irgendwie verschlossen. Nicht unglücklich. Nur ... ruhig. Auf seine Art und Weise zufrieden mit sich selbst. Eine Eigenschaft, um die ich ihn wirklich beneide. Außerdem hat er seine Berufung im Leben gefunden. Adam malt. Immer. Schon als kleiner Junge hat er alles vollgekritzelt. Und auch jetzt sitzt er ständig irgendwo mit einem seiner Notizbücher und zeichnet. Tante Emily hat das von Anfang an gefördert und so ist schnell klar gewesen, dass er eines Tages Kunst studieren würde. Das ganze Haus der Stevens hängt mittlerweile voll mit seinen Gemälden. Er ist wirklich gut. Denke ich. Im Grunde genommen habe ich keinen Schimmer von Kunst. Ich kann nicht mal ein Pferd malen und die modernen Kunstwerke, die in Galerien hängen, sehen für mich aus wie Kinderbilder.

»Sollen wir uns die Waschräume ansehen?«

Adam tritt einen Schritt zurück, damit ich aufstehen kann.

»Ich finde, allein das Wort ›Waschräume‹ klingt schon eklig. Ich bin nicht sicher, ob ich sie wirklich sehen will«, halte ich dagegen, erhebe mich aber dennoch aus meiner Koje. Adam schmunzelt und fischt ein kleines schwarzes Buch aus seiner hinteren Hosentasche, um es unter sein Kopfkissen zu stopfen.

»Deine Gutenachtgeschichten?«, necke ich ihn.

»Das wirst du niemals erfahren«, erwidert er und zack – schon ist mein Interesse geweckt.

Während meines kurzen Psychologiestudiums habe ich gelernt, dass ein solches Verhalten vollkommen normal ist, denn der Mensch möchte grundsätzlich das, was er nicht bekommen kann. Gerade als ich ihm davon erzählen will, öffnet sich die Tür und wir bekommen Gesellschaft.

Zwei Frauen. Eine groß und dunkelhaarig mit glattem Bob, die andere genau solch ein Winzling wie ich. Beide lächeln, als sie uns sehen.

»Oh, Neuankömmlinge«, sagt die Große und wirft ihre Handtasche oben auf das zerwühlte Bett. Jetzt bin ich erleichtert sie nicht gemacht zu haben. Mein Blick wandert kurz zu Adam, der nur lächelnd mit der Schulter zuckt. Ich hätte ihm zu gern bewiesen, dass mein Spürsinn nichts mit Vorurteilen zu tun hat. Aber nun ja. 1:0 für ihn.

»Sprecht ihr Englisch?«, fragt sie, nachdem sie sich wieder zu uns umgewandt hat und wir noch keinen Pieps von uns gegeben haben.

»Äh ... ja, wir kommen aus London«, stottere ich und halte ihr meine Hand hin. »Grace Handerson.«

»Hi, Grace.« Ich gluckse uncharmant, als sie meine Hand fest drückt. »Ich bin Rachel.«

»Wir kommen aus der Nähe von Edinburgh«, berichtet die Zweite erfreut und kommt einen Schritt näher. Jetzt stehen wir zu viert zwischen unseren Betten, die nicht mal zwei Meter voneinander getrennt sind. »Ich bin Marissa«, stellt sie sich lächelnd vor und ergreift meine Hand.

Marissa gehört zu der Sorte Mensch, die einfach wunderschön ist. Sie ist ungeschminkt und ihre langen braunen Haare sind in einen einfachen Dutt gesteckt, aber der Glanz in ihren Augen und die leichte Sommerbräune machen sie zum perfekten Model. Mal abgesehen davon, dass sie wie ich höchstens 1,60 Meter groß ist.

»Ich bin Adam.« Auch er reicht beiden nacheinander freundlich die Hand und ich kann mich ganz langsam entspannen. Rachel und Marissa scheinen nett zu sein. Sie sind höflich, sprechen unsere Sprache und hinterlassen einen wirklich guten ersten Eindruck. Es hätte für die direkte Bettnachbarschaft schlimmer kommen können.

»Und, was treibt euch in das wundervolle Land des Käses?«, fragt Rachel lachend und verdient sich damit sofort einen Schlag gegen die Schulter.

»Sie hasst Rotterdam. Und Käse. Ach, wartet ... eigentlich hasst sie alles in den Niederlanden«, schiebt Marissa ein und lässt ein paar Einkaufstaschen auf ihr Bett fallen.

»Na ja ... hassen würde ich nicht sagen. Aber es wäre nicht das Land meiner Wahl, das muss ich zugeben«, wehrt sich Rachel, die beinahe genauso groß ist wie Adam. Ihre Beine sind die längsten, schlankesten, die ich bei einer Frau je gesehen habe. Dass sie in eng geschnittenen Röhrenjeans stecken, betont das nur noch. Sie lehnt sich gegen die Fensterbank und verschränkt die Arme vor der Brust. Ihr schwarzer Bob legt sich wie ein Vorhang um ihre Wangen.

»Und ob du diese Stadt hasst.« Marissa krabbelt mit dem Kopf voran in ihr Bett und schiebt Adam dadurch ihren Hintern förmlich vor die Nase.

»Tu ich nicht. Und jetzt lass sie endlich antworten.«

»Sorry, ich neige dazu, zu viel zu reden.« Marissa ist fertig mit ... keine

Ahnung, was sie da eigentlich macht, und setzt sich im Schneidersitz auf ihr Bett. Sie ist klein genug, um sich dabei nicht bücken zu müssen.

Adam neben mir überspielt sein Schmunzeln mit einem Räuspern und sieht dabei zu mir.

»Hm … ich denke, da haben wir unsere erste kleine Gemeinsamkeit«, gebe ich kleinlaut zu.

Mein Beinahe-Cousin oder wie man das nennt, wenn man nicht blutsverwandt ist, hält Zeigefinger und Daumen ein Stück auseinander. Ich zeige ihm im Gegenzug den Mittelfinger, was ihn zum Lachen bringt. Blödmann.

»Also?«, fragt Rachel, die noch immer keine Antwort von uns bekommen hat. Mein Mund öffnet sich. Schließt sich jedoch genauso schnell wieder. Ich kann einfach nicht. Die beiden sind nett, wir teilen uns ab heute ein Zimmer und die Lüge will mir einfach nicht über die Lippen. Mir ist vollkommen klar, wie absurd das ist, weil ich schließlich auch keinerlei Probleme hatte, meine Eltern und Adam anzulügen, aber ich schaffe es einfach nicht, meine ersten Bekanntschaften in der neuen Stadt auf einer Lüge aufzubauen.

»Grace hat hier ein Praktikumsplatz in der Maeslantkering.«

Danke, Adam.

»O wow«, quietscht Marissa, die sich aufrichten will, den Kopf jedoch gleich wieder einzieht, weil sie sich sonst an Rachels Matratze stoßen würde. »Das klingt ja cool. Wir sind vor ein paar Tagen dort gewesen und haben uns das Sperrwerk angesehen. Das ist so krass. Wie viele Menschen dadurch gerettet werden können, wenn der Meeresspiegel steigt. Und das wird er definitiv, denn unsere Gesellschaft …«

Ein Räuspern von Rachel unterbricht sie.

»Sorry. Ich habe es schon wieder getan, oder?« Sie zuckt mit den Schultern, aber ich kann sie nur anstrahlen. Ich mag Marissa.

»Und du begleitest nur deine Freundin oder hast du eigene Pläne?«, fragt Rachel.

»O mein Gott«, rufe ich so laut dazwischen, dass alle Blicke zu mir schießen. Drei Augenpaare starren mich erwartungsvoll an. »Adam ist nicht mein Freund«, gebe ich etwas leiser zu. Die beiden Mädels schauen von Adam zu mir und wieder zurück. Ich folge ihrem Blick und sehe, wie Adams Kieferknochen zucken.

»Da wir das geklärt haben, gehe ich mir dann endlich die Waschräume ansehen. Wir treffen uns dann später«, knurrt er und streift mit der Schulter meine, als er den Raum verlässt.

»Sorry. Wir wollten euch nicht zu nahe treten.« Rachel lässt sich der Länge nach neben Marissa plumpsen und schiebt sich das Kissen unter den Kopf.

»Ist er dein Exfreund oder so?«, will diese wissen.

Ich krabbele auf mein eigenes Bett und ziehe die Knie unters Kinn. Der eklige Gestank ist kaum noch wahrzunehmen und das Zimmer wirkt schon gar nicht mehr so schlimm wie am Anfang.

»Nein«, lache ich. »Wir sind sozusagen verwandt.«

»Verwandt?« Die beiden sehen sich an und lachen synchron los.

»So hat das aber nicht ausgesehen.« Marissa zieht eine Packung Schokoriegel aus einer ihrer Einkaufstüten und macht sich an der Verpackung zu schaffen.

»Sie hat ja auch ›sozusagen verwandt‹ gesagt.« Rachel zeichnet mit den Fingern Anführungsstriche in die Luft.

»Adams Mutter ist meine Patentante«, erkläre ich und fische die Wasserflasche aus meinem Rucksack, die ich mir am Hafen gekauft habe, ehe wir mit dem Taxi auf direktem Weg hergefahren sind.

»Aber nur deine Patentante? Also nicht deine leibliche Tante?«

Marissa reicht mir einen der Riegel und ich beuge mich nach vorne, um ihn anzunehmen. Ich bin am Verhungern.

»Seine Mum und meine sind beste Freundinnen. Und sein Dad ist der beste Freund von meinem Onkel S…«, ich unterbreche mich selbst, »Steve«, schwindle ich. Diese Lüge ist unumgänglich. Darüber waren wir uns alle einig. Einen Star in der Familie zu haben hat nicht nur Vorteile. Fußballstar ist nicht das Gleiche wie Schauspieler oder so. Allerdings kennt jeder, der auch nur Augen und Ohren im Kopf hat, Scott Peterson. David Beckham kannten zu seiner Zeit schließlich auch alle.

»Aber deswegen seid ihr doch nicht verwandt, Schätzchen.«

Ich kenne diese Frauen seit fünf Minuten und schon habe ich das Gefühl, ich habe Freundinnen gefunden. Ich würde ihnen am liebsten hier und jetzt meine Lebensgeschichte erzählen.

»Ich sag dir was.« Marissa grinst über das ganze Gesicht. »Du und dieser megaheiße Kerl, der gerade nicht hören wollte, dass er nicht dein Freund ist, ihr seid so was von nicht verwandt.« Sie zwinkert Rachel zu und auch sie schmunzelt.

Ich blicke zur Tür, an der einige abgewetzte Aufkleber hängen. Adam hat sie einen Spalt breit offen gelassen.

Meine neuen Freundinnen täuschen sich. Erstens ist Adam Stevens nicht heiß. Zweitens ist ihm in der Regel völlig egal, was ich über ihn sage. Und drittens sind wir so was von auf jeden Fall verwandt, dass Punkt eins und zwei überhaupt keine Relevanz haben. Er und ich, wir sind einfach Grace und Adam. Auf einer Reise in Rotterdam, die für uns beide vollkommen ziel- und sinnlos ist. Die nächsten Wochen werden kommen, ob ich will oder nicht.

# Kapitel 3

»Aber wenn ich es doch sage«, lacht Marissa und steckt eine Strähne zurück in ihren Dutt, die sich gelöst hat. Sie sitzt im Schneidersitz auf einem abgewetzten Sofa, das entweder uralt oder ein superteures Designerstück ist. Ich tippe mal auf Letzteres.

»Denkst du, du machst keine Geräusche beim Schlafen? Ich habe letzte Nacht geglaubt, die Wände stürzen ein.« Jan, ein sympathischer Franzose, liefert sich einen Schlagabtausch nach dem anderen mit meiner neuer Bettnachbarin. Sein Englisch klingt, als hätte er schon zu viel getrunken, dabei hält er sich an Wasser und Orangensaft. Wir haben ihn und seine Begleitung vor einer halben Stunde kennengelernt. Sie waren mir gleich sympathisch. Jan hat blonde, strohige Haare, die er an seinem Hinterkopf zu einem wirren Knoten gebunden hat. Ich mag sein Lächeln. Trotz seines Vollbartes strahlt sein ganzes Gesicht, wenn er die Mundwinkel hebt.

»Also, für den Fall, dass ihr keine Ohrstöpsel dabeihabt, solltet ihr auf jeden Fall genug trinken«, wendet sich Rachel an Adam und mich. Wir sind beide auffallend still. Zumindest in meinem Fall kann man von auffallend sprechen. Von Adam bin ich es nicht anders gewohnt.

Wir haben es uns leicht gemacht und sitzen schon zwei Stunden nach unserer Ankunft in der Bar des Hostels. Der bunt eingerichtete Raum ist nicht besonders hübsch, die Getränkeauswahl ist dürftig, trotzdem sehen alle zufrieden aus. Hier wird getrunken, geredet und jeder scheint irgendwie jeden zu kennen. Manche spielen Billard. Ein paar lungern auf Sitzsäcken und reichen eine Wasserpfeife herum.

Entlang der großen Fensterfront stehen mehrere Tische mit Sofas und kleinen Sessel davor. Unserer ist der direkt neben der Bar.

Wir beantworten brav die Standardfragen: »Wo kommt ihr her?«, »Wie heißt ihr?«, »Was macht ihr in Rotterdam?« und stellen dafür die passenden Gegenfragen.

Zum ersten Mal seit Wochen bin ich froh, dass meine Eltern mir Adam ans Bein gebunden haben. Eine vertraute Person dabeizuhaben macht es wesentlich leichter, zwischen all den fremden Menschen zu sitzen. Nicht dass ich scheu wäre, nur stellen sie so viele Fragen, auf die ich einfach keine Antworten habe. Möglichst unauffällig beantworte ich die Basics und greife im richtigen Moment zu meinem Glas oder den Chips, sodass Adam bei den Berufs- und Hobbyfragen einspringen muss.

»Na dann, Prost«, sage ich in die Runde und kippe meinen zweiten Shot runter. Ganz von allein verzieht sich mein Mund zu einer Grimasse. Eklig. Ich bin eigentlich kein Freund harter Sachen. Das ist eine Ausnahme, um meine blank liegenden Nerven zu beruhigen. Die ganzen neuen Eindrücke. Dieses Hostel und dann mein kleines Problem, dass ich nur noch morgen Zeit habe, um mir etwas einfallen zu lassen. Ich habe nämlich noch immer nicht die geringste Ahnung, wie ich Adam erklären soll, dass wir objektiv betrachtet umsonst hier sind.

Dieser sieht mich mit ernster Miene an, leert dann aber, ohne das Gesicht zu verziehen, sein eigenes Glas.

»Ihr werdet sehen, es ist halb so schlimm.« Diana wuschelt Jan über den Kopf. »Ich halte es jetzt schon eine ganze Weile mit ihm aus.«

Wie wir erfahren haben, sind Diana und Jan bereits seit zehn Monaten unterwegs. Er hat sie irgendwo aufgegabelt. Keine Ahnung, wo das war. Ich kann all die Informationen, mit denen hier um sich geworfen wird, nicht so schnell verarbeiten. Schon gar nicht nach zwei Shots und drei Bier. Jedenfalls reisen die beiden Franzosen seitdem gemeinsam in seinem Camper durch die Welt. Die beiden schlafen in dem Bett neben Rachel und Marissa. Unsere drei Betten füllen die Längsseite des Zimmers aus.

»Und sonst müsst ihr einfach ein Kissen werfen. Das machen die Engländer auch immer.«

»Die Engländer?«, fragt Adam, während die anderen kichern. Die drei Mädels hatten auch schon den ein oder anderen Schnaps. Bei jedem Wort von Adam kleben sie an seinen Lippen, als gäbe es nur ihn auf der Welt.

»Das vierte Bett.« Marissa schiebt sich eine Handvoll Smarties in den Mund. Kauend presst sie hervor: »Zwei Jungs aus Manchester.«

Von der Sitzgruppe neben uns dringt Gelächter herüber und übertönt für den Moment alle Geräusche in dem schummrigen Raum.

»Die gehen schon wieder steil«, motzt Rachel und schiebt sich ebenfalls Süßigkeiten zwischen die Lippen. Ihre Augen sprühen beinahe Funken, während sie die Mädels taxiert, die bei so ziemlich jedem Wort eine Oktave höher kreischen.

»Amerikanerinnen«, erklärt Jan auf meinen fragenden Blick hin. »Sie wohnen im Zimmer neben uns. Irgendeine Abschiedsfahrt.«

»Abschlussfahrt«, korrigiert Diana sein holpriges Englisch. Ihres ist beinahe akzentfrei. »Sie haben die Highschool abgeschlossen und lassen hier die Sau raus.«

»Nur weil sie in ihrem Land noch als Babys gelten, müssen sie sich hier nicht jeden Abend die Kante geben.« Rachel schüttelt den Kopf, nippt aber im selben Augenblick an ihrem eigenen Bier, was mich schmunzeln lässt. Ich weiß nicht, wie alt sie ist. Doch sie und Marissa dürften nicht älter als fünfundzwanzig sein.

»In Amerika darf man erst ab einundzwanzig«, flüstert Adam mir dicht ins Ohr. Als er ein Stück abrückt, zwinkert er mir zu, was er noch nie zuvor getan hat. Jedenfalls nicht so. Mit diesem Funkeln in den Augen. Das Bier lockt wohl den Schelm in ihm hervor. Dafür fängt er sich einen Boxer gegen die Schulter. Er zuckt nicht mal zusammen.

»Und die Jungs aus Manchester? Was machen die hier?«

Mittlerweile wissen wir, dass Rachel und Marissa einfach einen ausgedehnten Europaurlaub machen. Sie haben bereits eine Rucksacktour durch Frankreich, die Schweiz und Belgien hinter sich. Rotterdam ist ihre letzte Etappe, bevor sie in einer Woche wieder Richtung Schottland aufbrechen.

»Die sind ganz okay«, antwortet Marissa.

Jan schnaubt auffallend laut.

»Nicht?«, frage ich. Meine Wangen glühen vom Alkohol. Ganz sicher werde ich ihn heute Nacht nicht schnarchen hören.

»Wenn unter ›okay‹ fällt, dass sie nur hier sind, um legal Drogen zu nehmen und Mädchen abzuschleppen, dann sind sie wohl okay.«

Der Franzose streicht sich über den wuschigen Bart. Die drei Mädels an unserem Tisch werfen sich vielsagende Blicke zu und Marissa formt mit den Lippen das Wort »heiß«. Wie wir anschließend die Köpfe zusammenstecken und kichern, erinnert mich an frühere Klassenfahrten. An dieses Gefühl, unbekümmert ohne Aufsicht zu feiern und mit den Jungs im Schlafsaal zu übernachten. Nostalgische Erinnerungen, in denen alles noch so einfach war. Zwar ist die Geselligkeit dieselbe, aber ich schmecke meine Unzufriedenheit auf der Zunge. Denn im Grunde genommen gehöre ich nicht hierher. Alle an diesem Tisch studieren was bahnbrechend Weltveränderndes oder sind ganz einfach gewollt ziellos. Ich hingegen irre in der Welt herum und verlasse das Land, nur weil ich für die Wahrheit zu feige war.

Rachel kommt mit einer neuen Runde Shots zurück und ich greife direkt zu einem Glas. Heute Abend werde ich meine Hilflosigkeit für ein paar Stunden ausblenden. Die Realität wird mich schon früh genug einholen, so viel ist sicher.

»Und ihr seid kein Paar?«, unterbreche ich eine Unterhaltung von Jan und Adam. Der Franzose erzählt ihm gerade von seinem Frühling in Russland. Er ist mit Diana zwei Monate durchs Land gereist. Die beiden wollen die ganze Welt erkunden und haben nicht geplant so schnell wieder sesshaft zu werden.

»Nein«, schmunzelt Jan und lächelt dabei Diana an. »Nicht dass wir es nicht versucht hätten.«

»Ihn zu küssen ist, als würde ich was mit meinem Bruder haben«, gluckst Diana und verzieht ihren Mund, als müsste sie würgen.

»Aber trotzdem bleibt ihr zusammen?«, hake ich nach. Adams Stöhnen entgeht mir nicht und ich werfe ihm einen zornigen Blick zu. Dabei hebe ich die Arme, als wollte ich sagen: »Was?«

»Wir sind einfach ein gutes Team.« Jan legt einen Arm und Diana und gibt ihr einen Kuss auf die Wange. »Nur halt nicht auf diese Weise.«

Ich befürchte, mein Alkoholpegel macht es mir unmöglich, sie nicht anzustarren. Ich finde das so faszinierend, wie zielstrebig manche Menschen auch ohne Ziel leben können. Das ist beneidenswert.

»Wegen uns braucht ihr also keine Befürchtungen zu haben. Alles, was aus unserem Bett zu hören ist, ist Schnarchen.« Diana klopft Jan aufs Knie.

»Das stimmt. Wir sind nicht die Turteltauben in Zimmer 003.« Jan wirft eine Erdnuss auf Rachel und Marissa, die zusammengequetscht auf einem Sessel hocken.

»Moment mal«, sage ich und merke, dass meine Stimme schon leicht lallend klingt. Mein Blick fällt erst jetzt auf ihre Hände, die miteinander verflochten sind. »Ihr seid ein Paar?«, platzt es unkontrolliert aus mir heraus. Wie konnte mir das entgehen? Wir haben immerhin die letzten Stunden zusammen in unserem Zimmer verbracht.

»Grace«, warnt Adam neben mir. Ich sehe von einem zum anderen und merke erst jetzt, dass ich immer noch einen entsetzten Gesichtsausdruck zum Besten gebe.

»Scheiße.« Nein, das war nicht, was ich sagen wollte. »Nein. Ich meine …«, stottere ich, »das ist toll. Ehrlich.« Ich knibbele an dem Etikett meiner Flasche. Ich hasse, wenn mich alle falsch verstehen. Oder vielmehr hasse ich mich, weil ich immer so Sachen sage, die alle mich falsch verstehen lassen. »Ich freue mich für euch. Mir ist das nur irgendwie entgangen und jetzt bin ich überrascht. Weil. Hä? Hast du nicht gesagt, du findest die Engländer heiß und …« In die Gesichter der anderen zu sehen macht es irgendwie nicht einfacher, zum Punkt zu kommen. »… Also. Ich find's toll. Ehrlich. Ich bin nicht homophob oder so.« Ich wende mich vor allem an Adam, der bei meinem Blick nur mit den Augen rollt. Sein Kopfschütteln ist mir auch vorher schon nicht entgangen. »Ehrlich nicht. Ich find's toll. Wirklich.« Mein Dad sagt immer, wenn man zu oft behauptet an etwas zu glauben, glaubt man selbst nicht daran. Ahhh … Das sollen sie auf keinen Fall denken. »Also …« Ich räuspere mich. Warum sagt denn keiner außer mir etwas? »Um ehrlich zu sein, wollte ich auch immer mal was mit einer Frau haben.« Bevor ich die Worte zurückhalten kann, sprudeln sie auch schon heraus. Synchron mit meinen Worten spritzt das Heineken aus Adams Mund und Nase, der während meines Monologs zum Trinken angesetzt hatte.

Rachel und Marissa blicken zwischen ihm und mir hin und her und brechen dann in Gelächter aus.

»Schön, dass wir darüber gesprochen haben, Grace«, lacht Rachel und hält mir ihre Flasche hin. Ich stoße wie ferngesteuert mit meiner dagegen und nehme einen großen Schluck, der hoffentlich meine Verlegenheit mit wegspült. Ich bin eine Idiotin. Schüchtern lächle ich die Mädels an, während Adam auf Knien versucht sein Bier mit einer zerfetzten Serviette aufzuwischen. Dabei sieht er mich immer wieder kopfschüttelnd an. Allerdings entgeht mir nicht, dass seine Mundwinkel zucken, als müsste er sich ein Lachen verkneifen. Er kennt meine Unfähigkeit, auf den Punkt zu bringen, was ich denke.

»Ich sollte noch eine Runde Shots besorgen«, sagt er, als er wieder auf den Füßen ist.

»Und?«, meint Marissa, die sich neben mich plumpsen lässt. Wir sehen beide Adam nach, der mit langen Beinen an die Bar schlendert. Eine hübsche Blondine stellt sich neben ihn. Sie wechseln ein paar Worte und dann reichen sie sich die Hand. »Du bist wirklich sicher, dass ihr verwandt seid?« Sie stupst mich mit der Schulter an und lacht. Wahrscheinlich bin ich endgültig zu betrunken, um zu verstehen, was sie mir damit sagen will.

***

Zwanzig. Zwanzig platt gedrückte Kaugummis kleben an dem Gestänge, auf dem Adams Matratze liegt. Ich hasse Kaugummis. Und dass sie angedrückt nur einen Meter über mir hängen, macht meine Übelkeit nur noch unerträglicher. Ein fieser Kopfschmerz hat mich vor einer halben Stunde geweckt und die Tatsache, dass ich in dem Raum ganz und gar nicht allein bin, hat das Wiedereinschlafen unmöglich gemacht.

Sonntag. Heute ist der letzte Tag, um Adam die Wahrheit zu beichten. Er denkt nach wie vor, ich müsste morgen früh auf Professor Hagedorns Matte stehen. Wie das klebrige Kauzeug haftet mein Blick an der Unterseite von Adams Matratze. Sie hat sich noch nicht bewegt, seit ich wach bin. Auch sonst kann ich nichts und niemanden hören, traue mich aber auch nicht wirklich den Kopf zur Seite zu drehen und die anderen anzusehen. Mit fremden Menschen in einem Zimmer zu schlafen ist ein eigenartiges Gefühl. Fremd. Ich kann mich einfach nicht entspannen. Offensichtlich hatte ich letzte Nacht damit keine Schwierigkeiten. Meine Erinnerungen an die Zeit nach unserem Barbesuch sind äußerst schwammig. Ich habe ehrlich gesagt nicht die geringste Ahnung, wie ich ins Bett gekommen bin. Spüre aber noch den Stoff meiner Lieblingsjeans an den Beinen. War ich wirklich zu betrunken, um mich auszuziehen? Ob die heißen Engländer in ihrem Bett liegen? Zu der Zeit, als ich noch nüchtern genug gewesen bin, sind sie jedenfalls nicht aufgetaucht.

»Zu viel grübeln macht Falten«, flüstert eine Stimme neben mir.

Mein Kopf schießt herum, was ich sofort bereue, weil das Stechen in meinen Schläfen übermenschlich stark wird.

»Hey«, flüstere ich mit verzerrtem Gesicht und rauer Stimme. Wow. Ich weiß nicht, wann ich das letzte Mal einen derart ekligen Kater an Bord hatte. Marissa liegt zusammengekuschelt auf der Seite und lächelt mich an.

»Fieser Kater, hm?«

Da sie nicht länger flüstert, richte ich mich leicht auf und lasse meinen Blick durch den Raum wandern. Rachels Bett ist genau wie das von Jan und Diana leer. Adams und das der Engländer kann ich nicht einsehen. Deren Bett ist nicht wie unsere mit dem Kopfteil an der Wand nebeneinander aufgereiht, sondern steht längs an der Wand, die zur Straße zeigt. Um es einsehen zu können, müsste ich mindestens bis ans Fußende krabbeln.

»Wir sind allein«, bestätigt sie meine Gedanken und ich entspanne mich ein bisschen. Nicht dass ich eitel wäre oder so, aber keiner möchte sich in meiner Verfassung irgendwem zeigen. Nicht mal dem Postboten. Oder heißen Engländern. Und ich kenne diese Menschen praktisch nicht. Alle, bis auf Adam. Doch auch vor ihm muss ich nicht im Zombiemodus auflaufen. Das wäre ziemlich peinlich.

»Wo sind denn alle?«, bringe ich kratzig hervor und greife über mein Kopfkissen nach der Wasserflasche von gestern.

»Keine Ahnung. Aber ich bin froh, dass sie uns haben schlafen lassen.« Marissa stellt die nackten Füße vors Bett und streckt sich wie eine Katze.

»Immerhin ist es gleich zehn.« Sie reckt die Arme in die Höhe, sodass ein schmaler Streifen ihres gebräunten Bauchs zum Vorschein kommt. »Das hab ich echt gebraucht.« Obwohl ihre Haare wild abstehen und sie einen rosa Pyjama trägt, könnte sie so die perfekten Bilder für Instagram schießen. Frei nach dem Motto *Wake up lucky in Rotterdam*. Geschmeidig wie eine Hauskatze bewegt sie sich durchs Zimmer und reckt alle Glieder. Ich hingegen könnte heute Morgen problemlos eine Hauptrolle in The Walking Dead bekommen. Ganz ohne Referenzen.

Ich streiche mir übers Gesicht und versuche den Flechtzopf zu entwirren, dessen Reste von gestern noch an meinem Hinterkopf hängen.

»Scheint, als wären die Jungs gar nicht hier gewesen.«

Ich lasse mich auf die Seite fallen und folge Marissas Blick auf das hintere Etagenbett. Am Fußende, welches ich gerade so sehen kann, ohne aufstehen zu müssen, liegen noch die ineinandergerollten Schlafsäcke.

»Kommt das öfter vor?«

»Wir sind ja auch erst seit ein paar Tagen hier, aber in der ersten Nacht sind sie auch nicht ›nach Hause‹ gekommen.« Mit den Fingern deutet sie Anführungsstriche an. »Also keine Ahnung.«

»Hm«, brumme ich und entsperre mein Handy.

Ich habe eine Mitteilung von meinem Dad. Er wünscht mir eine gute Nacht. Und vier von meiner Mum. Sie fragt, ob ich klarkomme. In der zweiten will sie wissen, ob auch wirklich alles gut sei. In der dritten steht nur *Grace?* und in der vierten, dass sie mit Adam gesprochen habe und mir eine gute Nacht wünsche. Bei ihren Nachrichten muss ich schmunzeln. Mein Dad würde sagen, der klassische Unterschied zwischen Mann und Frau. Sie macht sich viel zu viele Sorgen, nur um dann viel zu oft zu streng zu reagieren. Er sieht das alles wesentlich entspannter. Sein einziges No-Go: ihn anlügen. Ups.

»Deine Eltern?«, fragt Marissa. Von oben schaut sie auf mein Display.

»Ja«, antworte ich und automatisch legt sich ein Strahlen auf mein Gesicht. Für den Augenblick ist der Kopfschmerz vergessen und das wohlige Gefühl von Vertrautheit legt sich auf meinen Körper.

»Meine Familie ist mein Ein und Alles«, erkläre ich ihr. »Hier.« Ich halte ihr mein Handy hoch vors Gesicht. »Das sind mein Dad und meine Mum.« Ich wische mit dem Finger einmal zur Seite. »Und mein Bruder …«, stocke ich kurz und füge dann »Jordan« hinzu. Der richtige Name von meinem kleinen Bruder ist eigentlich Barney. Er hat es aber gehasst so zu heißen. Richtig böse ist er Mum und Dad für seinen Namen, den ich eigentlich ganz süß finde. An seinem zehnten Geburtstag hat er uns stolz verkündet, er habe lang genug einen bescheuerten Namen gehabt und wolle von jetzt an Jordan genannt werden. Anfangs war es komisch und wir haben uns über ihn lustig gemacht. Mum und Dad hielten es für eine seiner Phasen, doch er blieb standhaft. Irgendwann wurde es normal. Jeder nennt ihn nur noch Jordan oder Jordi. Außer Grandma sagt keiner mehr Barney zu ihm. Nicht mal seine Lehrer. Wenn wir uns schlimm streiten oder er mir richtig auf die Nerven geht, ärgere ich ihn manchmal damit. Aber diesbezüglich versteht er keinen Spaß.

»Warte mal. Das ist dein Dad?«, fragt Marissa und nutzt ihren eigenen Finger, um noch einmal zwischen den Bildern zu switchen.

»Ja«, lache ich. Ich kenne diese Reaktion. »Er ist der beste Dad auf der Welt«, sage ich stolz. Die meisten meiner Freunde reagieren beim ersten Mal mit offenem Mund und Staunen auf meinen Vater. Sam ist nicht der typische Dad in Anzug und Krawatte, den die Gesellschaft uns gern vermitteln möchte. Er ist vom Hals bis zu den Füßen tätowiert. Das lange Haar kohlrabenschwarz und die Augen blau wie ein Panther wirkt er nicht gerade wie der klassische englische Familienvater. Aber das täuscht. Er ist der liebste Mensch, den ich kenne. Ich kann mit ihm über alles reden. Na ja … über fast alles.

»Wow, findest du es schräg, wenn ich deinen Vater heiß finde?« Marissas blasse Wangen bekommen bei ihrem Lachen kleine Fältchen.

»Ein bisschen«, lache ich. »Allerdings bin ich daran gewöhnt. Aber …«

Ich spreche nicht weiter. Dummerweise habe ich meine Reaktion von gestern Abend nicht vergessen. So peinlich, wie mein Temperament mal wieder mit mir durchgegangen ist, als ich erfahren habe, dass Rachel und Marissa ein Paar sind. Und dabei war ich wirklich einfach nur überrascht.

»Aber du denkst, ich darf nur auf Frauen stehen, weil ich mit Rachel zusammen bin?«

»Nein. Ich …« Ich beiße mir auf die Zunge. Eher werde ich sie mir abbeißen, als mich noch weiter in dämlichen Klischees zu verlieren. So bin ich nicht erzogen und so möchte ich auch nicht sein. Ich finde nur nicht immer die passenden Worte, dem auch Substanz zu verleihen.

»Schon okay, Grace«, schmunzelt Marissa.

Meine Schultern sacken ein Stück nach unten.

»Nein. Das ist nicht okay. Ich will nicht, dass du denkst, ich wäre eine von den kleinkarierten Engländern, die nur in Schubladen denken. Das bin ich nicht. Wirklich nicht.«

»Na, wie auch, bei so einem Dad?«, lacht sie und wir blicken beide auf das Bild, das meine Eltern letztes Jahr im Urlaub zeigt. Sie treiben auf einem riesigen aufgeblasenen Flamingo im Pool.

»Also«, spreche ich nun ganz offen. Warum auch nicht? »Stehst du auf Frauen und Männer?«

»Ganz ehrlich?«, seufzt sie und bindet dabei ihre Haare zu einem Pferdeschwanz. »Ich verliebe mich in einen Menschen, nicht in das Geschlecht. So was ist mir egal. Verstehst du?«

»Wow.« Mit meinem Handy noch in der Hand starre ich die hübsche Schottin an. »Ich glaube, ich habe nie zuvor etwas Bedeutsameres gehört.« Und das meine ich wirklich so. Sie sagt das so beiläufig, als wäre ihre Toleranz selbstverständlich. Wenn alle Menschen so denken würden, wäre die Welt definitiv ein besserer Ort.

»Und dabei bin ich quasi noch betrunken. Warte ab, was ich erst für tolle Dinge sage, wenn Roy uns Rührei und Speck gemacht hat und mein Kater gegen die ersten zwei Kaffees verloren hat.«

Sie hüpft förmlich rüber zu dem Schrank mit dem roten Herz. Genau dieses Symbol hätte ich für Marissa gewählt.

»Wer zur Hölle ist Roy?«, frage ich und wage den ersten Versuch aufzustehen. Ich klammere mich an Adams Bett. Die Laken sind penibel gefaltet.

»Nimm deine Sachen. Wir gehen duschen und danach lernst du ihn kennen.«

Marissa klemmt sich ein Handtuch unter den Arm und strahlt, als hätte sie gerade im Lotto gewonnen. Und obwohl ich gerade dabei bin, ohne Badelatschen in einem Gemeinschaftsbad mit einer beinahe Fremden duschen zu gehen, breitet sich ein Grinsen auf meinem Gesicht aus. Wer weiß, vielleicht war es doch gar keine schlechte Idee herzukommen.

# Kapitel 4

»Und, erzähl mal«, sagt Diana und rutscht auf ihrer Seite des Tisches ein Stück näher an die Reling. »Studierst du an der gleichen Uni wie Adam?« Sie legt das Kinn auf die Metallstange und schaut hinunter in den Fluss.

Nachdem Roy, der Küchenchef des Hostels, uns ein gigantisches Frühstück zubereitet hat, haben Marissa und ich uns auf den Weg in die Stadt gemacht. Sie war der Überzeugung, ich müsste meine neue Bleibe ein bisschen kennenlernen, bevor mein Leben ab morgen ernst wird. Bei jedem ihrer Worte wurde die Lüge in meinem Bauch schwerer. Im Grunde genommen macht es auch überhaupt keinen Sinn, sie anzulügen. Ob ich auf Weltenbummlertour bin, studiere oder einfach nur planlos durchs Leben reise – das ist diesen Leuten vollkommen egal. Auf halber Strecke in die Innenstadt sind wir Diana über den Weg gelaufen, die sich uns spontan angeschlossen hat. Sie war direkt Feuer und Flamme von Marissas Idee, als Erstes eine Hafenrundfahrt mit dem Schiff zu machen. Als Einstimmung sozusagen.

»Ne«, antworte ich und merke, wie meine Hände nervös am Reißverschluss meiner Jacke fummeln. Die Sonne scheint zwar vom hellblauen Himmel, die Lektion, dass die Luft auf dem Wasser kühler ist, habe ich jedoch endgültig gelernt. »Hab ich mal. Aber jetzt nicht mehr.«

Sie soll die Fragen zu meiner verkorksten Vergangenheit bitte, bitte sein lassen. Wenn es darum geht, was ich im Leben bislang erreicht habe, meine ich einen riesengroßen Ballon mit der Aufschrift »Loser« über mir schweben zu sehen.

»Ich habe keine Ahnung, wie viele Universitäten London hat. Aber du studierst schon in London, oder?«

Natürlich werden meine Gebete nicht erhört. Warum auch? Ich kann den Ballon mit jedem ihrer Worte näher kommen sehen.

»Also, ich habe zwei Semester Psychologie auf Adams Uni studiert. Aber das menschliche Gehirn ist dann doch nicht meins gewesen.« So wie alles. Und jetzt würde ich schrecklich gern das Thema wechseln.

»Ah, Psychologie wäre auch was für mich gewesen.«

Marissa studiert Geschichte und scheint darin voll und ganz aufzugehen. Allein auf dem Fußmarsch zum Hafen hat sie so viele geschichtliche Fakten über Rotterdam rausgehauen, dass mir schwindelig geworden ist.

»Aber Meeresbiologie ist wirklich auch richtig cool.« Diana, die mit ihren Worten das Messer in meiner Brust weiter in meine Organe rammt, bindet sich die braunen Locken zu einem Dutt. Der Wind bläst unsere Haare ganz schön durcheinander. »Musstest du dann erst einen Bachelor in Biologie machen?«

Für jemand, der sich seit elf Monaten durch die Welt treiben lässt, stellt sie ziemlich viele Fragen zu meinem nicht vorhandenen Studium. Die Schnur meines persönlichen Loser-Ballons liegt bereits fest um mein Handgelenk. Den Knoten bekomme ich nie wieder auf.

»Eins nach dem anderen«, weiche ich etwas aus. Dass ich nach den Semestern in Psychologie zwei in Betriebswirtschaftslehre und eins in Mathematik gemacht habe, verschweige ich. Ich kann die verspottende Stimme von Onkel Scott bis hierher hören. *Bei Gracy sind eben aller guten Dinge vier.* »Jetzt will ich erst mal die nächsten Wochen überstehen und dann sehen wir weiter.« Und das ist keine Lüge. Ausnahmsweise.

»Verständlich«, sagt Marissa und blickt über das Metallgeländer in die Ferne. »Da vorne.« Die Euphorie ihrer Stimme ist ansteckend. »Die Erasmusbrücke.«

Wir blicken alle zu dem gigantischen Bauwerk, das sich über dem Wasser erstreckt. Eigentlich eine blöde Idee, meinen ersten Tag mit einer Schifffahrt zu beginnen, wo ich doch gestern erst über sechs Stunden auf einer Fähre verbracht habe. Aber auf dem Wasser zu sein macht mir nichts aus. Im Gegenteil. Das wiegende Gefühl, wenn das Boot gegen den Wasserdruck ankämpft, beruhigt mich. Ich kann nicht verstehen, warum Leute vorziehen zu fliegen oder durch den Tunnel nach England zu fahren. Das Gefühl einer Schiffsreise ist mit nichts zu vergleichen.

»Sie ist 1994 erbaut worden. Da, seht ihr?« Marissa zeigt auf das seitliche Ende der Brücke. »Die größte und schwerste Klappbrücke Westeuropas.«

»Obwohl sie erst ein paar Tage hier ist, liebe ich es, mit ihr was zu unternehmen.« Diana strahlt und sieht zwischen Marissa und der Brücke hin und her. »Sie ist ein wandelndes Lexikon.«

Ich sehe ebenfalls zu Marissa, aber diese scheint völlig in ihrem Element zu sein. Ohne uns zu beachten, bestaunt sie das Bauwerk und plappert drauflos. »Sie ist die letzte Brücke, bevor der Rhein in die Nordsee mündet. Bei Kilometer 1.037 oder so.«

»Hat Adam eigentlich eine Freundin?«, unterbricht Diana und wir starren beide gleichzeitig zu ihr, während sie sich einen unserer mitgebrachten Schokoriegel in den Mund steckt. Wie ein Hamster schiebt sie sich ein viel zu großes Stück in den Mund. »Waf?«, nuschelt sie auf unsere starrenden Gesichter hin.

»Bist du jetzt scharf auf Adam?«, will Marissa wissen und irgendwie ist die Erasmusbrücke gerade völlig in den Hintergrund gerückt, und das obwohl der Kapitän in diesem Moment durchgibt, dass sie durch ihre bahnbrechende Größe bekannt geworden ist.

»Ich bin scharf auf niemanden.« Die zierliche Französin zieht ein Bein auf die Sitzbank und stützt ihr Kinn aufs Knie. »Aber man wird ja wohl noch fragen dürfen. Und …«, sie sieht mich an, »auch wenn er dein Cousin ist, musst du zugeben, dass er wirklich heiß ist.«

»Er ist nicht ihr Cousin«, geht Marissa dazwischen.

»Na ja«, versuche ich einzuwenden.

»Nein«, unterbricht Marissa mich direkt. »Ist er nicht. Aber …«, sie lehnt sich zurück und schiebt ihre Pilotensonnenbrille auf den Kopf, »in einem muss ich Di rechtgeben. Heiß ist er. Das sieht selbst ein Blinder.«

»Heute Morgen habe ich ihn beobachtet. Er saß vor dem Hostel und hat etwas in ein kleines Buch gezeichnet. O mon dieu …«

Diana und Marissa kichern, aber ich kann sie nur anstarren. Natürlich ist Adam ein attraktiver Mann. Ich bin ja nicht blöd. Oder blind. Mir war nur bis zum heutigen Tag seine Wirkung auf andere Frauen nicht bewusst.

»Hast du diese Augen gesehen?«

»Tief wie der Ozean«, schwärmt Marissa.

»O mein Gott und sein Teint. Dieses sexy Braun. Es lässt ihn aussehen wie ein leckeres Dessert.«

»Oder köstlichen Milchkaffee.« Sie stöhnen gleichzeitig.

»Äh …«, gehe ich dazwischen.

»Schätzchen, wir kennen uns erst vierundzwanzig Stunden, schon klar, und bestimmt ist das irgendwie schräg für dich, weil irgendwer dir in dein süßes Köpfchen gepflanzt hat, dass ihr verwandt wärt.« Die Sonne spiegelt sich in den Gläsern auf Marissas Kopf und der Wind pustet die Schnüre ihres Kapuzenpullis hin und her. »Aber …«, sie lehnt sich etwas nach vorne, »ob du es hören willst oder nicht. Adam ist der Innbegriff eines Hotties. Und wenn du das nicht checkst, bist du blind.«

Erst nach einigen Sekunden spüre ich durch die kühle Brise, dass mein Mund noch immer offen steht. Ich schließe ihn und sehe Diana an. Ich muss schmunzeln, weil sie mit zusammengepressten Lippen unfassbar schnell mit dem Kopf nickt. Offensichtlich gibt sie Marissa recht.

»Also …«, hole ich aus und blicke zwischen den beiden Frauen hin und her. Bei ihnen habe ich das Gefühl, wir würden uns schon ewig kennen. Ich mag das. »Um eure Frage zu beantworten … nachdem wir geklärt haben, dass ihr beide auf Adam steht …«, lache ich, »er hat keine Freundin.« Oder? Wenn ich ehrlich bin, habe ich keine Ahnung. »Glaube ich zumindest«, schiebe ich hinterher. »Also. Bestimmt hätte Emily das meiner Mum erzählt oder …« Mein Verstand kramt nach irgendeinem Hinweis. »Ich hab ihn mal mit einer Blondine gesehen. Auf dem Campus«, lasse ich meine Gedanken einfach rausplätschern. »Sie war echt hübsch. Er hat seine Hand auf ihren Rücken gelegt. So wie man es aus diesen Filmen kennt, in denen die Männer immer so perfekt sind. Vielleicht ist sie seine Freundin. Aber letztes Weihnachten, da ist er allein gewesen. Okay, ich habe auch noch nie einen Kerl mit zum Weihnachtsessen genommen. Das ist bei uns so ein Traditionsding, wisst ihr? Und …«

»Warte«, unterbricht Marissa. »Du willst mir weismachen, Adam ist angeblich dein Cousin, eure Familien sind superdicke und du weißt nicht mal, ob er eine Freundin hat?«

»Wenn du das so sagst, hört es sich irgendwie erschreckend an. Aber nein.« Mein Seufzer übertönt beinahe die Geräusche des Schiffsmotors. »Ich weiß solche Sachen über ihn wirklich nicht.«

»Äh …«, offensichtlich hat es Marissa die Sprache verschlagen, »das ist …«

»Traurig«, antwortet Diana an ihrer statt. Vorwurfsvoll sehen sie mich an. Mir bleibt nur mit den Schultern zu zucken. Wahrscheinlich haben sie recht. Das ist traurig. Ich kenne Adam schon gefühlt mein ganzes Leben lang. Aber unterm Strich ist er ein Fremder für mich. »Wo ist er eigentlich heute hin?«

Ich versuche das beengende Gefühl in meiner Kehle runterzuschlucken.

»Ich weiß nicht«, flüstere ich und komme mir plötzlich total doof vor. Ich habe ihn nicht gefragt, was er heute vorhat. Andererseits ist er ja wohl derjenige, der heute Morgen nicht mal eine Nachricht hinterlassen hat. Ohne ein Wort zu verschwinden, ist auch nicht besser. »Ist ja nicht so, dass er mir irgendwie Rechenschaft schuldig ist oder so«, verteidige ich mich gegen die strengen Blicke der Mädels.

»Ich weiß, wo Jan heute ist, auch ohne dass wir zusammen sind oder er mir Rechenschaft ablegen müsste.«

Ich beiße mir auf die Innenseite meiner Wange, um Diana nicht ins Gesicht zu knallen, dass ich das auch nicht ganz normal finde. Die Beziehung zwischen den beiden ist … anders. Ja, ich habe Adam nicht gefragt. Vielleicht bin ich eine Egoistin. Vielleicht will er aber auch gar nicht gefragt werden.

Der Kapitän unterbricht unsere unangenehme Unterhaltung, indem er sich für unsere Aufmerksamkeit bedankt, von der er nicht ahnt, dass er sie nie hatte.

»Und jetzt?« Diana packt unser spärliches Picknick in einen bunten Rucksack und bindet sich ihre Jacke um die Hüften.

»Und jetzt«, strahlt Marissa, »gehen wir in den Zoo.«

»In den Zoo?«, fragen Diana und ich gleichzeitig, was Marissa zum Schmunzeln bringt.

»Jap. In den Zoo. Der gehört zu den Top Five der Sehenswürdigkeiten in Rotterdam.«

»Warum werde ich das Gefühl nicht los, dass du heute mit uns all das abklapperst, wozu Rachel keine Lust hat?«

Wir drängeln uns zusammen mit den anderen Passagieren durch den Innenraum des Schiffs, um auf den Anleger zu kommen.

»Könnte eventuell sein«, lacht Marissa und wünscht dem jungen Mann, der uns die Tür aufhält, einen schönen Tag auf gebrochenem Niederländisch. Anschließend kichern wir wie die Teenager, bis wir wieder auf der Promenade stehen.

»Dann also in den Zoo«, sage ich. Ich liebe Tiere. Ich liebe Zoos. Früher bin ich mit meinem Dad oft in den Wingham Wildlife Park gefahren. Mein Bruder hat einmal so viel Eis gegessen, dass er in Dads Rover gekotzt hat. Und einmal wollten Adam und ich den Tiger mit Rehfutter zähmen. Damals war alles noch so anders.

Ohne lange darüber nachzudenken, ziehe ich mein Smartphone aus der Hosentasche. Ich mag meinen Kopf selbst nicht verstehen, doch seit die Mädels immerzu von Adam geredet haben, muss ich an ihn denken. Nicht zu wissen, wo er steckt, fühlt sich mit einem Mal falsch an.

Wir gehen in den Zoo. Wo bist du?

Er antwortet nicht. Nicht auf der vierzigminütigen Zugfahrt und auch nicht in den Stunden, in denen wir zwischen den Tiergehegen hindurchschlendern.

Dieses ganze Gerede über Adam und seine nicht vorhandene Freundin hat mich total aus der Bahn geworfen. Immer wieder grübele ich darüber nach, warum ich so gut wie nichts von ihm weiß. Nichts außer lächerlichen Kindheitserinnerungen. Immer wieder versuche ich mir vor Augen zu führen, wann wir uns dermaßen verloren haben.

Adam war immer ein Teil meiner Familie. Früher haben wir viel gemeinsam unternommen. Ausflüge. Feste. Urlaube zusammen verbracht. Wir haben uns immer super verstanden. Zusammen gespielt mit meinem Bruder und den Geschwistern meines Dads. Sein jüngster Bruder Chandler ist nicht viel älter als Adam.

Ich kann mich gut daran erinnern, wie wir auf dem Campingplatz in Mousehole unsere erste Zigarette zusammen geraucht haben. Uns war den ganzen Abend so übel, dass wir Dads Barbecue verpasst haben.

Als wir vor vier Jahren Whistable hinter uns gelassen haben, um nach Ilford zu ziehen, haben wir näher an den Stevens gewohnt als all die Jahre zuvor und dennoch habe ich Adam seitdem irgendwie aus den Augen verloren. Warum habe ich das nicht gemerkt? Ich meine, Adam war schon immer schweigsam und einer von der ruhigen Sorte. Aber in den letzten Jahren haben wir so gut wie gar nicht miteinander gesprochen. Wir haben uns auf jedem Familienfest gesehen. Weihnachten und Halloween zusammen verbracht. Ich kenne alle Kostüme, die er je getragen hat, wirklich geredet, ich meine über was Bedeutendes, haben wir jedoch nie. Ich weiß nicht, ob er eine Freundin hat. Oder hatte. Was er mag und was nicht. Alles, was ich von ihm weiß, ist, dass er immer und überall zeichnet. Das wissen selbst Rachel und Marissa. Jeder, der ihn länger als zwei Minuten kennt, weiß das.

Ich sag ja, er ist ein Fremder für mich.

***

Als wir am späten Nachmittag Richtung Hostel zurücklaufen, bin ich auffallend still. Der Zoobesuch und die damit einhergehenden Kommentare über die Parallelen zu meinem neuen Job haben meine Gefühlswelt noch mehr ins Chaos gestürzt.

Meine Füße tun weh, weil die roten Ballerinas für heute doch nicht die beste Schuhwahl waren. Außerdem habe ich Hunger und bin wirklich müde. Die gestrige Nacht zehrt noch immer an meiner Energiequelle.

Zumindest für den Augenblick bin ich froh, dass meine neuen Freundinnen eben doch nicht so gute Freundinnen sind, wie man meinen könnte. Denn sie bemerken meine seltsame Stimmung nicht. Wie auch? Wir kennen uns erst einen Tag und es könnte ja durchaus möglich sein, dass ich einfach hin und wieder etwas stiller bin. In meinem Kopf lachen sich alle Menschen, die mich kennen, über diese Aussage schlapp. Ich bin nie still. Auch nicht wenn ich es eigentlich lieber sein sollte. Meine Mum sagt immer, zu wissen, wann man besser den Mund hält, sei ein Geschenk. Ich warte noch auf die Bescherung.

»Gott, bin ich froh, wenn wir was zu essen kriegen.«

Von unterwegs hat Marissa Rachel angerufen und sie gebeten irgendwas Essbares zu zaubern. Sie und Jan waren heute auf einem Ausflug in irgendeine Stadt.

»Hoffentlich haben sie genug gekocht. Heute werde ich wirklich erbarmungslos sein, was das Teilen angeht.« Diana zieht den Rucksack von ihrem Rücken und öffnet die schwere Eingangstür zum Hostel.

»Ich bring schnell das Gepäck hoch, treffen wir uns in der Küche?«

»Perfekt.« Marissa biegt in den lila gestrichenen Flur ab, der zur Gemeinschaftsküche führt. Jep. Lila Wände. Der Innenarchitekt war entweder betrunken oder ist brillant. Ich bin da noch nicht sicher. Die Gänge sind alle so schmal, dass einer im Türrahmen ausweichen muss, wenn es menschlichen Gegenverkehr gibt.

»Ich glaube, ich gehe erst mal duschen«, bringe ich mich zum ersten Mal seit den letzten drei Kilometern ein.

Eigentlich bin ich nicht scharf auf die Gemeinschaftsduschen, aber ich brauche ein paar Minuten für mich. Zumindest soweit das in einem Hostel machbar ist. So sehr, wie ich die Gesellschaft der beiden auch genieße: Ich brauche Zeit zum Nachdenken. Und irgendwie hoffe ich Adam in der Zwischenzeit zu sehen. Wir müssen wirklich dringend reden. Ich kann die Wahrheit nicht länger für mich behalten. Er sollte erfahren, warum wir hier sind. Beziehungsweise eher warum wir nicht hier sein sollten.

***

Eine Stunde später liege ich zusammengekauert in meinem Kaugummibett und meine Laune nähert sich dem Nullpunkt.

Zwar konnten die neuen Badelatschen, die ich im Souvenirshop des Zoos gekauft habe, meine Stimmung kurz heben, aber jetzt bilden meine nassen Haare einen traurigen Kranz auf meinem Kopfkissen. So sehr mein Magen auch knurrt, ich finde nicht genügend Motivation, nach unten zu gehen und mit den anderen Spaghetti zu essen.

Jedes Mal, wenn ich Schritte vor unserem Zimmer höre, versteife ich mich. Keine Ahnung, ob ich auf Marissa hoffe, die kommt, um mich zu trösten. Oder Adam, der mir versichert, dass er nicht böse sei, weil ich gelogen habe. Am meisten wünsche ich mir jedoch, mein Dad käme rein, packte mich an der Hand und brächte mich nach Hause.

Als die Türklinke sich bewegt und tatsächlich jemand in unser Zimmer tritt, stelle ich mich schlafend. Natürlich blinzele ich. Egal wie niedergeschlagen ich bin, die Neugierde gewinnt in den meisten Fällen. Leicht verschwommen sehe ich durch den kleinen Spalt zwei Männer, die ohne ein Wort zum Bett der Manchester-Jungs gehen. Einer von ihnen bleibt am Fußende stehen. Das muss Davis sein. Diana hat den ganzen Tag von seinen vielen Tattoos geschwärmt. Er zieht sich ein schwarzes Shirt über und schwingt sich den Geräuschen nach auf die obere Matratze. Sehen kann ich ihn dort nicht mehr. Marissa und Rachels Bett steht im Weg. Der andere tritt vor die Schrankwand und sieht zu mir rüber. Er ist also das grüne Viereck. Luke, soweit ich weiß. Ich bewege mich nicht, aber mein Herz trommelt so wild in meiner Brust, dass ich fürchte, er wird allein daran erkennen, dass ich nicht wirklich schlafe. Er ist groß. Blonde, wilde Haare, die ihm ins Gesicht fallen. Marissa hatte recht. Sie sind heiß. Beide. Auch er schlendert zurück zu seinem Bett. Am Knatschen der Matratze höre ich, wie er sich ebenfalls hinlegt. Das Zimmer wird vom Schein eines Tablets erhellt und ich wage es, die Augen vollständig zu öffnen. Sie können mich nicht mehr sehen. Zum Glück.

Na super. Hoffentlich kommt der Schlaf schnell und erlöst mich aus diesem Albtraum.

Und das tut er. Denn im nächsten Moment ist es stockfinster im Zimmer. Offensichtlich habe ich mehrere Stunden geschlafen.

»Grace«, höre ich ein Flüstern direkt neben mir und zucke zusammen, als ich eine große Statur erkenne, die sich zu mir runterbeugt.

Zwischen Traum und Realität strecke ich meine Hand aus und berühre Adams Gesicht. Seine Wangen sind kühl und stoppelig.

»Denkst du, es gibt hier diese kleinen Kuchen?«

Ich weiß, dass ich wach bin, aber ich habe die Kontrolle über mein Denk- und Sprachzentrum noch nicht zurück. Ich schwebe zwischen Schlaf und Wachsein. Ein wunderschöner Zustand, in dem man sich noch tiefer in die Decken kuscheln möchte und die Welt drumherum nur aus flauschigen Wolken besteht. Oder eben aus Kuchen.

»Hast du Hunger?«, fragt er flüsternd. Er riecht nach Rauch und Essen und … Adam.

»Ich mag diese kleinen Dinger mit Marzipan außenrum und Schokolade an den Enden.«

»Ich weiß. Wir besorgen dir morgen welche. Schlaf jetzt«, sagt er und zieht die Decke ein Stückchen weiter über meine Schulter.

»Okay«, murmele ich und kuschele mich weiter ein. Der Schlaf ist dabei zu siegen. Durch ein Auge sehe ich, wie Adam sich aufrichtet und aus seinen Schuhen schlüpft.

»Adam«, flüstere ich und greife nach seiner Hand, die direkt vor meinem Gesicht baumelt.

»Ja?« Er beugt sich erneut zu mir.

»Morgen erzählst du mir, ob du eine Freundin hast, ja?«

Eine Zeit lang ist es still und ich drifte wieder Richtung Schlaf. Schon halb an einem gigantischen Kuchenbuffet aus rosa Wolken spüre ich Adams Finger auf meiner Wange.

»Gute Nacht, kleine Gracy«, flüstert er. Dann träume ich, dass mein Dad mir einen Gutenachtkuss auf die Stirn gibt. So wie er es früher immer getan hat. Noch einmal werde ich wach und berühre die Stelle über meiner Augenbraue. Oder kam diese hauchzarte Berührung gar nicht von meinem Dad? Doch dann übermannt mich endgültig ein tiefer und zufriedener Schlaf ohne einen Gedanken an morgen oder gestern.

# Kapitel 5

Manche Menschen landen immer wieder in Situationen, in denen sie unter keinen Umständen landen wollten. Das ist wie bei den Fantasyfilmen, die meine Mum und Jordan so lieben. Stundenlang versuchen irgendwelche fiktiven Völker einen Krieg zu vermeiden, nur damit der Film am Ende in einem chaotischen Gemetzel endet. Idiotisch. Dachte ich. Bis heute. Denn jetzt bin ich diejenige, die sich idiotisch verhält. Und mein Magen fühlt sich dabei ebenfalls wie ein Gemetzel an.

»Rührei mache ich nur in einer Woche, aber ich hab kochendes Ei anbieten.« Roy, dessen Englisch man nur mit viel Fantasie versteht, wischt sich die Hände an seiner Schürze ab. Ich sitze hier seit einer Stunde, schlürfe meinen Kaffee und mache mir Gedanken darüber, warum ich nicht weiß, ob Roy ein Gast oder der Betreiber des Hostels ist. Ob er mir gerade aus Gefälligkeit ein Frühstück macht oder weil er dafür bezahlt wird. Ich sag ja. Idiotisch. Die Uhr über dem riesigen Backofen zeigt nicht mal halb acht und so ziemlich alle außer uns beiden schlafen tief und fest. Und das sollte ich eigentlich auch. Schlafen. Mich erholen. Anstatt auf einmal damit anzufangen, mir über jeden Gedanken zu machen, nur weil ich seit gestern das Gefühl habe, der egoistischste Mensch auf der Welt zu sein. Soll das so sein, dass man auf der Reise zu sich selbst ein egoistisches dummes Ding findet, von dem man selbst maximal genervt ist? Hätte mir das doch vorher jemand gesagt, dann wäre ich lieber zu Hause geblieben.

»Gehört dir das Hostel, Roy?«, frage ich, ohne auf seine Eiergeschichte einzugehen. Allein der Gedanke an ein gekochtes Ei bringt mich gerade zum Würgen. Das ist normal bei mir. Mir wird immer übel, wenn ich aufgeregt bin.

»Nein. Ich nur viermal die Woche hier«, antwortet er und strahlt mich aus seinem jugendlichen Gesicht an. Mit seinen schwarzen Haaren und den hellen Augen erinnert der Holländer mich an meinen Bruder. Außerdem hat er die gleiche schlaksige Figur wie Jordan.

»Cool«, quittiere ich und klopfe mir im Geiste auf die Schulter, weil ich mich für ihn interessiert habe. Seit gestern habe ich den Eindruck, als hätte mich jemand wachgerüttelt. Achte ich wirklich zu wenig auf meine Mitmenschen? Weiß ich deshalb so wenig über Adam?

Ich schüttele mich und nehme einen Schluck von meinem Kaffee, der für meinen Geschmack viel zu stark ist.

Bis vor dreißig Sekunden hatte ich mir für heute jeden Gedanken an Adam verboten. Zum einen weil ich seltsamerweise geträumt habe, dass er mir einen Gutenachtkuss gegeben hat. Äußerst eigenartig. Zum zweiten weil ich ein schlechtes Gewissen habe. Wie ein Teenager habe ich mich aus dem Zimmer geschlichen, um vorzuspielen, ich würde meinen ersten Praktikumstag erleben. Und, da ich weiß, dass aller guten Dinge drei sind, weil ich heute Morgen beim Aufstehen einen Fehler gemacht habe. Nachdem ich aus meinem Bett geschlüpft bin und die Erinnerung an meinen Traum langsam zurückgekehrt ist, habe ich ihn betrachtet. Mit nacktem Oberkörper lag er da. Die Decke nur bis kurz über die Hüften gezogen und mit leisen Geräuschen ein- und ausatmend. Und ... verdammt noch mal. Marissa und Diana hatten recht. Objektiv betrachtet, also ohne Verwandtschaftsdingsda, ist Adam einfach heiß. Wie zur Hölle konnte ich das all die Jahre übersehen, wo er doch so dicht vor meiner Nase war? Eine ganze Weile habe ich ihn angestarrt und mich gefragt, ob er ins Fitnessstudio geht oder ob er zu den glücklichen Menschen zählt, die von allein so gut aussehen. Wenn ich ein paar Wochen zu undiszipliniert esse, fragt Onkel Scott mich ständig, ob ich schwanger sei. Dieser Arsch. Nicht jeder Mensch hat perfekte Modelmaße oder Beine wie Rachel. Und klein zu sein ist figurtechnisch dabei nicht wirklich förderlich.

»Noch Kaffee?«, unterbricht Roy meine Gedanken. Er wirkt recht hilflos, jetzt, wo ich ihn nicht noch irgendwas für mich machen lasse. Aber ich kriege beim besten Willen nichts runter.

»Morgen«, drängt sich eine tiefe Männerstimme in meine Gedanken.

»Guten Morgen, Luke«, bemüht sich Roy um ein perfekt betontes Englisch, was sich noch dämlicher anhört. Luke, dessen Haare noch nass in alle Richtungen stehen, muss lachen und schlendert an mir vorbei zum Küchentresen. Dieser erinnert wie auch der Rest der Küche an Jugendherbergszeiten. Alles ist aus Edelstahl. Alles. Von den Arbeitsflächen bis zu den Kaffeekannen. In der Mitte des Raumes befindet sich eine gigantische Kücheninsel, um die Hocker verteilt sind. Die Gäste können selbst kochen oder sich bei Roy ein Frühstück kaufen.

»Hi«, sagt er, während er sich den Barhocker neben mir schnappt. Mit seinen blonden Locken und dem unwiderstehlichen Grinsen erinnert er mich irgendwie an Ryan Phillippe.

»Du bist Luke, oder?« Innerlich klatsche ich mir gegen die Stirn, während meine Hände in der Realität die Tasse noch ein bisschen fester umklammern.

»Äh ... ganz offensichtlich«, sagt er lachend und nimmt eine Tasse entgegen, die Roy ihm reicht. »Darf ich?«, fragt er und deutet auf die Thermoskanne, die hinter mir steht.

»O ja, klar ...«, stottere ich und reiche ihm den Kaffee. »Sorry.« Ich streiche mir eine Strähne hinters Ohr. Da ich gestern mit nassen Haaren eingeschlafen bin, sind sie heute kaum zu bändigen. Doch ganz gleich welche Frisur, neben einem Typ wie Luke fühlt man sich immer wie ein Mauerblümchen. »Ich glaub, wir schlafen zusammen.«

O Halleluja.

Roy gibt ein seltsames Glucksen von sich und ich wünschte, ich könnte mich wegbeamen.

»So? Tun wir das?«, lacht Luke und seine grünen Augen funkeln mich an. Sein Outfit ist perfekt. Hellgrünes Poloshirt. Khakishorts. Weiße Sneaker mit weißen Socken. Mein Dad würde diesen Look hassen.

»Ich meine, du bist auch 003, oder?«

»Oder 007?«, lacht Roy, der seinen Scherz witziger findet als wir.

»Was machst du so früh hier, Grace aus London?«, fragt Luke und dreht sich auf seinem Hocker einmal um seine eigene Achse. Lässig lehnt er die Ellbogen auf den Tresen und kehrt Roy den Rücken zu.

»Du hast dich also schlaugemacht. Soso.« Wenn er denkt, er ist der Einzige, der flirten kann, hat er sich getäuscht. Ich schlage ein Bein über das andere, straffe die Schultern und vergesse für den Moment mein persönliches Dilemma.

»Man weiß ja nie, mit wem man so zusammen schläft. Da muss man seine Ohren überall haben«, geht er in die nächste Runde und macht mir den Schlagabtausch herrlich einfach.

»Tja, Luke aus Manchester, der nur zum Feiern in Rotterdam ist. Da hast du vollkommen recht.«

Außer dem Klappern von Geschirr, welches Roy aus der riesigen Spülmaschine räumt, ist nichts zu hören. Unsere Blicke tanzen etwas miteinander und ich warte auf seinen nächsten Zug.

»Ich will rausfahren ans Meer. Kommst du mit?«

Ich zucke innerlich zusammen. Mit einer solchen Einladung habe ich nicht gerechnet. »Ich ...« Ich habe keine Ahnung, was ich will. Ich weiß nur, dass ich bis heute Nachmittag irgendwo meine Zeit verbummeln muss, ohne mich erwischen zu lassen. Mit einem Kerl wie ihm am Strand sitzen? Ich würde behaupten, mir könnte es schlechter ergehen. Die Alternative wäre, hier bei Roy zu bleiben und darauf zu warten, dass Adam aufwacht, um endlich reinen Tisch zu machen. Dann stünde unserer Heimreise nichts im Wege. »Warum nicht.« Ich glaube, ich bin noch nicht bereit zurück nach Hause zu fahren.

»Super. Dann los.« Luke nimmt mehrere große Schlucke seines Kaffees und lässt die Tasse achtlos auf dem Tresen stehen. Roys mitleidiger Blick trifft mich, während ich von meinem Hocker rutsche und unsere beiden Tassen zu ihm an die Spüle bringe.

»Danke«, murmele ich und greife nach meiner Jacke und gepackten Tasche, die für mein imaginäres Praktikum bereitlagen. Fahre ich also mit Luke aus Manchester ans Meer, anstatt zu Professor Hagedorn in die Sturmflutwehr zu gehen. Das Leben ist nun mal kein Wunschkonzert.

***

»Und?« Luke und ich schlängeln uns in seinem protzigen Auto bereits seit einer halben Stunde durch die schmalen Straßen, die aus Rotterdam rausführen. Langsam wird meine Atmung gleichmäßiger und ich wirke nicht mehr, als wäre ich einen Marathon gelaufen. Die Entscheidung, in seinen roten VW zu steigen, hat eine Welle an Horrorszenarien durch meinen Kopf gejagt und mich beinahe in einer Panikattacke oder so was enden lassen. Nicht dass ich diesbezüglich Erfahrung habe, aber ich glaube, das hier war nah dran.

Mir ist immer noch viel zu heiß und ich habe das Gefühl, der Sauerstoff in seinem Auto reicht nicht für uns beide. Okay, daran könnte der eklige Vanillegeruch schuld sein. Er fährt eins dieser Autos, bei denen ich sonst die Augen verdrehe. Tiefergelegt. Verdunkelte Scheiben. Und dumpfer Bass, der aus den Boxen dringt. Luke sitzt tief in der Klischeefalle. Aber er bekommt von alldem nichts mit. Er ist viel zu beschäftigt mit dem Straßenverkehr und seiner Frisur, die er zwischendurch immer mal wieder im Rückspiegel checkt. »Steigst du öfter bei Wildfremden ins Auto, Grace aus London?«

Auch im Seitenprofil ist Luke hübsch. So model-instagram-mäßig hübsch. Sein Kinn ist kantig und glatt rasiert und er hat eine minimale Narbe über der rechten Augenbraue.

»Hm. Um ehrlich zu sein, ist das mein erstes Mal«, gestehe ich.

Er zwinkert mir kurz zu und es dauert einen Augenblick, bis ich mein eigenes Wortspiel kapiert habe. Wenigstens habe ich so von seiner eigentlichen Frage abgelenkt, mit der er definitiv einen wunden Punkt getroffen hat. Denn all meine Sorgen haben sich in den letzten Kilometern auf zwei Grundprobleme reduziert. Erstens, ich sitze in dem Wagen eines völlig fremden Mannes. Er könnte ein Serienkiller sein. Oder ein psychopathischer Frauenentführer. Oder einfach nur ein Arsch. Fakt ist, ohne ihn finde ich nie wieder zurück ins Hostel. In den Niederlanden gleicht alles einem Labyrinth. Die Gassen sehen alle gleich aus und die Straßen sind so schmal, dass ich bei jedem Gegenverkehr befürchte, die Autos passen nicht aneinander vorbei. Und damit kommen wir auch schon zu meinem zweiten Problem. Dem Verkehr. Mittlerweile lenke ich meinen Blick nur noch aus dem Seitenfenster, weil ich sonst ständig das Bedürfnis habe, ins Lenkrad zu greifen. Mein Fuß sucht die ganze Fahrt über nach einer Bremsmöglichkeit im Fußraum. Fest steht, ich hasse den Rechtsverkehr. Zwar war ich schon früher in Ländern, in denen man falsch herum fährt, aber noch nie, seit ich selbst einen Führerschein habe. Es ist grauenvoll. Und Luke brettert mit seinem tiefergelegten Wagen so schnell über das rote Pflaster, dass mir schwindelig wird.

»Warum begleitet dein Freund dich nicht?«, frage ich, um das Thema zu wechseln und mich davon abzulenken, dass zu allem Überfluss nun auch noch ein Kanal am Straßenrand entlangführt. Ohne Leitplanke wohlbemerkt.

»Wir sind gestern chinesisch essen gewesen. Offenbar hat er sich den Magen verdorben. Da ist eine einsame Dünenlandschaft wohl nicht die beste Idee.«

Nicht die beste Idee. Das ist irgendwie mein Stichwort. Mit jedem Kilometer glaube ich mehr, ich hatte auch schon bessere. Bei »Ich fahre zum Strand« hatte ich einen gut besuchten Tourismusstrand im Kopf, keine einsame Dünenlandschaft mit einem vollkommen fremden Mann. Ich dachte an Cafés und Hafen und alles, was dazugehört. Eine nette und vertraute Vorstellung. So wie ich es aus Whistable kenne. Mein Elternhaus steht keine fünf Gehminuten von dem kleinen Fischereihafen entfernt. Ich habe unser Haus dort geliebt. Aber mein Vater hat vor einigen Jahren eine Marketingagentur gegründet und nach harter Arbeit den Sprung zu den großen Firmen geschafft, während meine Mum sich nach ihrem Studium als Autorin versucht hat. So konnte sie bei uns Kindern bleiben und trotzdem ihrer Leidenschaft nachgehen. Nie und nimmer hätte sie damit gerechnet, einmal eine Bestseller-Schriftstellerin zu werden. Um ihnen die Arbeit zu erleichtern, sind wir in die Nähe von London gezogen. In den Ferien und über die Feiertage treffen wir uns jedoch oft alle in unserem alten Haus. Mein Dad würde es niemals verkaufen. Das hat er mir und Jordan versprochen.

»Einsame Dünenlandschaft, he? Wohin genau fahren wir, Luke aus Manchester?«, frage ich und betrachte sein Profil.

Ich glaube nicht, dass ich die Nervosität in meiner Stimme auch nur ansatzweise überspielen kann, aber ich tue mein Bestes. Und Luke wirkt nicht wie jemand, dem Veränderungen im Klang einer Stimme auffallen. Es hat was von einer Kuh, wie er auf seinem Kaugummi schmatzt, außerdem ist er neben dem Straßenverkehr viel zu sehr mit seinem Spiegelbild beschäftigt, um auf mich zu achten.

»Hier, siehst du?« Ohne den Blick von der Straße zu nehmen, vergrößert er mit zwei Fingern den Bildausschnitt auf seinem Handydisplay. Es hängt an der Mittelkonsole und weist uns den Weg.

»De Duinen Van Goeree«, entziffere ich den Ort neben dem Zielfähnchen. Höchstwahrscheinlich spreche ich die Worte komplett falsch aus. »Und was genau verbirgt sich in den Duinen Van bla, bla, bla?«

Er hat das Display wieder zentriert und ich kann mich schon jetzt nicht mehr an den richtigen Namen erinnern.

»Dünen«, sagt er trocken und schenkt mir ein kurzes Lächeln. Das grüne T-Shirt spiegelt beinahe exakt seine Augenfarbe. Mein Gott. Bei der Verteilung von Schönheit stand er wirklich ganz vorne in der Schlange.

»Okay. Dünen also.«

Mir fällt beim besten Willen nicht ein, was ich Schlagfertiges darauf antworten könnte. Meine Schlagfertigkeit. Mein Mut. Ach und meine Selbstachtung. All das habe ich irgendwo im Ärmelkanal verloren, als ich mein Land verlassen habe. Langsam glaube ich, anstatt mich selbst zu finden, habe ich mich vollends verloren.

»Erzähl mal.« Dafür dass Luke ebenfalls eine Fremde in mir als Begleitung hat, wirkt er vollkommen tiefenentspannt. »Was machst du so in London?«

Ich hasse es. Ich hasse es. Ich hasse es. Immer wieder die gleichen Fragen. »Was studierst du?«, »Was willst du damit später mal machen?«, »Hm ... Denkst du, das hat Perspektive?« ... »Also ich sehe ja viel mehr Sinn in bla, bla, bla oder dingsda.« Anfangs, in der ersten Zeit nach der Schule, habe ich noch hoch motiviert von meinen Träumen berichtet. Jetzt möchte ich nur noch schreien: »Ich weiß es nicht!«

»Da gibt's nicht viel zu erzählen. Ich bin ziemlich langweilig«, sage ich stattdessen und konzentriere mich auf die kleinen Häuschen am Straßenrand. Aus England bin ich schmale Reihenhäuser gewohnt, aber hier sieht alles aus wie in einer Puppenstube. Winzige Häuser mit spitzen Dächern. Alle irgendwie gleich und doch jedes einzigartig.

»Ach, das glaub ich nicht. Du siehst nicht gerade langweilig aus.«

Seine Worte lassen mich zu ihm herumfahren. Ohne seine Begierde auch nur im Ansatz zu vertuschen, lässt Luke seinen Blick an mir herabgleiten. Ich habe mich heute bewusst für einfache Jeans, T-Shirt und Turnschuhe entschieden. Etwas, das ich nicht oft tue. Ich mag ausgefallene Kleider und bunte Farben. Aber schließlich denkt alle Welt, ich würde heute ein Praktikum in einem riesigen Stausystem beginnen. Da wären rote Schuhe und Jeanskleid nicht die beste Wahl.

»Also, womit vertreibst du dir die Zeit?«, hakt er weiter nach. »Irgendwelche speziellen Hobbys?«

Beinahe hätte ich laut losgelacht. Er will was über mich und mein chaotisches Privatleben hören? Da hat er sich das richtige Thema ausgesucht.

»Dein Handy sagt, in zwanzig Minuten sind wir da. Das ist nicht genügend Zeit, um dir alle Hobbys aufzuzählen, die ich je versucht habe.«

Luke sieht zwischen mir und der Straße hin und her.

»Ernsthaft?«

»Ernsthaft«, bestätige ich.

»Nenn mir die Top Five.«

Langsam fängt das hier an mir Spaß zu machen. Luke scheint im Großen und Ganzen in Ordnung zu sein. Immerhin ist mein schlechtes Gewissen so gut wie verdrängt und ich habe seit vierzig Minuten nicht mehr darüber nachgedacht, was ich Adam und meinen Eltern heute Nachmittag erzähle.

»Hm ... das ist eine schwere Entscheidung«, gebe ich zu und schlüpfe aus meinen Schuhen. Ich ziehe ein Bein unter meinen Körper und drehe mich ein Stück zu Luke. Hauptsache, ich muss nicht auf die Straße sehen. »Auf jeden Fall Bogenschießen.«

»Bogenschießen? Dein Ernst?«

»Ja«, lache ich. »Nachdem ich diesen Film gesehen hatte, in dem das Mädchen allein im Wald überleben muss, habe ich das unbedingt können wollen.« Ich schlage kurz meine Hände vors Gesicht. »Ich glaub, ich war zwölf oder so.«

»Okay. Also, ich kenne kein einziges Mädchen, das Bogenschießen beherrscht.« Seine blitzweißen Zähne kommen zum Vorschein, als er mich angrinst. »Und du denkst, du wärst langweilig.«

»Moment, zu keinem Zeitpunkt habe ich behauptet es zu können«, halte ich mit erhobenem Zeigefinger dagegen. »Nur dass ich es gewollt habe.« Luke und ich lachen beide. »Ich bin komplett talentfrei gewesen.«

»Okay, also keine Hunger Games für Grace. Weiter ...«

»Ballett.«

Er legt den Kopf schief, sodass er sich das Haar zum dreihundertsten Mal aus der Stirn streichen muss. »Das ist nicht ungewöhnlich.«

»Nicht für die meisten Mädchen. Wüsstest du um meine absolute Unfähigkeit, mich geschmeidig zu bewegen, wäre auch dir klar, dass Bogenschießen in meinem Fall nur halb so abwegig erscheint wie Ballett.«

»Die Geschichte wird immer interessanter.« Ein breites Grinsen stiehlt sich erneut auf sein Gesicht. »Ich würde mich nur allzu gern von deiner Bewegungsunfähigkeit überzeugen.«

Das Zwinkern, das Luke mir schenkt, ist so lasziv, dass ich glaube rot zu werden.

»Diskutierclub«, bringe ich schnell hervor und Luke prustet kurz überrascht los.

»Was für ein Club?«

»Ein Diskutierclub. Darin war ich spitze.«

»Verarschst du mich?«, fragt er, immer noch lachend. Inzwischen haben sich die Puppenstubenhäuschen verabschiedet. Soweit das Auge reicht, sieht man nur noch Felder und Wiesen. So flach, dass die Landschaft am Horizont eine gerade Linie bildet.

»Nein. Keinesfalls. Das war genau mein Ding. Ich hätte ganz groß rauskommen können.«

»Aber?«

»Na ja ... ich war das Gründungsmitglied. Das war damals in der sechsten Klasse. Ich wollte unbedingt einen Club ins Leben rufen. Michael Sanders und Erwin Sinclair haben direkt eingewilligt mitzumachen. Schon nach dem ersten Treffen hat sich allerdings herausgestellt, dass sie nur Eis mit mir essen wollten. Die Diskussionen waren ihnen total egal.«

»Wow. Diese Heuchler«, stimmt Luke gespielt verärgert zu. Er erarbeitet sich gerade eine Menge Pluspunkte mit seinem Humor.

»Ja«, sage ich und schiebe meine Unterlippe nach vorne. Da sie eh im Verhältnis viel größer ist als meine Oberlippe, kann ich den perfekten Schmollmund ziehen.

»Was ist aus dem Club geworden?«

Luke lenkt den Wagen von der schmalen Straße auf einen Schotterparkplatz.

»Ich habe ihn noch ein halbes Jahr am Leben erhalten, aber irgendwann sind die Diskussionen recht einseitig geworden.«

Er stellt den Motor ab und beendet den Navi-Modus in seinem Smartphone.

»Ein trauriges Ende für den Diskutierclub.« Unsere Gesichter sind nun dicht voreinander und alles, was ich rieche, ist Lukes herbes Parfüm. Der Vanillemist ist verflogen. Genauso wie meine Ängste, Sorgen und alle Probleme. »Ich möchte unbedingt wissen, was die letzten beiden Hobbys aus den Top Five sind.«

Er flüstert mehr, als dass er redet. Und diese Augen. Wie sein Blick immer wieder zu meinem Mund wandert. Er kann das wirklich gut.

»Sind wir da?« Ich bin auch nicht übel im Flirten. Ein bisschen das schüchterne Mädchen mimen, sprich: mehr hauchen als reden. Mit den Wimpern klimpern und den Mann denken lassen, er wäre das Alphatier. So schwer ist das nicht. Eine einzige Liebesschnulze meiner Mum reicht, um das zu checken.

»Sind wir. Und ich muss sagen – ich bin froh, dass du hier bist, Grace aus London.«

Er sieht hinunter auf meine Hände, bevor er mich wieder mit diesem Hypnoseblick zum Schwitzen bringt.

»Und ich erst, Luke aus Manchester.« Wenn er wüsste ...

# Kapitel 6

»Ah«, ruft Marissa schon von Weitem. Die Sonne ist bereits hinter den hohen Häusern verschwunden und die Wärme des Tages hat sich mit all meiner Zuversicht in die Nachtruhe verabschiedet.

Ich habe den Tag mit Luke genossen. Dass die Niederlande so schöne Dünengebiete besitzen, war mir nicht klar. Etwas, das ich von zu Hause nicht kenne. Bei uns grenzen die Grundstücke direkt ans Meer. Oder aber die Klippen ziehen eine Grenze zwischen den Menschen und dem Ozean. Heute habe ich flachen Strand gesehen, soweit das Auge reicht. Kein Haus weit und breit. Und so viel Sand. Richtig friedlich. Und Lukes Begleitung war nicht übel. Zugegeben, er ist nicht der interessanteste Gesprächspartner und irgendwie schafft er es, jedes Thema zu etwas Anzüglichem zu formen. Das mag ich nicht. Aber sein charmantes Lächeln und die Aufmerksamkeit, die er mir schenkt, machen das weitestgehend wieder wett. Die Betonung liegt auf weitestgehend.

Über den Tag habe ich sämtliche Anrufe und Nachrichten ignoriert. Auch während unseres Essens in einem kleinen italienischen Restaurant konnte ich mein Drama im Auto zurücklassen und Lukes ungefilterte Geschichten haben mich abgelenkt. Doch nun prasselt alles in Rekordgeschwindigkeit wieder auf mich ein. »Da ist ja der Workaholic des Tages. Komm. Wir wollen alles ganz genau wissen.«

»Luke.« Ich halte ihn am Ärmel seiner Jeansjacke zurück, bevor wir die anderen erreichen. In der Lobby des Hostels lümmeln Marissa, Rachel, Davis und Adam auf ein paar Sitzsäcken rum. Bei ihnen sitzen noch zwei Mädels. Ich glaube, sie gehören zu den feierwütigen Amerikanerinnen.

Luke, der mit dem Autoschlüssel in seiner Hand spielt, bleibt stehen und sieht fragend auf mich hinab. Seine Wangen sind vom Tag gerötet und das Haar steht in alle Richtungen. War alles Glattstreichen am Ende doch umsonst.

»Denkst du, wir könnten den Tag heute für uns behalten? Ich meine ... ich ... und die anderen ...« Ich habe ihm nicht erklärt, dass ich heute eigentlich meinen neuen Job hätte antreten sollen. Generell haben wir uns keinerlei ernsterem Thema gewidmet.

Sein Blick wandert zwischen den anderen und mir hin und her. Seine Hand fühlt sich warm an, als er sie auf meinen Unterarm legt und mich ein bisschen dichter zu sich heranzieht.

»Wenn es sein muss, schweige ich für dich wie ein Grab, Prinzessin«, flüstert er mir ins Ohr. Den sanften Klang seiner Stimme und den mittlerweile bekannten Geruch seines Parfums könnte ich beinahe genießen. Wäre da nicht Adams Blick, der mich rasiermesserscharf über Lukes Schulter trifft.

»Danke«, hauche ich zurück und lasse meine Schultern nach unten sacken. Die Konversationen mit Luke sind ... einfach gestrickt. Hoffentlich hält er Wort, wenn wir mit den anderen zusammenstoßen. Und dieser Moment ist genau jetzt. Denn eine Hand in meinem Rücken schiebt Luke mich weiter in den Raum und wir überwinden die letzten Meter.

»Also ... erzähl!« Marissa setzt sich in den Schneidersitz und richtet sich kerzengerade auf. »Wie war's?«

»Äh ... gut«, stottere ich. Mit den größten Bemühungen ziehe ich meine Mundwinkel nach oben. Hoffentlich wirkt es im Ansatz wie ein Lächeln. »Der Tag war interessant. Wirklich.«

Der einzig freie Platz befindet sich neben Adam. Ich presse die Lippen aufeinander und nicke kurz, als sich unsere Blicke erneut treffen. Er sieht gut aus. Ganz anders als Luke. Aber gut. Echter, aufrichtiger. Wärmer.

Er trägt ein hellblaues Shirt, das seine Augen betont, und die schweren Boots, die er auch schon auf der Fähre anhatte. Als Kind habe ich ihm immer in sein krauses Haar gefasst. Für mich fühlte es sich an wie Watte. Doch das ist lange her und er trug es damals noch viel länger als heute.

Während Marissa die beiden Fremden aufklärt, warum ich augenscheinlich in Rotterdam bin, entsteht ein zweisamer Moment zwischen Adam und mir.

»Dein Dad hat dreimal angerufen.« Er redet so leise, dass die anderen uns nicht hören können.

»Ich weiß. Danke. Ich ruf ihn später zurück.«

Wir sehen uns an. Ich kann erkennen, wie er mich durchschaut, die Lüge hinter meinen Worten entdeckt. Er kennt mich lange genug, um zu wissen, dass meine Reaktion nach solch einem Tag nie und nimmer so dürftig ausfallen würde.

»Ist …« Er holt einmal tief Luft und streicht sich übers Gesicht. Dabei fällt sein Blick auf Luke, der mit seinem Kumpel an der Theke steht, um etwas zu trinken zu besorgen. Sie lachen laut und Davis klopft ihm auf die Schulter. »… alles okay bei dir?«

Meine Augen übernehmen das Sprechen für mich. Sagen ihm, wie durcheinander ich bin. Dass mein Gewissen mich erschlägt und ich schlichtweg einfach Heimweh habe.

»Kriegen wir jetzt noch Details oder gehen wir gleich zur Party über?«, ruft Marissa und unterbricht Adams und mein stummes Gespräch. Ich glaube, sie ist schon nicht mehr ganz nüchtern.

»Was habt ihr heute gemacht?«, lenke ich ab und vermeide es, Adam anzusehen.

»Wir sind alle zusammen unterwegs gewesen.«

Rachel beugt sich nach vorne, um ihre Tasse vom Tisch zu angeln.

»Wir sind in der Markthalle gewesen und haben uns anschließend ans Wasser gesetzt«, antwortet Marissa und jetzt ist nicht mehr zu überhören, dass sie leicht lallt. »Uuuund«, zieht sie in die Länge und zeigt mit dem Finger auf Adam, »dein megacooler Cousin hat uns gemalt.«

»O mein Gott, Adam ist so talentiert«, sagt eine zierliche Blondine, die dabei eine Hand auf Adams Schulter legt. Ihr amerikanischer Akzent klingt, als hätte sie eine Kartoffel im Mund. Aber nein. Kartoffeln enthalten ja Kohlehydrate und die hat sie bei ihrer Figur sicher noch nie zu sich genommen. Sie sieht aus wie eine fleischgewordene Barbie. Dagegen wirke ich mit meiner vom Meersalz zerwühlten Mähne und den viel zu kurzen Beinen wie ein Kind. Ein trotziges, eifersüchtiges Kind.

»Zeig ihr das Bild von uns, Adam.«

Allein wie sie seinen Namen betont und ihre Hand immer noch auf seiner Schulter ruht. Wer ist sie bitte? Seine Ehefrau? Mir wird allein vom Zusehen schlecht.

»Ich würde es ja wirklich gerne sehen, aber ich bin am Verdursten«, brumme ich sie an, ohne mich überhaupt vorzustellen, und gehe anschließend zu Luke und Davis an den Tresen. Lukes Miene hellt sich auf und er legt seinen Arm um meine Taille, als ich mich neben seinen Barhocker stelle.

»Prinzessin. Willst du was trinken?«

»Unbedingt.« Ich schenke seinem Freund ein schmales Lächeln, »Wie wär's mit Tequila?«

»Da bin ich raus.« Das ist der erste Satz, den ich von diesem Davis höre und seine Stimme jagt mir eine Gänsehaut über den Rücken. Er hat den tiefsten Bass, den ich je gehört habe. »Ich bin froh wieder aufrecht zu stehen.«

Er reibt sich über den Bauch und mir fällt sein Chinesisch-Desaster wieder ein.

»Ich bin übrigens Davis«, sagt er und hält mir die Hand hin. Davis erinnert mich irgendwie an die Jugendfotos von meinem Dad. Er hat dunkelbraunes Haar, das ihm bis knapp übers Kinn fällt, und sein rechter Arm ist komplett tätowiert.

»Grace.« Ich mache einen leichten Knicks und lege meine Hand in seine. Anschließend kippe ich den Tequila, den Luke mir reicht, in einem Schluck hinunter. Scheiß auf die Zitrone, das Leben ist bitter genug.

»Auf uns.« Er sieht dabei zu, wie ich mein Gesicht verziehe, und zwinkert mir zu, ehe er seinen eigenen Schnaps ext.

Ich habe heute eine Menge über Luke erfahren. Dass er fünfundzwanzig ist. Schon sein ganzes Leben in Manchester lebt und im Büro einer kleinen Autowerkstatt arbeitet. Eigentlich hat er diese Reise mit seinem Bruder Jimmy geplant. Aber dessen Frau ist schwanger und er wollte sie nicht allein lassen. Also ist Davis, der Sohn seines Chefs, eingesprungen. Eigentlich kennen sie sich nicht besonders gut. Aber bislang scheinen sie eine gelungene Zeit zu verbringen. Wenn man unter »gelungen« eine Menge Alkohol und derbe Partys versteht.

Wir bleiben noch für drei weitere Tequilas an der Bar und langsam brennt das Smartphone, das permanent in meiner Hosentasche klingelt, mir kein Loch mehr ins Herz.

Auf dem Weg von der Toilette schreibe ich meiner Mum, dass alles okay ist und wir noch mit den neuen Kollegen was trinken sind.

Schon in dem dunklen Gang zurück zur Lobby höre ich die anderen lachen und grölen.

»Komm, Prinzessin«, ruft Luke und ich wünschte, ich könnte einfach wieder umdrehen, aber schon drehen sich alle Köpfe in meine Richtung. In Sachen Zurückhaltung hat Luke noch den ein oder anderen Kurs offen. Er und Davis haben sich zum Rest unserer Zimmergenossen gesellt. Luke klopft links von sich auf den Sitzsack, der neben Adams liegt. Alle scheinen angeheitert und reden wild durcheinander. Nur Adam sieht mich ernst an. Ohne seinen Blick lange zu erwidern, will ich mich auf meinen Platz plumpsen lassen, als Luke mich an der Hüfte packt und auf seinen Schoß zieht. Ich hatte das nicht wirklich geplant, aber wehre mich auch nicht dagegen. Soll mich mal einer verstehen.

»Wir waren gerade dabei, was Witziges zu spielen«, lallt Marissa und lenkt mich davon ab, dass Adams Blick sich nicht von Lukes Händen auf meiner Taille löst.

»Was spielen wir?«, versuche ich mit normaler Stimme zu fragen.

»Kelly wollte ›Wahrheit oder Pflicht‹, aber das ist uns zu doof.« Rachel, die relativ nüchtern erscheint, rümpft die Nase.

»Wir spielen ›Erzähl mal‹ …« Marissa legt sich leicht über ihre Freundin, um näher bei mir zu sein. »Und du fängst an.« Sie tippt mir mit dem Zeigefinger auf die Nasenspitze.

»Und was muss ich machen?«

Lukes Daumen malen kleine Kreise auf den Stoff meiner Jeans und ich kann nicht leugnen, dass ich die Berührung genieße.

»Also gut«, lacht Kelly, die an Adam klebt wie der Kaugummi unter seiner Matratze. »Erzähl mal, was das Dümmste war, das du je getan hast.«

Ihre glatte blonde Mähne fällt wie ein Schleier um ihre Schultern, während die perfekt geschminkten Lippen mich anstrahlen.

»Im Ernst jetzt?«, frage ich mit hochgezogener Augenbraue. »Und wenn ich nicht erzählen will?«

»Dann musst du trinken und derjenige neben dir muss erzählen«, antwortet Marissa für sie.

»Ich habe Suppe gekocht«, antworte ich, ohne zu zögern. Wahrscheinlich haben alle eine spektakuläre Story erwartet, denn dementsprechend verwirrt starren sie mich an. Nur auf Adams Gesicht zeichnet sich in Zeitlupe ein breites Grinsen ab.

»Das ist langweilig«, nörgelt Kelly und schiebt mir ein Schnapsglas hin. Ich trinke ohne Gegenwehr, auch wenn ich meine Aufgabe erfüllt habe. »Dann musst du die Frage beantworten«, richtet sie an Adam und o mein Gott ... ihr läuft beinahe der Sabber aus dem Mund.

»Ich habe Suppe gekocht«, sagt er lässig und ich kann mein Kichern nicht zurückhalten.

Wir sehen uns an und es scheint für den Bruchteil einer Sekunde nur uns zwei zu geben. Stumm schwelgen wir in der Erinnerung an den Tag, an dem Adam und ich an meinem siebten Kindergeburtstag eine Suppe gekocht haben. In meiner Gartenküche. Sie bestand aus Matsch und Regenwürmern. Mit Gras und Blüten verziert. Dummerweise konnten wir drei der Kinder davon überzeugen, sie zu essen. Sie sind furchtbar krank geworden und wir haben den schlimmsten Ärger unseres Lebens bekommen.

»Andere Frage«, protestiert Marissa und zerstört den Moment der Nostalgie. »Was war der verrückteste Ort, an dem du Sex hattest?«

Davis ist an der Reihe, aber er nimmt nur stumm ein Glas und trinkt. Der Arme. Das wird seinem Bauch nicht guttun.

Auch Rachel trinkt. Marissa sieht ihr dabei zu und will gerade anfangen zu erzählen, als Rachel ihr das Glas hinhält. »Du trinkst lieber«, lacht sie und auch wir anderen müssen kichern.

»Also, Luke.« Kelly, die es mir schwer macht, sie zu hassen, weil sie wirklich nett zu sein scheint, hält ein Glas hoch. »Erzähl mal.«

»Auf dem Riesenrad.«

»Auf dem Riesenrad?«, frage ich entsetzt und drehe mich ein Stück zur Seite, um ihm ins Gesicht zu sehen.

»Ja. War geil.« Er zuckt nur mit den Schultern.

»Und muss ja relativ schnell gegangen sein«, geht Adam dazwischen und mir bleibt kurz die Spucke weg.

»Tja, wer kann, der kann«, hält Luke dagegen und schlingt seine Hände um meinen Bauch. »Du bist dran.«

»Ähm ...«, stottere ich und sehe auf meine Hände. »Im Auto meines Dads.«

»Du hattest Sex in Sams Rover? Bist du lebensmüde?«, platzt es aus Adam hervor. So energisch habe ich ihn noch nie erlebt. »Mit wem?«, schiebt er nach. Wütend funkelt er mich an. Mein Dad persönlich spricht gerade aus ihm.

»Das geht dich gar nichts an«, fauche ich. »Außerdem bist du dran.« Ich schiebe das Glas vor mir einen Platz weiter, sodass die klare Flüssigkeit nun vor ihm steht.

»Ich kann nicht fassen, dass du Sex im Rover hattest«, wiederholt er, greift nach dem Glas und leert den Inhalt in einem Zug. Dabei schüttelt er seinen Kopf pausenlos.

»Also, bei mir war es der Whirlpool meiner Tante«, unterbricht Kelly und alle Blicke schießen zu ihr.

»Eklig«, kreischt Marissa und kippt beinahe mit ihrem ganzen Sitzsack zur Seite. Auch Rachel und Luke lachen und irgendwann können Adam und ich uns auch nicht mehr zurückhalten. Wir alle gackern wie die Hühner und meine Rovergeschichte ist Gott sei Dank vom Tisch.

In den nächsten Runden verraten wir die Farben unserer Unterwäsche, unseren peinlichsten Moment im Leben und was wir ändern würden, wenn wir die Möglichkeit dazu bekämen.

»Jo, Mann.« Davis zeigt auf einen Flachbildschirm, der über einer goldenen

Statue eines nackten Mannes angebracht ist. »Die zeigen Manchester gegen Chelsea.«

»Oh. Das muss ich sehen. Bis später, Süße.« Luke gibt mir einen Kuss auf die Wange und katapultiert mich unsanft von seinem Schoss. Schon auf unserem Ausflug hat er mir von seiner absoluten Fußballleidenschaft berichtet. Jetzt sehe ich den gleichen Kloß im Hals, der dadurch bei mir aufgekommen ist, bei Adam entstehen.

»Du hast was mit einem Fußballfreak?«, fragt er entsetzt. Die anderen verfolgen, wie Luke und Davis sich in eine separate Sitzgruppe absetzen.

»Ich hab nichts mit ihm«, knurre ich so leise wie möglich. Der Kuss gerade hat mich völlig überrumpelt. Hallo? Immerhin kenne ich ihn gerade mal zwölf Stunden.

»Weiß er von Scott?« Er blickt zwischen den anderen hin und her, aber keiner scheint sich für uns zu interessieren.

»Natürlich nicht. Bist du verrückt?«

Adam und ich haben das große Los gezogen, in einer Fußballfamilie groß geworden zu sein. Alle in unserer Verwandtschaft sind Fußballfreaks. Wirklich alle. Eben alle außer Adam und mir.

Mein Dad spielte Fußball, als er noch jünger war, und selbst meine Mum ist ein absoluter Freak. Sie erzählt mir immer, dass mein Grandpa eine Fußballlegende war. Er ist gestorben, als ich vier war. So wie Adams Vater Greg war er Trainer. All das wäre ja zu verschmerzen, wenn der Bruder meiner Mum, Onkel Scott, nicht der zweite Beckham Englands wäre. In seiner aktiven Karriere hat er irgendwelche Titel geholt, von denen ich nicht die geringste Ahnung habe, und die ganze Nation hat ihn gefeiert. Mittlerweile ist er Geschäftsführer der London Silvers und ein echter Bürohengst. Ich liebe meinen Onkel, aber er ist ein arroganter Sack und dieser ganze Fußballhype ist mir total egal. Dad macht immer Scherze, dass ich das von meiner Grandma väterlicherseits habe, und Mum ist total verzweifelt, weil ich Jordis Spiele nie verfolge oder mit der Familie zusammen die Silvers im Fernsehen verfolge.

»Von mir erfährt ganz sicher keiner was«, flüstere ich noch eine Spur leiser, da Kelly ihre Ohren voll auf Empfang hat. Sie lächelt zwar mit den anderen in die Runde, aber ich bin nicht blöd. Ich sehe genau, dass sie versucht uns zu belauschen. Ich bin sicher nicht scharf darauf, dass Luke erfährt, wer mein Onkel ist. In der Regel bedeutet das nämlich, ich reduziere mich für die Leute in Lichtgeschwindigkeit von Grace aus London zu der Nichte von Scott Peterson.

»Oder was meinst du, Adam?«

Wir sehen beide zu Rachel, die auf eine Antwort wartet.

»Sorry«, sagt Adam. »Was?«

»Rachel meint, dass so gut wie alle Männer was für Fußball übrighaben«, wiederholt Marissa.

»Zumindest für die Länderspiele und so«, hilft Kelly ihm auf die Sprünge.

»Ich eher nicht.«

»Machst du keinen Sport?«, hakt die Blondine nach und jetzt bin ich diejenige, die die Ohren spitzt.

»Ich spiele Basketball.«

»Du spielst Basketball?«, ersticke ich Kellys Reaktion.

»Ja. Hast du ein Problem damit, Grace?« Adam wendet sich mir zu und mein Herz schlägt ein paar Takte schneller. Weil ich ... Ach, Mist. Ich weiß auch nicht warum. Wieso weiß ich nicht, dass Adam Basketball spielt? Und warum nervt mich das? Überhaupt diese ganze Sache hier. Ich möchte mir am liebsten die Haare ausreißen.

»Nein«, fauche ich. »Ich bin nur überrascht.«

»In einer Mannschaft?«, fragt Kelly.

»Wohl kaum allein«, murmele ich vor mich hin. Rachel gluckst. Offensichtlich war ich nicht leise genug. Scheißtequila.

»Ja. Ich spiele seit drei Jahren in einem Team. Wir sind echt gut.«

»Seit drei Jahren?«, sprudeln zum zweiten Mal die Worte einfach so aus mir heraus und drängen Kellys Neugierde in den Hintergrund.

»Ja«, knurrt Adam, »seit drei Jahren, Grace.«

Unsere Blicke fechten ein Duell aus. So lange, bis Kelly etwas Schwarzes in unser Blickfeld schiebt.

»Dein Büchlein ist runtergefallen«, zwitschert sie wie ein Vöglein. Ich habe meine Meinung über sie geändert. Ich kann sie nicht leiden. Die Hostel-Barbie nervt. »Darf ich einen Blick …?«

»Nein«, faucht Adam und reißt ihr das schwarze Buch aus der Hand. Der Ledereinband, den er gestern Abend unter sein Kopfkissen geschoben hat. Sofort lässt er das Büchlein in seiner hinteren Hosentasche verschwinden.

»Sorry«, haucht Kelly.

Ich kann meinen Blick immer noch nicht von Adam abwenden. Was zur Hölle ist zwischen uns los?

»Ich gehe ins Bett. Morgen wird ein anstrengender Tag«, spricht mein Verstand für mich. Ich achte weder auf die schwankenden Wände, während ich aufstehe, noch auf Marissa oder Luke, der irgendwas hinter mir hergrölt. Im Augenwinkel habe ich sehr wohl beobachtet, wie er sich an das Mädchen rangeschmissen hat, das neben ihm sitzt. Ich sehe auch nicht mehr zu Adam, blende alles aus, bis ich die Treppe erreiche. Sie ist so dermaßen steil, dass sie einem das Leben kosten kann, wenn man sich vertritt. Vielleicht sollte ich den Tag einfach abhaken. Lügen macht müde. Und Tequila auch. Morgen werde ich alles aufklären. Ich werde meinen Dad anrufen. Ihm die Wahrheit sagen. Werde Adam alles erzählen. Dann können wir nach Hause fahren und er kann zurück zu seiner Basketballmannschaft. Und ich … Keine Ahnung, was ich tun soll, wenn diese Reise zu Ende ist.

Der Geruch im Zimmer ist immer noch unverändert und lässt einen an muffige, feuchte Keller denken. Ich entlasse meine Füße aus den Turnschuhen und sie danken es mir. Der Tag war verdammt lang. Diesmal halte ich mich nicht zurück und lasse mich auf das ausgelutschte Kissen fallen. Aber ich spüre sofort etwas Hartes im Rücken und setze mich wieder auf. Ich schlage die Decke ein Stück zurück und halte inne. Auf meiner Matratze liegt ein Päckchen mit den kleinen Marzipanküchlein, die ich so gerne mag. Die mit der Schokolade an den Enden. Daneben liegt ein Zettel.

Hoffe, dein erster Arbeitstag war so, wie du ihn dir vorgestellt hast.

Ich nehme die Träne erst wahr, als sie auf das gelbe Papier tropft und die kleine Blume verwischt, die Adam neben seine Nachricht gezeichnet hat. Er hat mir Küchlein gekauft. Der Kuss. Das war kein Traum.

# Kapitel 7

Allein das Vibrieren meines Handyweckers reicht, damit ich endgültig hellwach bin. Meine Mum sagt immer, wenn man nicht tief schläft, dann laste einem etwas auf der Seele, das einen daran hindert, zur Ruhe zu kommen. Man müsse den Störenfried nur finden, dann fühle man sich besser. So predigt sie immer.

Ich habe ihn gefunden, aber ich fühle mich immer noch elend. Und da einer miesen Entscheidung in der Regel die nächste folgt, ist es Lukes Atem, der mich im Nacken kitzelt. Die ganze Nacht hat er in mein Ohr geschmatzt oder seinen viel zu schweren Arm auf meinen Bauch gelegt. Aber daher rühren nicht die Bauchschmerzen, die ich habe, als ich eine halbe Stunde später zum zweiten Mal, seit ich hier bin, Roys Frühstück verschmähe und mich stattdessen nur an einem Kaffee versuche. Die kommen von Adams Blick. Immer wieder denke ich an das Funkeln in seinen blauen Augen, mit dem er mich angeblitzt hat, als ich aus Lukes Bett gestiegen bin. Bei dem Gedanken daran läuft mir ein Schauer über den Rücken.

Es ist ja nicht so, dass ich Hals über Kopf in Luke verliebt bin. Er sieht gut aus und scheint auf mich abzufahren, ja. Das schon. Aber der Grund, warum ich mich gestern Abend dazu entschieden habe, mich in sein Bett zu legen, ist ein ganz anderer gewesen. Ich war einsam. Ich wollte einfach nicht allein sein. Und die Sache mit den Küchlein. Ich bin so dermaßen verwirrt. Jetzt noch mehr als vor dieser Nacht.

Aber manchmal hat doch jeder Mensch einfach nur das Bedürfnis, gehalten zu werden. In Situationen wie diesen fühlt sich jede Berührung an wie Medizin. Und Luke stellt keine Fragen. Er nimmt mich mit zum Strand, hütet vor den anderen mein Geheimnis und ist nett zu mir. Ganz sicher werden wir niemals ein Paar mit ernsten Absichten und ich bin nicht so naiv zu glauben, dass er wirklich Gefühle für mich entwickelt. Aber er war nun mal zur rechten Zeit am rechten Ort. Und hat letzte Nacht irgendwie meine Wunden geleckt. Nicht im buchstäblichen Sinne. Also, so gut wie nicht. Ja klar, er hat sich äußerst bereitwillig zu mir gelegt, als er betrunken ins Zimmer getorkelt ist. Wir haben ein bisschen gekuschelt und irgendwann wurde daraus ein ziemlich heißer Kuss. Aber mehr nicht. Das hätte ich nicht zugelassen. Wie gesagt. Ich wollte einfach nicht allein sein. Das Problem an der ganzen Idee ist, dass ich mich jetzt noch einsamer fühle als vorher. Toll gemacht, Grace. Wann immer man denkt, ich hätte die Situation kräftig vermasselt, schaffe ich es, noch einen draufzusetzen.

Ich lasse mir Zeit damit, meinen Kaffee zu schlürfen. Immerhin habe ich es nicht gerade eilig. Denn ich weiß weder, wohin ich heute flüchten soll, noch ob ich das überhaupt will. Immerhin hatte ich mir für heute fest vorgenommen endlich die Wahrheit zu sagen.

Roy mit seinen Versuchen, mich zum Frühstück zu überreden, kann ich genauso schlecht ausblenden wie den Geruch des Spülmaschinendampfs aus der Großküche. Einer meiner meistgehassten Gerüche.

Gerade als ich mich dazu entscheide, Rotterdam ein bisschen besser kennenzulernen und ein paar Stunden abzuschalten, sehe ich Adam, der durch die Vordertür verschwindet.

»Danke, Roy, mach's gut«, rufe ich noch und schnappe mir meinen Rucksack und die Sonnenbrille, die ich meiner Mum vor der Abreise gemopst habe.

»Nicht dank«, höre ich gerade noch, während die schwere Holztür hinter mir ins Schloss fällt und mich auf den schmalen Gehweg katapultiert. Über die spitzen Dächer der Reihenhäuser hinweg blendet mich die Sonne und ich muss blinzeln.

Wie in einem Actionfilm blicke ich zügig in alle Richtungen und sehe gerade noch Adams weißen Hoodie hinter der Hausecke eines kleinen Blumenladens verschwinden. Endlich machen sich die Fitnessstudiostunden bezahlt, die ich den Winter über genommen hab. So schnell ich kann, flitze ich hinter Adam her. Die Straße, auf die er gebogen ist, scheint eine Einkaufsstraße zu sein. Mehrere Läden öffnen gerade ihre Tore und die Mitarbeiter ziehen Verkaufsstände nach draußen. Die Luft ist noch frisch, aber das kurze Kleid und die Flipflops waren rein wettertechnisch die richtige Entscheidung für heute. Auch wenn sie sich zur Verfolgungsjagd nicht gerade eignen. Aber schließlich war das hier genauso wenig geplant wie einen weiteren Tag Praktikum vorzugaukeln.

Was zur Hölle hat Adam vor? Natürlich muss er mich nicht um Erlaubnis fragen. Aber morgens um acht? Allein? In dieser Stadt?

Ich bin so in Gedanken, dass ich beinahe übersehe, wie er zum zweiten Mal abbiegt. Kaum sichtbar zwischen zwei Hausfassaden verschwindet er in einer winzigen Gasse. Ich beschleunige meinen Schritt, biege um die geziegelte Hausecke und ... laufe ihm geradewegs in die Arme.

»Was zur Hölle?«, kreische ich, beinahe zu Tode erschrocken.

»Das sagt die Richtige«, knurrt Adam und stößt sich von der Wand ab, an die er sich gelehnt hatte, um auf mich zu warten. Er hat mir die klassische Falle gestellt. Und ich Idiotin bin mitten hineingelaufen.

»Nur so als Tipp. Jemanden mit einem solchen Kleid zu verfolgen ist nicht die klügste Idee.«

Ich presse die Kiefer aufeinander und halte an seinem Blick fest, denn ich weiß nun mal, auch ohne an mir hinunterzusehen, was ich trage. Das Kleid, das ich letzten Sommer in meiner Lieblingsboutique in Whistable gekauft habe. Meine Grandma und ich gehen immer dorthin, wenn ich sie besuche. Es ist rot und der kurze Rock flattert im Wind wie bei Marylin Monroe. Die kleinen Kirschen, die überall auf den Stoff gedruckt sind, haben mich damals überzeugt.

»Ich verfolge niemanden«, lüge ich. Was sollte ich auch sonst sagen.

»Du lügst«, erkennt Adam sofort die Wahrheit in meinem Gesicht.

»Und wenn schon.« Selbst für meinen Geschmack klinge ich viel zu zickig. »Wohin wolltest du überhaupt?« Der Moment, in dem ich beiläufig an diese Information komme, ist Geschichte.

»Um deine Worte von gestern zu wiederholen: Das geht dich überhaupt nichts an.«

Adam verschränkt die Arme vor der Brust. Er steht so dicht vor mir, dass ich den Kopf in den Nacken legen muss, um in seine hellblauen Augen blicken zu können. »Und außerdem sollte ich das eher dich fragen. Müsstest du nicht längst auf der Arbeit sein?«

Ich weiche einen Schritt zurück. Ich hätte ihm nicht folgen sollen. Adam macht einen Schritt auf mich zu. Eine ganze Weile wandert sein Blick über mein Gesicht.

»Grace.« Seine Stimme klingt jetzt viel sanfter. Wie die Melodie eines melancholischen Songs singt er meinen Namen geradezu. »Was ist los mit dir? Seit wir hier sind ...« Er spricht nicht weiter.

Ich weiche seinem Blick aus. Versuche mich damit abzulenken, die Pflastersteine zwischen uns zu zählen.

»Ich ...« Ich weiß nicht, was ich ihm sagen soll.

»Du benimmst dich so komisch.« Wenn er noch einen weiteren Schritt macht, berühren sich unsere Fußspitzen. Drei kleine eckige Steine liegen noch zwischen meinen weißen Flipflops und seinen schwarzen Sneakers.

Erst jetzt bemerke ich das schwarze Notizbüchlein in seiner Hand.

»Darf ...?« Ich hebe den Kopf und sehe ihn an. »Ich meine ...«, auch das Räuspern stärkt meine Stimme nicht, solange er mich so ansieht, »verrätst du mir, was da drinsteht?«

Adams Blick gleitet ebenfalls zu seinen Händen und er umklammert das Buch, als hinge sein Leben davon ab.

»Nicht heute.« In seinen Augen flackert etwas auf, das meinen Atem stocken lässt. In ihnen ruht Schmerz. Ein Schmerz, der plötzlich so präsent ist, dass ich ihn fühlen kann. Ohne unseren Blickkontakt zu unterbrechen, schiebt er seinen wohlbehüteten Schatz in seine Gesäßtasche. »Aber ich versprech dir was.« Nie zuvor habe ich Adam mit diesem sanften Tonfall reden hören. Ich ziehe die Unterlippe zwischen die Zähne und warte gespannt auf seine Worte. »Wenn ich mich je dazu entschließe, mein Geheimnis jemandem zu zeigen, wirst du diejenige sein.«

Ich weiß nicht, was ich sagen soll. Weiß nicht, was hier gerade zwischen uns passiert. Das hier sind nicht Adam und Grace, die so gut wie nie miteinander reden. Aber auch nicht Adam und Grace, die auf der Schaukel hinter seinem Haus sitzen. Wer zur Hölle sind wir? Doch ganz gleich, wer oder was wir sind, seine Worte dringen in mein Herz und lösen eine Welle ungewohnter Gefühle in mir aus. Er will sich mir anvertrauen. Nicht Kelly oder der Blondine vom Campus. Sondern mir.

»Warum bist du nicht auf der Arbeit, Grace?« Er hebt seine Hand, nur um sie gleich wieder sinken zu lassen. »Verrätst du mir, was in den letzten Tagen passiert ist?«

»Nicht heute«, benutze ich seine Worte. Mein Herz hämmert wie wild gegen meine Brust. Ich würde mich so gerne bei ihm für die Kuchen bedanken, doch das würde bedeuten, dass ich mich an seinen Gutenachtkuss erinnern kann. Und ihm in diesem Wissen ins Gesicht zu sehen ist gerade zu viel. »Aber wenn ich jemandem davon erzähle, wirst du der Erste sein.«

Und das meine ich wirklich so. Egal wie sehr ich bereue meine Eltern angelogen zu haben. Sie sind nicht hier. Adam ist derjenige, der mit mir das Land verlassen hat, um mich einem Traum nachjagen zu lassen, der doch längst geplatzt war.

»Tja, dagegen kann ich jetzt wohl schlecht Einwände erheben, oder?« Ein kleines Lächeln zupft an seinem Mundwinkel und automatisch entstehen kleine Fältchen neben seinen Augen. Ob die schon immer da waren?

»Wollen wir vielleicht ...?« Ich sehe mich um, aber weit und breit ist nichts außer roten Klinkern zu sehen. Steile Wände, die sich in den Himmel heben. Die Bewohner der oberen Stockwerke können sich sicher aus dem Fenster die Hand reichen. Mein Blick wandert zurück zu der etwas belebteren Straße, von der wir gekommen sind. »Hast du Lust auf Frühstück?«

Noch ehe ich den Satz beendet habe, fällt mir ein, dass Adam offensichtlich irgendwohin wollte und ich nicht das Recht habe, über ihn zu verfügen. Auch wenn ich gerade wirklich gerne diese Stimmung zwischen uns weitererforschen möchte.

»Ich meine ... solltest du irgendwohin wollen, ist das okay. Ich kann auch allein ... Außerdem hatte ich eh keinen Hunger. Also, wenn du frühstücken willst, würde ich gerne, aber vorher hatte ich keinen Hunger, also, bevor wir uns getroffen haben. Nicht dass ich deinetwegen nichts essen wollte, aber, o Mann, diese Stadt und dann die letzte Nacht ...«

»Grace«, unterbricht Adam mich unsanft. Seine Hände sind zu Fäusten geballt und die Sanftheit aus seiner Stimme ist verschwunden. »Wir können über alles reden. Wirklich. Aber von deiner Nacht mit diesem Spinner will ich nichts hören.«

Ich versuche den Kloß in meinem Hals runterzuschlucken, aber er will einfach nicht verschwinden. Dagegen dass Luke ein Spinner ist, habe ich jedenfalls nicht besonders viele Einwände.

»Kapiert?«, setzt Adam hinterher und beinahe in Zeitlupe löst sich der verkrampfte Ausdruck in seinem Gesicht.

»Kapiert«, flüstere ich vor mich hin. Dabei umklammere ich die Riemen von meinem Rucksack so fest ich kann.

»Dann komm.« Er nickt Richtung Straße. »Lass uns was frühstücken.« Gerade so passen wir nebeneinander auf den Weg und als wir zurück auf die Straße mit den Geschäften gelangen, legt Adam seine Hand auf meinen Rücken. So wie er es bei der Blondine damals in der Uni getan hat. Ich sehe hoch zu ihm und lächle ihn dünn an.

»Danke«, hauche ich noch, bevor der Trubel der Geschäfte und ersten Touristen uns verschluckt.

***

»Stört es dich, wenn ich ein bisschen zeichne?«

Seit einer halben Stunde sitzen Adam und ich vor einem kleinen Café. Wir haben uns Kaffee bestellt und ich habe Torte zum Frühstück gegessen, während Adam sich für Rührei und Speck entschieden hat. Die ganze Zeit über sind wir relativ still. Bis auf ein »Oh, sieh mal, was für ein hübsches Boot« oder »Ja, wirklich warm heute« haben wir so gut wie gar nicht miteinander geredet. Aber die Stimmung ist nicht unangenehm oder komisch. Dafür kennen wir uns trotz der seltsamen Situation viel zu lange und Adam ist ein Mensch, mit dem man gut schweigen kann. Nicht wie mit Luke. Ich kann mich entspannen, fühle mich einfach wohl in seiner Nähe.

»Nein.« Ich fische meinen Rucksack unter dem Tisch hervor. »Aber du kannst das hier nehmen.« Ich lege ein Notizbuch auf den Tisch, das meine

Mum mir für die neue Stelle geschenkt hat. Der Einband ist hellrosa und ein bunter Vogel ziert das Cover.

»Hm«, summt Adam und seine Lippen verziehen sich zu einem Lächeln. »Genau meine Farbe.«

»Besser als die da«, sage ich und kann mir ein Lächeln auch nicht verkneifen. Wir blicken beide auf die Serviette, die Adam sich zurechtgelegt hatte.

Ohne zu zögern, schlägt er die erste Seite auf und beginnt zu malen. Solange ich ihn kenne, hat er den dafür nötigen Bleistift dabei. Meist klemmt er hinter seinem Ohr. Schon nach wenigen Augenblicken erkenne ich die Silhouette der Erasmusbrücke. Er zeichnet unseren Ausblick. Das Café liegt direkt am Wasser und man hat einen hervorragenden Blick auf die Skyline und die Brücke.

»Es muss toll sein, wenn man auf diese Weise Erinnerungen festhalten kann.« Ich schiebe mir mein letztes Stück Torte in den Mund und beobachte, wie Adam den Stift über das Papier gleiten lässt.

»Schon, ja.« Immer mal wieder schaut er vom Papier auf und sieht mir in die Augen. Sie sind so unfassbar blau. Wäre er blond und hätte einen hellen Hautton, würden sie wahrscheinlich nicht mal so auffallen. Aber so stechen sie geradezu aus seinem Gesicht hervor.

»Ist es anstrengend?« Ich nehme meine Tasse zwischen die Hände und genieße die Sonne, die meine Haut wärmt.

»Nein«, lacht Adam, »ganz im Gegenteil. Das Zeichnen beruhigt mich.«

»Beneidenswert«, murmele ich vor mich hin.

Er hält beim Zeichnen eines Brückenpfeilers inne und legt seinen Stift hin. So schön, wie seine Augen auch heute Morgen sind, dieser Blick gefällt mir nicht. Denn ich weiß, was er zu bedeuten hat.

»Grace, wenn diese Sache hier mit der Meeresbiologie nicht dein Ding ist, ist das kein Weltuntergang.«

Ich bin so fasziniert davon, wie anders seine Stimme heute klingt, dass ich mich konzentrieren muss auch auf den Inhalt zu achten. Und darauf, nicht loszuheulen, wenn er weiterbohrt.

»Wusstest du, dass ich mal einen Zeichenkurs gemacht habe?«, lenke ich ab und muss bei der Erinnerung schmunzeln.

»Wann war das?«, will Adam wissen und greift nach seinem Kaffee.

»Als ich zwölf war oder so.« Ich klatsche mir gegen die Stirn und lache, während ich ihm davon erzähle. »Ich war so neidisch darauf, dass du so gut zeichnen konntest. Emily hat bei allen ständig davon geschwärmt und ...«

»Und ...?«, fragt er und wir sehen uns in die Augen.

»Ich wollte so sein wie du.«

Adam blickt mich noch einen Moment an, ehe er den Kopf in den Nacken legt und lacht. Laut und herzhaft.

»Na danke«, gebe ich mich gespielt beleidigt und verschränke die Arme vor der Brust.

»Mal im Ernst, Grace.« Sein Lachen verebbt, aber die Fältchen neben seinen Augen bleiben. »Warum sollte jemand wie du so sein wollen wie ich? Das ist absurd.« Er stupst mich mit der Faust gegen die Schulter. »Und unsere Ähnlichkeit ist nicht besonders groß.«

Seine Hand zeigt zwischen uns beiden hin und her und ich muss kichern. Er hat recht. Rein optisch sind wir wie Tag und Nacht. Er riesig und dunkel, ich ein Knirps und viel zu bleich. Seine Haare sind kraus und raspelkurz. Meins ist wild und reicht mir bis zum unteren Rücken.

»Nicht äußerlich«, lache ich. »Ich wollte auch gerne etwas haben, für das ich brenne. So wie du für das Malen.«

Die Ehrlichkeit meiner Worte vertreibt die fröhliche Stimmung gleich einem Fausthieb.

»Du hast recht. Ich brenne für das hier.« Er tippt auf die halb fertige Zeichnung von Rotterdams imposanten Gebäuden. »Aber das ist nicht alles im Leben.«

Ich denke eine ganze Weile über seine Worte nach. Denke an den Schmerz, der immer mal wieder in seinen Augen aufblitzt. Ich würde ihn gerne fragen, was für ihn »alles« bedeutet. Doch ich verkneife mir diese Frage. Beobachte lieber, wie seine Hände über das Papier fliegen und den Augenblick festhalten. In den letzten Jahren habe ich mich verloren. Aber nicht nur mich. Ich habe auch Adam aus meinem Leben verloren.

Wenn ich schon kein erfolgreiches Praktikum in Hagedorns Team absolvieren kann, ist diese Reise vielleicht für etwas anderes gut. Ich lehne mich zurück und schließe die Augen. Bunte Lichter tanzen vor meinen geschlossenen Lidern. Ich will auf jeden Fall versuchen etwas daraus zu machen. Es muss doch einen Weg geben, der mich zurück zu mir selbst führt. Und wer weiß, vielleicht finde ich somit auch zurück zu ihm.

# Kapitel 8

»Und, was hast du heute noch vor?« Ich umklammere das Notizbuch mit Adams Zeichnung vor meinem Bauch, seit wir das Café verlassen haben. Etwas unbeholfen schlendern wir durch die Stadt, ohne ein konkretes Ziel vor Augen. »Du musst mir nichts sagen, wenn du nicht willst. Immerhin habe ich …«

»Schon in Ordnung, Grace.« Dieses Mal reagiert Adam nicht so barsch wie zuvor. Er schenkt mir ein gepresstes Lächeln und deutet mit der freien Hand auf eine Straße, die mir bekannt vorkommt. In der anderen trägt er meinen Rucksack, was ich süß aber auch seltsam finde.

»Wir sind beim Hostel?«, frage ich und drehe mich einmal im Kreis. Ich habe spätestens nach dem zweiten Abbiegen die Orientierung verloren.

»Ja. Wir sind von der anderen Seite gekommen. Siehst du?«, sagt er und dreht mich so, dass ich in die Richtung sehen kann, aus der wir bislang immer zu unserer Herberge gelangt sind. Dabei fasst er mich an einem Unterarm. Als er seine Hand sinken lässt, streifen sich unsere Finger. Meine Fingerspitzen kribbeln wie nach einem kleinen Stromschlag und ich sehe Adam mit großen Augen an. Ob es sich für ihn genauso anfühlt?

Er seufzt schwerer, als ich ihn je habe seufzen hören. Ich will ihn gerade fragen, was hier vor sich geht, als er das Wort ergreift.

»Ich bin heute Mittag mit Davis verabredet.«

Ich weiche ein Stück zurück. »Mit Davis?«

»Darf ich nicht?«, hakt Adam nach, der meine Verwirrung zu bemerken scheint.

»Äh … doch?« Natürlich erwartet er auf diese rhetorische Frage keine Antwort von mir.

»Er ist ein netter Kerl. Wir haben uns gestern länger unterhalten«, erklärt er sich. »Er will mir irgendwas zeigen, bevor heute Abend dieses Event startet.«

»Im Hinterhof. Ich hab davon gehört.«

Das Hostel veranstaltet in den Sommermonaten zweimal in der Woche eine kleine Party im Hinterhof des Gebäudes. Verschiedene Bands oder Künstler, die gerade hier übernachten, werden auftreten. Roy hat mehrere Anläufe gebraucht, um mir verständlich zu machen, was alles geplant ist.

»Die anderen und ich wollten hin. Ich geh mal davon aus …« Adam spricht nicht weiter. Plötzlich stehen wir wieder wie zwei Fremde voreinander und keiner findet die richtigen Worte. Nur noch ein paar Meter bis zu unserem gemeinsamen Ziel und doch bewegen wir uns beide nicht von der Stelle.

»Ja, L…« Ich verkneife mir Luke ins Spiel zu bringen. »Ich werde wohl da sein«, sage ich stattdessen.

»Cool«, murmelt Adam, aber sein Gesicht sieht nicht besonders glücklich aus. Noch vor zwei Stunden, als er in der Sonne gesessen und gemalt hat, hat alles an ihm so entspannt und zufrieden gewirkt. Davon ist nichts mehr übrig geblieben. Als hätte er bei jedem Schritt ein Stück davon verloren.

»Cool«, flüstere ich zurück.

Der schrille Klingelton meines Handys befreit uns aus dieser peinlichen Situation. Allerdings hält sich meine Erleichterung in Grenzen. Denn nachdem Adam es aus dem Seitenfach meines Rucksacks gezogen hat, hält er mir das Display hin.

»Sam«, bestätigt er meine Vermutung. Mein Dad ist, seit wir angekommen sind, sehr hartnäckig. Ihn hinzuhalten wird nicht mehr lange funktionieren.

»Scheiße«, rutscht es mir raus. Widerwillig strecke ich meine Hand nach dem Smartphone aus.

Adams Blick fixiert meinen und nur im Augenwinkel sehe ich, wie er den grünen Hörer drückt. Ich reiße die Augen auf und schüttele mit dem Kopf, bis mir schwindelig wird.

»Sam. Hi. Ich bin's, Adam.«

Ich kann nicht hören, was mein Vater sagt. Der Ausdruck in Adams Augen ist alles, was ich an Informationen bekomme.

»Ja. Sie hat echt viel zu tun. Nein«, lacht er. Aber ohne die Fältchen. Er lügt. Für mich. »Sie hat das Handy extra hiergelassen.«

Adam schultert meinen Rucksack und legt seine freie Hand auf meine Schulter. Seine Finger auf meiner Haut hinterlassen eine angenehme Wärme. Erst jetzt merke ich, dass ich zittere und auf den Fersen auf und ab wippe wie eine Irre.

»Du musst dir keine Sorgen machen«, sagt Adam. Ich weiß, er meint meinen Dad, aber ich versuche dennoch mir seine Worte zu Herzen zu nehmen. »Na klar pass ich auf«, spricht er weiter und langsam beruhige ich mich ein wenig. Ich kann die Stimme von Dad hören. Er klingt wie immer. Und ich vermisse ihn. So sehr. »Heute Abend sind wir auf einer kleinen Feier. Ich denke, sie wird sich spätestens morgen bei dir melden.« Adam verschafft mir Zeit. Aber warum? »Mach ich. Du auch, Sam.«

Er nimmt das Smartphone vom Ohr und blickt noch einen Moment auf das Display.

»Du hast vierundzwanzig Stunden.« Mehr sagt er nicht. Und er sieht mich auch nicht mehr an. Doch uns ist beiden klar, dass er Bescheid weiß. Adam ist nicht doof. Er weiß, dass ich lüge. Mit zitternden Fingern nehme ich das Telefon in meine Hand. Seine Hand hinterlässt eine Leere in meinem Inneren, als er sie von meiner Schulter nimmt.

»Mäuschen.« Von der gegenüberliegenden Straßenseite ertönt eine laut grölende Männerstimme. Scheiße.

»Na großartig«, murmelt Adam, als Luke über die Straße zu uns hinübertrabt.

»Luke«, murmele ich unnötigerweise.

»Wo warst du denn, Prinzessin? Ich war noch nicht fertig mit dir heute Morgen.« Die letzten Worte knurrt er gegen mein Ohr und gibt einen feuchten Kuss auf mein Ohrläppchen.

»Okay, ich bin dann weg«, knurrt Adam und stellt meinen Rucksack einfach vor meinen Füßen ab. Ohne mir noch einmal einen Blick zu schenken, dreht er sich um und geht in die Richtung, aus der wir gekommen sind.

***

»Ich kapier's immer noch nicht.«

Marissa und ich haben den Waschraum notdürftig zum Beautysalon umfunktioniert. Nachdem wir den ganzen Nachmittag in unseren Betten gelümmelt und nicht so recht gewusst haben, wohin mit uns, ist sie zu der Ansicht gelangt, wir müssten was tun, um uns besser zu fühlen. Luke ist Gott sei Dank schon kurz nach meiner Rückkehr mit ein paar Jungs und den Amerikanerinnen Richtung Bar verschwunden.

»Musst du auch nicht«, zicke ich ein bisschen. Sie will es einfach nicht auf sich beruhen lassen, dass ich mit Luke in einem Bett geschlafen habe und anschließend mit Adam frühstücken gewesen bin. Das Problem an der Sache ist, dass ich mich mit jedem ihrer Worte mieser fühle. Was gegebenenfalls daran liegen könnte, dass sie recht hat. Egal wie oft sie fragt, ich weiß doch selbst nicht mehr, warum ich in Lukes Bett gestiegen bin. Ich war noch nie der Typ Frau, der sich von Äußerlichkeiten blenden lässt. Mein Dad meint, dafür sei ich zu schlau. Ich denke, dass sollte einfach selbstverständlich sein. Warum ausgerechnet ich mich dann in so ein Schlamassel gebracht habe, soll mal einer verstehen.

»Und du bist sicher, dass Adam nichts von dir will? Ich meine, allein die Blicke gestern Abend.« Sie lässt den Eyeliner sinken und versucht ihre frisch gezupfte Augenbraue nach oben zu ziehen. Sie kann es kein bisschen und ich muss kichern.

»Ja«, lache ich und sehe mir die verschiedenen Lidschattenfarben an, die wir besorgt haben. Keiner von uns hatte ausreichend Make-up dabei, um sich so richtig aufzubrezeln. »Ganz sicher. Adam und ich sind so nicht«, denke ich. Ich weiß selbst nicht genau, was das heute Morgen zwischen uns war. Es war so vertraut und doch so neu. Aufregend, aber auch nicht anstrengend. Wir hatten einen schönen Morgen. Wider aller Erwartungen.

»Also wirst du heute Nacht wieder bei Luke übernachten?«

Sie nimmt mir die Farbpalette aus der Hand und streicht mit dem Pinsel in den glitzernden Goldton, um ihn anschließend auf meinem Augenlid zu verteilen. Wie sich herausgestellt hat, kümmert sich Marissa liebend gern um unser Make-up, während ich mich schon jetzt darauf freue, mich an ihren dichten Haaren auszulassen.

»Nein! Auf keinen Fall. Die Nacht mit Luke war ein Ausrutscher. Außerdem habe ich einfach selbst viel zu viel Chaos im Kopf.«

»Und du bist immer noch sicher, dass du nicht mit mir über dieses Studiumsding sprechen willst?«

»Noch sicherer«, bestätige ich, was ich seit Stunden schon mehrfach beteuert habe. Ich will nicht darüber reden, aber ich will auch nicht länger lügen. Das macht mich krank. Deshalb habe ich Marissa gebeten, diesbezüglich keine Fragen zu stellen und mir einfach ein bisschen Zeit zu geben. Bis auf einige schwache Momente hält sie sich daran.

Nachdem sie sich ausgiebig an meinen Augen zu schaffen gemacht hat, verteilt sie Rouge auf meinen Wangen und ich kann durch den Spiegel dabei zusehen, wie ihr Kopf arbeitet. Ich bin nicht die Einzige mit chaotischen Gedanken.

»Ich wette, der hier wird dich auch endlich wieder strahlen lassen.« Der rote Lippenstift passt perfekt zu dem roten Neckholdertop, das wir für sie gekauft haben. Nachdem wir Tüten voller Make-up und Modeschmuck gekauft hatten, waren wir uns einig, dass ein neues Outfit auch nicht schaden kann.

»Ich weiß nicht, ob Magentarot das richten kann.« Marissa teilt meine schlechte Laune nicht aus Sympathie. Sie und Rachel hatten einen üblen Streit gestern Abend. Seitdem herrscht absolute Funkstille. Ich kann nicht mit ansehen, wie sie leidet. »Und dennoch«, sie nimmt ihren Prosecco vom Waschbeckenrand und hält ihn mir hin, »ein Hoch auf Onkel Steve.«

Mein Kichern hallt durch den kahlen Waschsaal. Wir sind mit zehn Waschbecken und jeder Menge Duschen allein.

»Ein Hoch auf Onkel Steve«, gluckse ich und fische meinen eigenen Becher von der Seifenschale des anderen Waschbeckens. Ich bin nicht sicher, ob mein Onkel derselben Meinung wäre wie ich. Aber ich finde, heute war für den Einsatz der Kreditkarte, die er mir heimlich für den Notfall zugesteckt hat, genau der richtige Anlass. Marissa weiß über Scott, was sie wissen muss. Dass er reich ist. Ich seine Lieblingsnichte bin und er Steve und nicht Scott heißt. Mein Herz rät mir, dass ich ihr vertrauen kann, doch sicher ist sicher. »Denkst du, ihr redet heute Abend miteinander?«

»Ganz ehrlich …?« Marissas Schultern heben sich unter einem tiefen Seufzer. »Ich weiß es nicht.«

»Aber hiermit musst du sie einfach weichklopfen.« Um die Stimmung zu heben, halte ich den knappen Jeansrock hoch, den wir uns beide im Partnerlook gekauft haben. Wahrscheinlich sollte ich ein schlechtes Gewissen haben, dass wir so viel Geld ausgegeben haben. Aber ich kenne Scott. Er gibt mir lieber eine goldene Kreditkarte, anstatt Zeit mit mir zu verbringen. Geld ist seine Art und Weise, mir ein guter Onkel zu sein. Eine andere Form der Zuneigung wäre mir lieber, doch heute ist einer der Tage, an denen ich froh darüber bin. Ganz abgesehen davon sind das für ihn Peanuts.

Das Lächeln, das sicher nicht aus Marissas Herzen kommt, wirkt gequält. »Hey«, sage ich und streichle ihren Unterarm. »Ihr kriegt das wieder hin.«

Ich kenne die beiden Schottinnen nicht lange genug, um das objektiv beurteilen zu können. Mehr als ein paar aufmunternde Floskeln kann ich nicht beitragen.

»Ich bin mir mittlerweile gar nicht mehr sicher, ob ich das will.«

Sie wendet sich dem Spiegel zu und fasst ihre langen Haare mit einer Klammer zusammen, um sich um ihr eigenes Make-up zu kümmern.

»Okay. Das ändert die Sache natürlich maßgeblich.«

»Ich weiß«, jammert sie. »Woher weiß man so was, Grace?«

So gerne würde ich meiner neuen Freundin helfen, aber was Zielstrebigkeit angeht, bin ich definitiv der falsche Ansprechpartner.

»O Süße«, säusele ich, »da fragst du die Falsche.«

»Sie ist immer so zielsicher.« Marissa tupft den neuen Concealer unter ihre Augen. Sie ist auch ungeschminkt so makellos schön, wie man sich nur wünschen kann. »Ich kann das nicht. Immer muss alles nach ihren Plänen verlaufen. Erst die Sache mit ihren Eltern. Dann die Wohnung. Ich muss immer in ihre Welt passen. Und ich habe Angst, dass ich mich dabei selbst verliere.«

Während der letzten Stunden haben wir viel über ihre und Rachels Beziehung gesprochen. Sie sind bereits seit drei Jahren ein Paar. Doch die ersten Krisen begannen schon lange Zeit vor ihrer Reise.

»Glaub mir, das verstehe ich sehr gut.« Ich verlasse meinen schäbigen

Duschhocker und stelle mich hinter sie. Im Spiegel treffen sich unsere Blicke. »Allerdings kann es auch ein Vorteil sein, wenn einer von euch eine klare Vorstellung von der Zukunft hat. Manchmal wünschte ich mir, ich hätte jemanden, der mir meinen Weg weist.«

Marissa zuckt mit den Schultern. »Schon, ja.«

»Aber?«

»Ich hatte irgendwie immer so viel vor in meinem Leben und gerade habe ich das Gefühl, dass sie mir Fußfesseln anlegen will. Und dazu bin ich einfach nicht bereit. Noch nicht.«

»Und das musst du auch nicht.«

»Muss ich nicht? Weil …«, sie dreht sich zu mir und wir sehen uns an, »genau das ist doch der Schwachsinn, den uns ständig alle vermitteln wollen. Dass wir uns entscheiden müssen. Schwarz oder weiß. Links oder rechts. Gerade noch wurden wir wie Babys behandelt und im nächsten Moment sollen wir Wurzeln schlagen und nur noch in eine Richtung wachsen.«

Auch wenn wir eigentlich über Rachel und Marissa reden, habe ich das Gefühl, endlich jemanden gefunden zu haben, der mich wirklich versteht.

»Ich habe keine Ahnung, wer ich eigentlich sein will«, gestehe ich meine schlimmste Angst und presse meine magentaroten Lippen aufeinander. »Mir legt niemand Fußfesseln an. Im Gegenteil. Meine Eltern haben mir Flügel verliehen und ich kann fliegen, wohin ich will, und dennoch weiß ich nicht, was ich mit dem Leben anfangen soll.«

»Du wirst das rausfinden, Grace. Wir beide werden das.« Sie sieht auf ihre Hände, bevor sich ganz langsam ein Lächeln in ihr Gesicht schleicht. »Genauso wie du merken wirst, wem du dein Herz schenken willst.«

Sie tippt mir mit dem Concealer einen weißen Punkt auf die Nase. »Auch wenn Adam eigentlich für mich schon feststeht.« Das schelmische Grinsen reicht beinahe bis zu ihren Ohren. Sie lässt nicht von ihrer Theorie ab, dass Adam und ich ein Traumpaar im Märchenstil sind. Wenn ich ehrlich bin, ist es eine schöne Vorstellung, die sie mir da vermittelt hat. Aber Märchen sind nun mal nicht real.

»Ahhhh«, kreische ich, »jetzt hör schon auf damit.« Ich greife nach unserem brandneuen Glätteisen und lasse es auf- und zuschnappen. »Sonst ruiniere ich deine Haare.«

»Lass uns einen Deal machen«, schlägt Marissa vor und gießt uns neuen Prosecco in unsere Plastikbecher. »Heute Abend machen wir zwei uns einen richtig schönen Abend. Denn«, sie hält mir meinen wieder vollen Becher hin, den ich mit einem Strahlen entgegennehme, »egal wer wir sind und was aus denen da unten wird ...« Sie deutet mit der Flasche in ihrer Hand zu dem kleinen Fenster, durch das bereits die ersten Gitarrenklänge zu hören sind. Wegen unserer ungeplanten Shoppingtour sind wir viel zu spät dran. »... dass wir zwei uns gefunden haben, ist Schicksal. Und ich bin wirklich froh darüber.«

»Ohhhh!« Mit dem Becher in der einen und dem Glätteisen in der anderen Hand breite ich meine Arme aus. Ich trage bereits meine neue Bluse. Sie ist ärmellos und wird vor dem Bauch geknotet. Ich hab sie gesehen und mich gleich verliebt. Durch das schwarz-weiß karierte Muster hat sie was Retromäßiges und das liebe ich. »Ich bin auch froh, dass wir uns getroffen haben«, gebe ich ihr recht und ziehe sie in eine feste Umarmung. »Wenn wir zurück in England sind, musst du mich unbedingt in London besuchen kommen.«

»Hallo?« Sie hält mich eine Armlänge von sich entfernt. »Ich will deinen Dad live sehen. Das glaube ich dir erst, wenn ich ihn gesehen habe. Natürlich komme ich dich besuchen.«

»Ieeehhh«, quieke ich und halte mir mit den Handgelenken notdürftig die Ohren zu, ohne mir dabei die Haare zu verkohlen. »Keine anzüglichen Bemerkungen über meinen Dad oder ich kündige dir die Freundschaft noch vor Ende der Probezeit.«

Wir lachen beide und irgendwann machen wir uns daran, unsere Frisuren zu planen. Marissa hat recht. Heute sollte einfach ein schöner Abend werden. Trotz allem bin ich froh eine Freundin gefunden zu haben. Außerdem, wer weiß, wie viele mir noch bleiben, ehe die Realität mich mit einem Satz zurück über das Meer bugsiert?

# Kapitel 9

Mir war klar, dass ein Abend, der vom Hostel organisiert wird, was Besonderes sein würde. An diesem Ort ist nichts einfach oder normal. Alles hebt sich ein bisschen ab. Eine eigene kleine bunte Welt mitten in der Großstadt.

Aber mit dem, was meine Augen gerade erblicken, habe ich wirklich nicht gerechnet. Der romantische Hinterhof ist erfüllt von Dutzenden bunten Lichtern. Spots bescheinen die hohen Bäume, die sich zwischen den Häusern erheben, und unzählig viele bunte Lichterketten säumen die Hauswände.

»O wow«, gibt Marissa meine Gedanken wieder. Sie greift nach meiner Hand und zieht mich in Richtung Strandbar. Jep. In der Mitte des Hofes wurde ein riesiger Haufen Sand in eine Strandbar verwandelt. So richtig stilecht mit Bambusmatten auf dem Dach.

»Da vorne sind die anderen«, ruft sie über den Klang der Musik, die von einer kleinen Bühne kommt. Sie spielen eine Art Indie. Der Sänger, den ich durch die ganzen Menschen nicht sehen kann, hat eine unglaubliche Stimme. So rau und tief, dass sie einem die Härchen auf den Armen aufstellt.

Marissa und ich schlängeln uns durch die Massen. Jung und Alt haben sich versammelt. Man hört die verschiedensten Sprachen. Um einen großen Stehtisch haben sich Luke, Rachel, Jan und Diana versammelt.

»Ja, hol mich doch der Teufel!«, stößt Luke aus und lehnt sich ein Stück zurück, um uns von oben bis unten zu betrachten. »Was ist mit euch passiert, Ladys? Scheiße. Ihr seht scharf aus.«

Er lässt das Mädchen, das gerade noch an seiner Seite klebte, links liegen und drängt sich zwischen Marissa und mich, um seine Arme um uns zu legen.

»Es spricht nicht gerade für dich, dass erst ein bisschen Lippenstift und ein kurzer Rock nötig sind, damit du das checkst.«

Jans Lachen ertönt genau in dem Augenblick, in dem die Musik eine kurze Pause macht.

»Wo er recht hat, hat er recht.« Rachel wuschelt Luke durch die Haare und lehnt sich zu Marissa. »Können wir reden?«, fragt sie dicht an ihrem Ohr. Dabei fällt Marissas Blick auf mich und ich nicke ihr aufmunternd zu. Ich wünsche mir für die beiden, dass sie das in den Griff bekommen.

»Was willst du trinken, Baby?« Luke legt seine Arme von hinten um meinen Bauch und küsst mich auf den Hals. Sein Alkoholatem ist widerlich. Unauffällig versuche ich mich aus seinem Griff zu befreien, aber er ist wie eine Krake.

»Irgendwas. Egal.« Trotz des Keilabsatzes unter meinen neuen Sandalen bin ich zu klein, um mir einen Überblick über die Tische und Sitzgruppen zu verschaffen. Ich recke den Hals so hoch ich kann.

»Suchst du wen?«, fragt Jan, der meinem Blick bis zur Bühne folgt.

»Ist Adam nicht da?« Wann immer man versucht eine Frage möglichst unauffällig in den Raum zu werfen, geht das voll nach hinten los. Ich klinge gerade wie eine eifersüchtige Ehefrau.

»Er mischt die Amis auf«, scherzt Luke, der immer noch an meiner Hüfte klebt. Mittlerweile stützt er seinen viel zu schweren Arm auf meine Schulter, sodass ich fast einknicke. Dabei zeigt er auf eine Sitzgruppe mit kleinen Holzhockern und einer Bank nahe der Bühne. »Scheint, als ließe dein Cousin genauso wenig anbrennen wie du, Mäuschen.«

»Ich geh mir selbst was zu Trinken holen.« Ich balle meine Hände zu Fäusten und stapfe Richtung Bar, doch so leicht lässt Luke sich nicht abschütteln. Er folgt mir wie ein räudiger Hund und erst in der Beleuchtung der Theke sehe ich ihm das erste Mal in die Augen. Und weiche ein Stück zurück. Er ist definitiv nicht nur betrunken. Seine Pupillen sind riesig und er sieht mich an, als hätte ich zwei Köpfe.

»Heute Nacht schläfst du wieder bei mir«, bestimmt er und lehnt sein ganzes Gewicht gegen mich. Da er mich einen ganzen Kopf überragt, habe ich alle Mühe, nicht unter ihm zusammenzubrechen.

»Na, das werden wir noch sehen«, murmele ich. Ich denke nicht, dass er in ein paar Stunden noch mitkriegt, mit wem er sein Bett teilt. Und selbst wenn, ich bin sicher nicht diejenige.

Ohne kontrollieren zu können, was ich tue, fällt mein Blick immer wieder auf Adam, der eingekeilt zwischen zwei hübschen Mädchen sitzt und sich angeregt unterhält. Links von ihm erkenne ich Kelly, die Blondine, die mir schon bei unserem ätzenden Spiel so auf die Nerven ging. Er hat einen Arm auf die Rückenlehne hinter ihr gelegt und wirkt entspannt. Mit der anderen Hand führt er gerade eine Bierflasche an seinen Mund, als unsere Blicke sich treffen. Und verankern.

Im Augenwinkel sehe ich Kelly, die ohne Punkt und Komma auf ihn einredet, und wie durch Nebel höre ich Luke, der mir irgendwas ins Ohr lallt. Aber meine Augen sind fest mit Adams verbunden. Er lässt die Flasche sinken und ich kann nicht anders. Wie gebannt starre ich auf seine Lippen, über die er wie in Zeitlupe mit seiner Zunge fährt.

Als ich zurück in seine Augen sehe, bilden sich die kleinen Fältchen. Er lächelt.

»Gehen wir tanzen, Baby!« Luke ist dermaßen penetrant, dass ich ihn nicht länger ausblenden kann. Ich frage mich ernsthaft, was ich mir gestern gedacht habe. Wie konnte ich nur einen ganzen Tag mit ihm verbringen? Äh ... und anschließend in sein Bett hüpfen. Nur weil Adam mir Kuchen besorgt hat und ich völlig durchgedreht bin.

»Geh schon vor, ich komm sofort«, lüge ich. Ich werde hier und heute ganz sicher nicht tanzen. Mal völlig abgesehen davon, dass ich damit die Einzige wäre, die zu der mittlerweile etwas rockiger werdenden Musik tanzen würde.

Ich bestelle mir einen Cocktail und drehe mich den vielen fremden Menschen zu. Luke loszuwerden war für den Moment einfacher als gedacht. Aber wohin jetzt? Zu Adam und seinem Harem? Marissa und ihren Beziehungsproblemen?

Ich gehe ein paar Schritte und sehe zurück zu Jan und Diana, die sich mit einem anderen Paar angeregt unterhalten. Keine Spur von Luke. Gott sein Dank.

Und wieder stehe ich vor einer Kreuzung vor Entscheidungen und weiß nicht, welchen Weg ich gehen soll. Allein bei einer solch unbedeutenden Sache habe ich Schwierigkeiten, das Richtige zu wählen. Und da ich es satthabe, die Wege der anderen zu gehen, bahne ich mir einen Pfad durch die Leute und kämpfe mich bis zum äußeren Bühnenrand.

Das Schicksal will mich offensichtlich dafür belohnen, meinen eigenen Weg gewählt zu haben, denn dort wartet eine Überraschung auf mich. Ich kenne den Sänger, der seine Gitarre gerade auf den Rücken geschoben hat und voller Inbrunst in sein Mikro singt. Davis. In schwarzer Jeans und schwarzem T-Shirt steht er mit ein paar Jungs auf der kleinen Bühne und singt einen Song über das Leben und die Liebe. Seine Augen sind geschlossen, die dunklen Haare liegen verschwitzt in seiner Stirn und seine Stimme vibriert durch den Lautsprecher direkt vor mir. Er singt wundervoll. So voller Gefühl. Er brennt für die Musik. Ob er und Adam sich deshalb heute Mittag getroffen haben?

***

Erleichterung durchströmt meine Blutbahn, als ich zwei Cocktails später Rachel und Marissa wieder in der Menge ausmache. Marissa wedelt mit der Hand in meine Richtung, geht auf die Zehenspitzen und flüstert ihrer Freundin etwas ins Ohr, um sich anschließend einen Weg zu mir zu bahnen.

»Hä?«, quietscht sie und ihre Augen starren geweitet auf die Bühne, auf der Davis nach wie vor von einem Schlagzeuger und einem Kerl mit blauen Haaren am Keyboard begleitet seine Lieder singt. »Seit wann ist Davis ein Rockstar?« Ihre Augen hängen auch bei ihrem nächsten Satz kontinuierlich an seinen Lippen. »Verdammt. Seine Stimme ist ...« Sie spricht nicht weiter. Lehnt nur den Kopf ein wenig zur Seite und hebt leicht die Hand, als Davis seinen Blick auf uns richtet und uns ein kurzes Lächeln zuwirft.

»Ja, ich weiß ... Heftig, oder? Ich war auch erst total überrascht.«

Ich suche zwischen den anderen Menschen nach Rachel, kann sie aber nicht ausmachen.

»Wie ist es gelaufen? Alles okay bei euch?«

Marissas Blick fällt erst auf mich, dann auf den Cocktail in meiner Hand.

Ich halte ihr den spärlich verzierten Becher hin und sie nimmt einen Schluck. Dabei ist ihr Blick erneut konstant auf unseren Rockstar gerichtet.

»Ja.« Sie sieht hastig über meine Schulter. Dort dürfte sie Adam und seine Amerika-Barbie sehen. Ich vermeide den Blick in diese Richtung schon seit über einer Stunde. »Ich denke schon.«

»Sicher?« Sie wirkt alles andere als überzeugt.

»Ach komm. Wir wollten doch einen lustigen Abend haben. Und Scheiße ...« Ihr Blick fällt wieder zur Bühne und hellt sich sofort auf. »Wir schlafen mit dem Rockstar in einem Zimmer«, lacht sie.

Ein Teil von mir möchte nachhaken. Mit ihr über Rachel sprechen. Ihr eine Freundin sein. Aber der andere Teil ist froh, dass sie da ist und ich nicht mehr allein bin. Sie hat recht. Wir wollten doch einfach einen schönen Abend verbringen.

»Stimmt«, lache ich und stecke mir den Strohhalm wieder zwischen die eigenen Lippen. Er schmeckt fruchtig und ist ziemlich orangensaftlastig.

»Willst du darüber reden?« Sie deutet mit dem Kinn über meine Schulter zu Adams Tisch.

»Nope«, erwidere ich. Ich sollte mich freuen, dass Adam Anschluss gefunden hat. Und diese Kelly scheint nett zu sein. Der kleine Teufel auf meiner Schulter flüstert mir ins Ohr, dass sie obendrein vom anderen Ende der Welt komme und sie sich nie wiedersehen, wenn wir erst wieder zu Hause sind. Leider bringt diese Vorstellung auch die Erinnerung mit sich, dass bis dahin mein Kartenhaus eingestürzt ist und ich wieder an der gleichen Stelle stehe wie vor einigen Monaten. Einen Punkt, an den ich nie wieder kommen wollte. Einen Punkt, an dem meine Eltern langsam ungeduldig werden und Angst haben, ich würde meinen Weg nicht finden. Vor vier Monaten, als ich mein Psychologiestudium abgebrochen habe, habe ich ehrlich gesagt ihre Sorge geteilt. Dadurch dass sie mir in der Folge immer mehr Möglichkeiten präsentiert und mir die Welt zu Füßen gelegt haben, ist die Entscheidung immer schwerer und der Druck immer größer geworden. Ich konnte nicht mehr schlafen, war ständig müde und schlecht gelaunt. Die Anzeige von Professor Hagedorns Praktikum kam für mich einer Notbremse gleich. An einem wirklich miesen Tag war ich darauf gestoßen und hatte von Stund an die Vision, dass dieses Studium die Lösung all meiner Probleme sein könnte. Ein echter Höhenflug. Bis drei Wochen später die Absage in meinem E-Mail-Postfach lauerte. Das Fährticket war gebucht, das Hostel reserviert und ich verschwieg einfach, dass sich die Universität für einen anderen Teilnehmer aus London entschieden hatte.

»Komm, wir holen uns noch was zu trinken und suchen die anderen, okay?«

Der Knoten, den ich in Marissas Nacken akkurat gebunden habe, löst sich langsam auf und einzelne Strähnen fallen über ihre nackten Schultern. Langsam wird die Luft frischer, aber die vielen Menschen und der enge Innenhof speichern die Wärme des Tages.

»Weißt du was, geh du. Ich glaub ... ich geh ins Bett.«

Keine Ahnung, welcher Teil da gerade aus mir gesprochen hat. Vielleicht der vernünftige. Oder der verzweifelte. Ganz egal. Denn Fakt ist, ich bin müde. Die letzten Tage waren anstrengend und ich will nicht mehr lügen oder grübeln.

Marissas Blick saust noch einmal rüber zu Adam.

»Seinetwegen?«

»Nein.« Meine Schultern heben sich unter einem tiefen Seufzer. »Meinetwegen.«

Marissas Finger fühlen sich warm an, als sie über meinen Oberarm streichelt.

»Kann ich was tun?«

»Für mich mitfeiern und nicht böse sein, dass ich unsere Abmachung nicht einhalte.«

Ich überlasse ihr meinen Cocktail endgültig ganz.

»Wenn was ist, schrei aus dem Fenster, okay?« Sie runzelt die Stirn über den hübsch geschminkten Augen und ihre perfekt geschwungenen Lippen bilden ein wunderschönes Lächeln. Einerseits sind wir uns so ähnlich. Die Größe. Die langen, wilden Haare. Und doch ist Marissa so elegant, wo ich einfach nur ... ich weiß nicht, ich bin. Sie hat sanfte Kurven, wo ich einfach nur gestaucht wirke.

»Mach ich.«

Wir nehmen uns kurz in den Arm und ich gehe zurück ins Hostel. In der Lobby brennt Licht; einige haben sich für ein ruhiges Gespräch hierher zurückgezogen. Aber der hintere Teil, der die Küche und die Essensräume umfasst, liegt im Dunkeln. Ich will gerade den Flur zur steilen Treppe einschlagen, als mein Blick einen Raum streift, den ich noch nie zuvor gesehen habe.

Die Tür ist angelehnt und im Inneren leuchtet ein schummriges Licht an der Decke. Ein alter Kronleuchter, dessen Lampen durch schwache LEDs ersetzt wurden. Die Tür knarzt beim Aufschieben und ich schlendere zaghaft über den dunkelgrünen Teppich ins Innere.

Ich hätte den Geruch auch blind erkannt. Bücher. Das ist der Duft, der mich an Zuhause erinnert. An meine Mum. Die Leidenschaft für das Lesen und Schreiben habe ich nie mit ihr geteilt, auch wenn ich hin und wieder gerne mal ein Buch lese.

Ich lasse meinen Finger über die unzähligen Buchrücken gleiten, die in den alten Holzregalen aufgereiht sind. Eine Bibliothek. Dieses Hostel steckt wirklich voller Überraschungen.

Zwischen den Buchreihen, die sich einmal durch den quadratischen Raum ziehen, entdecke ich ein Klavier. Ich muss wahrscheinlich nicht erwähnen, dass ich drei Jahre lang Klavierunterricht genommen habe.

Die Töne, deren Tasten ich zunächst wahllos drücke, durchbrechen die Stille des Raums. Hier drinnen ist von der Party draußen nichts zu hören. Ohne zu zögern, rücke ich das lederbezogene Bänkchen zurecht und setze mich vor die Tasten.

Gedankenverloren beginne ich mit der rechten Hand immer wieder dieselben Akkorde zu spielen. C-Dur, G-Dur und F-Dur. Das weiß ich noch genau. Als hätte ich nie damit aufgehört, kommen mit der linken Hand die Grundtöne dazu. Nur ein paar Anschläge später summe ich leise die Melodie, während sich meine Augen mit Tränen füllen.

*The Rose* war der erste Song, durch den ich das Klavierspielen wirklich gemocht habe. Vielleicht weil es dabei um die vielen verschiedenen Möglichkeiten geht, was die Liebe sein könnte. Wie die Liebe für manche ein Schiff ist, welches das zarte Schilf ertränkt. Oder wie andere denken, Liebe gleicht einer Rasierklinge, die deine Seele bluten lässt.

Wow. Ich nehme an, der Songschreiber hat nicht die besten Erfahrungen gesammelt. Die zarten Töne schweben sanft durch die staubige Bibliothek. Ich habe nicht den Mut, laut zu singen. Würde ich es dennoch tun, käme in wenigen Tönen meine Lieblingsstelle. Doch ein Räuspern unterbricht mich und nicht ich bin es, die den weiteren Text zitiert.

# Kapitel 10

»›Ist es der Traum, der Angst vor dem Erwachen hat und nie etwas wagt‹?« Adam formuliert die Textpassage als Frage und meine Finger verharren über der Klaviatur. Er ist mir gefolgt. Tief in meinem Inneren hatte ich das gehofft. »Sorry«, flüstert er in die Stille. Vermutlich weil ich stocksteif verharre und nichts sage. »Ich wollte dich nicht stören.«

»Warte!« Meine Stimme hallt durch den hohen Raum, aber ich wage nicht mich umzudrehen. »Spielst du mit mir?«

Mein Klavierunterricht ist das einzige Hobby gewesen, das ich mit Adam gemeinsam ausprobiert habe. Emily war ganz entzückt von der Idee, dass wir zusammen am Weihnachtsfest für die Familie spielen könnten. Dazu ist es schlussendlich nie gekommen.

Die alten Holzdielen knarzen unter Adams Gewicht und ich spüre seine Wärme, als er sich dicht neben mich auf die Klavierbank setzt. Meine Augen weichen nicht von den Tasten, über denen meine Finger schweben.

»Ich habe seit damals nicht mehr gespielt«, gesteht er. Seine Stimme ist etwas rau, wahrscheinlich weil er so lange gegen die Lautstärke angesprochen hat. Ich kann riechen, dass er Bier getrunken hat, aber er wirkt kein bisschen angetrunken. Adam verliert nie die Kontrolle über sich. Zumindest habe ich das noch nicht erlebt.

»Ich auch nicht«, gebe ich zu. »Wobei mir das Spielen eigentlich immer viel Spaß gemacht hat.«

»Wogegen wurde es abgelöst?«, fragt er und zum ersten Mal sehen wir uns an. Er ist mir so nah, dass ich die Stoppeln an seinem Kinn sehen kann. Meine Finger jucken, weil ich darüberstreichen will.

Doch ich kann die Ernsthaftigkeit des Moments nicht lange aufrechterhalten. »Geräteturnen«, lache ich, weil ich ihm noch eine Antwort schuldig war.

Wir wissen beide, dass ich mir bereits in meiner zweiten und letzten Stunde den Arm gebrochen habe.

»Ach ja«, lacht Adam. Dabei blitzen mir seine schneeweißen Zähne aus dem dunklen Gesicht entgegen.

»Denkst du, es ist wirklich so wie in dem Lied?«

Meine Finger erzeugen wie von selbst die Töne und spielen einen weiteren Teil der Melodie, die ich so liebe.

»Dass die Liebe eine Rasierklinge ist?« Der amüsierte Ton, der er dabei von sich gibt, erzeugt eine Gänsehaut auf meinen Armen. »Wohl kaum«, schüttelt er den Kopf und ich sehe ihm tief in die Augen.

»Nein!« Mein Kichern klingt wie das eines kleinen, dummen Mädchens. »Ich meine …«, unsere Gesichter entspannen sich und das Lachen verblasst langsam zwischen den vergilbten Wänden, »dass egal wie schwer der Weg ist …«

»Oder wie einsam die Nacht?«, fragt Adam.

»… trotzdem irgendwann …« Auf einmal komme ich mir total dämlich dabei vor, diesen bescheuerten Text wiederzugeben. Manchmal habe ich den Drang, poetisch zu werden und sämtliche Gedichte und Lieder auf mein Leben zu projizieren. Aber das Leben ist Realität und kein dämlicher Song oder ein Märchen.

»Aus der Liebe der Sonne im Frühling aus einem einzigen Samen eine Rose entstehen kann?«

Mich wundert nicht, dass Adam den Text genauso verinnerlicht hat wie ich. Wir mussten ihn stundenlang rauf und runter spielen. Aber es wundert mich, mit welcher Ernsthaftigkeit er diese Unterhaltung mit mir führt. Wobei das eigentlich glasklar sein sollte. Er ist nämlich einer von der guten Sorte. Und ich lüge ihn an. Obwohl er hier ist. Mit mir.

»Adam?«

So sehr ich mich auch bemühe, ich kann die Tränen nicht zurückhalten, die wahrscheinlich mit goldenem Lidstrich vermischt über meine Wangen laufen.

»Hey«, sagt er, als er bemerkt, dass ich weine. »Gracy.«

Dass er mich bei meinem Kosenamen nennt, macht mein Herz nur noch schwerer und lässt sämtliche Dämme brechen. »Hey«, wiederholt er, »bitte wein doch nicht.«

Sein starker Arm legt sich um mich. Wie eine Decke hüllt er mich ein und wärmt meine Haut.

»Es tut mir leid«, heule ich gegen seinen Oberkörper und schlinge meine Arme um seinen Körper. »Tut mir so leid«, wiederhole ich immer und immer wieder. All der angestaute Frust der letzten Wochen, das Heimweh der letzten Tage und die Verwirrung von heute brechen aus mir heraus.

Adam ist da und hält mich. Er streichelt mir immer wieder sanft über den Rücken und meine Oberarme.

»Schon gut«, haucht er tröstende Worte auf meine Haare. Der Fischgrätenzopf, der seitlich an meinem Kopf verläuft, ist das Einzige, was noch so ist, wie es sein sollte.

Immer wieder tröstet er mich und ich spüre seine Lippen auf meinem Scheitel. Selbst im Sitzen überragt Adam mich, sodass mein Kopf auf seiner Brust ruht und ich seinen Duft inhaliere.

»Schhhh«, wiederholt er ein Dutzend Mal, bis die letzten Tränen langsam versiegen.

»Es tut mir leid«, flüstere ich und löse mich aus seiner Umarmung.

»Das sagtest du bereits.« Er versucht sich an einem schwachen Lächeln, aber seine Augen bleiben ernst. Mit beiden Daumen fährt er über meine Wangen und wischt meine Tränen weg. Seine Fingerspitzen sind schwarz und gold verschmiert, als er sie sinken lässt. Warum musste ich auch ausgerechnet heute das Make-up meines Lebens tragen?

»Bestimmt sehe ich fürchterlich aus«, stoße ich mit einem freudlosen Lachen hervor.

»In all den Jahren ist es noch nie vorgekommen, dass du fürchterlich ausgesehen hast.« Er legt eine seiner Hände auf meine und schließt sie in seine warme Handfläche. »Du bist immer wunderschön. Egal was du anhast oder wer dich geschminkt hat.« Mit der freien Hand wischt er noch einmal über meine Wange.

»Ich muss dir was sagen«, gestehe ich, ehe ich einen Rückzieher machen kann. Ich weiß nicht, wo das hier gerade hinführt, aber ich will Adam keine Minute länger belügen.

»Was tut dir leid, Grace?«

Er drückt meine Hände, die problemlos beide in eine von seinen passen.

»Ich habe dich angelogen.«

Ich ziehe die Nase hoch und meine Schultern beben unter den letzten Schluchzern, die noch in meinem Körper nachhallen.

In seinem Gesicht ist keinerlei Regung zu erkennen. Seine Miene wirkt wie eingefroren. Und da er über mich hinweg an die Bücherwand sieht, spreche ich die Wahrheit einfach aus.

»Ich habe die Praktikumsstelle bei Hagedorn nie bekommen.«

Kurz und schmerzlos. Wie wenn man ein Pflaster abzieht. Mit der gleichen Reaktion lässt Adam meine Hände los und sein Blick schießt zu mir. Ich versuche irgendwas in seinem Gesicht zu lesen, aber ich finde einfach nichts. Keine Wut. Kein Schmerz. Keine Reue dafür, dass wir dennoch hier sitzen.

Eine ganze Weile sehen wir uns stumm an und mein Puls bringt die Schlagadern in meinem Hals beinahe zum Explodieren.

»Aber warum?«

»Warum?« Ich habe den Eindruck, als wäre die Luft plötzlich zu dünn. Meine Atmung wird immer hektischer. »Warum?«, wiederhole ich schon fast panisch. »Weil ich ein Loser bin, wahrscheinlich.« Ich wende mich ein Stück von Adam ab und schaue zurück auf die Klaviertasten. »Weil alles, was ich anfange, in einem Desaster endet. Weil ich für nichts und niemanden auf der Welt bestimmt bin. Weil ich das Gefühl habe, zwischen euch allen zu ersticken. Du willst wissen warum?«, brülle ich mittlerweile und werfe die Hände in die Luft. Dabei sehe ich ihn an, in der Hoffnung, in seinen Augen vielleicht eine Antwort zu finden. »Weil ich einfach nicht mehr weiß, wo ich hingehöre.«

Hektisch sauge ich die Luft ein und stoße sie unkontrolliert wieder aus, während ich ihn anstarre wie ein Psychopath.

Schrille Töne erklingen, als Adam seine Ellbogen auf die Klaviatur stützt und sein Gesicht verbirgt.

In dieser Position verharren wir eine ganze Weile. Ich weiß nicht, wie viel Zeit verstreicht. Hin und wieder sind Schritte und Stimmen im Flur zu hören, aber bei uns bleibt es still.

Schließlich ist Adam der Erste, der sich aus seiner Starre löst. Er steht auf und es ist überdeutlich, dass er meinem Blick ausweicht. Ich hingegen beobachte jeden seiner Schritte bis ins Detail. Alles an ihm wirkt verkrampft und er scheint ins Leere zu starren.

»Wir sollten schlafen gehen.«

»Was?«, zische ich. Das kann nicht sein Ernst sein. Nach allem, was ich ihm gerade offenbart habe, will er ... ins Bett? Ich habe nicht den geringsten Schimmer, warum mein Geständnis ihn derart aus der Bahn wirft. Ja, ich habe gelogen. Aber das ändert doch nichts. Also ... für ihn.

»Grace.« Am liebsten möchte ich ihm entgegenbrüllen, dass er aufhören soll meinen Namen mit diesem besonderen Klang in seiner Stimme zu sagen. »Lass einfach gut sein, okay? Du hast was getrunken. Ich bin nicht mehr nüchtern. Es ist gleich Mitternacht. Wir können jetzt gerade eh nichts tun. Lass uns morgen früh in Ruhe darüber reden.«

Enttäuschung. Das ist alles, was ich in diesem Moment fühle. Mir wäre lieber gewesen, er hätte mich angebrüllt, weil ich gelogen habe. Hätte mich getröstet, weil ich so verzweifelt bin. Doch über die Kälte in seinen Worten bin ich einfach nur enttäuscht. Ich verstehe es nicht. Und das zeige ich ihm mit meinem Blick. Nur mit meinem Blick. Denn auch wenn ich es nicht zugeben will, er hat recht. Jedes Wort zu viel könnte ich morgen früh bereuen.

»Gute Nacht«, brumme ich und stehe auf, um das muffige Zimmer zu verlassen. Er antwortet nicht. Hält mich nicht zurück. Im Türrahmen drehe ich mich noch einmal um und beobachte, wie er sich mit beiden Händen an der Wand abstützt und ein animalisches Knurren von sich gibt. Und alles, woran ich bei jedem Schritt denken kann, ist die Frage, was zur Hölle da gerade passiert ist. Verschweigt er mir möglicherweise auch irgendetwas?

***

In den kommenden Stunden liege ich wach in meinem Bett und weine stumme Tränen. Hier auf der harten Matratze unter den festgeklebten Kaugummis lasse ich noch einmal alles Revue passieren und versuche meine Gedanken zu sortieren. Egal wie lange ich auf die Matratze oder in mein Notizbuch starre, in dem Adam erst vor wenigen Stunden die Erasmusbrücke und die Rotterdamer Skyline gezeichnet hat. Ich verstehe einfach nicht, was sich zwischen Adam und mir verändert hat, seit wir dieses gottverdammte Land betreten haben. In einem Moment ist er so charmant und rücksichtsvoll. Dann möchte ich stundenlang neben ihm sitzen und beobachten, wie sein Blick sich hebt und wieder senkt, während er etwas zeichnet. Wie seine blauen Augen über das Papier fliegen und seine Finger aus wenigen Strichen ein Kunstwerk formen. Und ich möchte mit ihm reden. Wir haben so lange geschwiegen. Viel zu lange.

Doch an Abenden wie heute denke ich wieder, er ist der Fremde, für den ich ihn gehalten habe. Der Adoptivsohn meiner Patentante. Ich weiß rein gar nichts über ihn. Nicht mal so viel wie diese doofe Kelly. Ich wusste ja nicht einmal, dass er Basketball spielt. Ich klappe das Notizbuch endgültig zu und lege es zur Seite. Gerade noch rechtzeitig, um mich schlafend zu stellen, als Rachel reinkommt und sich in das obere Bett kuschelt. Nur einige Minuten später schläft sie bereits. Dass sie ohne Marissa schlafen geht, ist sicher kein besonders gutes Zeichen.

Ich starre immer noch auf Adams Matratze, als zwei Männer Luke in sein Bett schleppen, der vollkommen weggetreten ist. Keine Ahnung, wie er die letzten Stunden noch stehend überstanden hat, aber er wird den Abend ganz sicher morgen früh bereuen.

Irgendwann schrecke ich aus dem Halbschlaf, als Jan, Diana und unser Rockstar leise in die Betten schleichen. Ich blicke zur Seite und sehe, dass auch Marissa in der Zwischenzeit zurückgekommen sein muss.

Aber wo ist Adam? Bei Kelly? Auf dem Weg nach Hause? Am Telefon mit meiner Mum? Die wildesten Theorien schießen mir durch den Kopf und hindern mich daran einzuschlafen. Und selbst wenn ich eindöse, träume ich nur von ihm. Von ihm und Kelly, die bei unseren Eltern an der Weihnachtstafel sitzen. Während ich am Klavier *Oh Happy Day* spiele.

Ich schrecke immer wieder hoch, weil ich Stimmen oder Geräusche höre. Mir ist vor lauter Nervosität übel und die Luft im Zimmer ist viel zu warm und stickig. Luke macht widerliche Laute mit seiner Zunge und langsam fange ich an mir Sorgen zu machen. Die Party ist längst vorüber. Adam sollte in seinem Bett liegen. Und wenn er bereits da ist und ich ihn nur nicht habe kommen hören? Zweimal in den kommenden Stunden stehe ich auf und überprüfe seine Matratze. Sie ist leer.

Selbst nachdem die Sonne langsam die Nacht vertrieben hat und die Vögel draußen viel zu gut gelaunt beginnen loszuzwitschern, ist Adam noch nicht aufgetaucht. Meine Tränen sind längst getrocknet und ich wälze mich hin und her, immer wieder zwischen Wachsein und Traum. Doch diesmal gibt mir keiner einen Kuss auf die Stirn oder deckt mich zu.

Ich bin allein und ich befürchte, diesmal endgültig.

# Kapitel 11

Letztes Jahr habe ich auf einem Kulturfestival ein wunderschönes Gedicht gehört. Den genauen Wortlaut habe ich mit der Zeit vergessen, aber der Titel lautete *Es gibt immer ein Morgen*. Die Studentin, die damals voller Inbrunst auf der Bühne stand und das Publikum allein durch Worte in ihren Bann gezogen hat, sprach davon, dass ganz gleich, welche Fehler wir begehen oder wie schlimm der Tag auch war, es immer wieder ein Morgen gibt. Einen Tag, es besser zu machen. Eine Chance, ein anderer Mensch zu werden.

Ich weiß noch genau, wie verzaubert ich von ihrem Text gewesen bin und fest daran geglaubt habe, mir diese Worte für immer zu Herzen zu nehmen. Aber seitdem die Sonne hell vom Himmel durch unser kleines Fenster scheint, Lukes Würgegeräusche vom anderen Ende des Flurs langsam verklingen und die meisten schon angezogen und bereit für den Tag sind, weiß ich nicht, ob ich heute noch daran glauben kann. Oder wer weiß, vielleicht gilt die These auch nicht, wenn man nicht geschlafen hat. Möglicherweise muss man erst ein paar Stunden wegdriften, damit ein neuer Tag beginnen kann. Damit auf Reset gedrückt werden kann. Denn ehrlich gesagt fühle ich mich heute Morgen noch genauso wie gestern Abend. Und das ist gelinde gesagt beschissen.

»Wir gehen frühstücken. Kommst du mit?« Marissa und Rachel kommen aus dem Waschraum und starren auf mich herunter. Draußen kündigt sich wohl ein warmer Tag an. Marissa trägt ein kurzes Kleid mit Blumenmuster und Rachel sieht in ihren Leggins und dem engen Top aus wie ein Model. Ihr schwarzer Bob glänzt im hellen Licht des Tages. Obwohl Marissa freundlich mit mir spricht, gefällt mir der Ausdruck in ihrem Gesicht nicht. Wahrscheinlich konnten die beiden ihren Streit noch immer nicht beilegen.

»Keinen Hunger«, grummele ich und ziehe das Laken noch weiter über meinen Kopf, sodass nur noch meine Augen hervorblicken können. Unter der Decke, gehüllt in das alte Bandshirt von meinem Dad, fühle ich mich wie in einem Kokon. Auch wenn es nur ein dämliches T-Shirt ist, habe ich so das Gefühl, er würde mich beschützen. Und doch bricht das fiese Gefühl wie ein spitzer Schnabel kontinuierlich durch meine Schale.

»Na komm schon«, nörgelt sie weiter und zupft am Saum meiner Decke. »Die Sonne scheint. Ein schöner Tag liegt vor uns ...«

Ich unterbreche sie mit einem Schnauben. Bei ihrem Gesicht glaubt sie das doch selbst nicht.

»Ach komm. Hier zu liegen macht deine Lage auch nicht besser. Was auch immer dein Problem ist, wenn du noch länger ...«

Die Tür öffnet sich und lässt uns alle kurz innehalten, um zu sehen, wer kommt.

Adam.

»Hi«, brummt er und sieht so ähnlich aus, wie ich mich fühle. Er trägt noch immer sein blaues T-Shirt und die Shorts von gestern Abend. Leider kann man anhand seiner Frisur nicht erahnen, ob er gerade frisch aus irgendjemandes Bett geschlüpft ist. Allerdings liegen dunkle Schatten unter seinen Augen und er sieht müde aus.

Er geht auf seinen Schrank zu und sucht sich offenbar neue Klamotten zusammen.

»Habt ihr durchgemacht, oder was?« Jan ist gerade erst wach geworden und seine Stimme klingt belegt. Mit freiem Oberkörper liegt er wie ich noch im Bett und reibt sich die Augen.

»Nicht wirklich«, brummt Adam. Sein Tonfall macht allen klar, dass er keine Lust auf eine weitere Unterhaltung hat.

Marissa lächelt mich an. Ein trauriges, mitleidiges Lächeln. Ich wünschte, ich könnte die Augen schließen und so lange schlafen, bis wieder ein Morgen kommt. Ein Tag, an dem ich es besser machen kann. Eine Chance, ein anderer Mensch zu werden.

»Wir gehen dann«, entscheidet Rachel für die beiden Frauen und auch Jan klettert aus seinem Bett und macht sich Richtung Waschraum auf. Diana und Davis schlafen noch immer tief und fest. Und auch Luke, der die halbe Nacht im Bad verbracht hat, ist wieder unter seine Decke gekrochen.

Das heißt, Adam und ich sind allein. Also, so gut wie.

Eine ganze Weile dreht er mir den Rücken zu. Ich sehe, wie er das kleine Notizbuch zwischen seinen Sachen verstaut. Als er mit einer Hand im Nacken nach seinem Shirt greift, um es über den Kopf zu ziehen, möchte ich wegsehen. Aber ich kann nicht. Wie gebannt starre ich auf das Muskelspiel in seinem Rücken und frage mich, ob es okay ist, so über seinen Cousin zu denken, wie ich es gerade in meinem Unterbewusstsein tue. Gerade als ich meine Unterlippe fast blutig gebissen habe und die Beine unter der Decke fest zusammenpresse, dreht er sich um und unsere Blicke treffen sich. Warum zur Hölle ist mir bislang nie aufgefallen, wie unglaublich perfekt Adam ist?

»Alles okay?«, fragt er leise. Ich nehme an, sein Interesse, die anderen zu wecken, ist genauso minimal wie meins.

»Na ja.« Ich möchte ihn nicht mehr anlügen.

»Hör mal, Grace.« Egal wie sehr er versucht seinen Patzer zu vertuschen. Er wollte Gracy sagen. »Ich hab nachgedacht.«

Er schlendert langsam zu unserem Bett und zieht sich dabei ein frisches Shirt über. Es ist weiß und hat vorne ein kleines Emblem mit einem Ball. Vielleicht das Logo seines Basketballteams?

»Und zu welchem Ergebnis bist du gekommen?«, flüstere ich. Ich drehe mich auf die Seite und falte die Hände unter meinem Gesicht.

»Ich denke ...« Er setzt sich auf Marissas Bett und stützt die Ellbogen auf die Knie. Ein Kerl wie Adam ist einfach viel zu riesig für Stockbetten. »... wir sollten noch eine Weile hierbleiben.«

»Was?«, quieke ich und richte mich so schnell auf, dass mir schwindelig wird. Adam betrachtet meinen Oberkörper, der nicht länger von den weißen Laken verdeckt ist. Mir entgeht nicht, dass er sich nur räuspert, um ein Schmunzeln zu unterdrücken. Dazu kratzt er sich am Kinn.

»Vielleicht solltest du ihn einfach anrufen«, deutet er auf Dads Shirt.

»Ich kann nicht«, gestehe ich offen und flüstere dabei so leise, wie ich kann. Bei meinem kurzen Aufschrei hat Luke sich kurz gerührt. Dass er aufwacht, ist das Letzte, was ich gerade gebrauchen kann.

»Er wird deine Lage verstehen. Das tut er doch immer.«

Wie er auf meine ständigen Misserfolge anspielt, kränkt mich ein bisschen. Aber er hat recht. So ungern ich das zugeben möchte.

»Warum willst du dann noch bleiben? Ich sollte ihn anrufen. Allen die Wahrheit sagen, dann können wir heute noch zurück.«

Das wiederum will ich noch weniger als die Tatsache, dass Luke aufwacht. Aber der egoistische Teil in mir, der einfach durchdreht, seit wir hier sind, weiß, dass Adam dann nicht mehr bei Kelly übernachten kann. Und ich bin sicher, dass er das getan hat. Wo sonst hätte er hingehen sollen? Und sie hat ihre Decke gewiss bereitwillig für ihn aufgeschlagen.

Ich stöhne so laut, dass auch Diana sich bewegt. Ich bin unfair. Adam und ich sind Freunde. Ich hatte was mit Luke. Schon zwei Tage, nachdem wir angekommen sind. Warum also bin ich so eine egoistische Kuh und missgönne ihm sein Glück? Wenn es einer verdient hat, dann er. Doch verstehen kann ich ihn trotzdem nicht.

»Kopfschmerzen?«, fragt Adam, ohne auf meine Frage einzugehen. Ich habe nicht mal bemerkt, dass ich meine Schläfen massiere.

»Ich war nicht betrunken«, maule ich ihn an. Und das ist ausnahmsweise die Wahrheit. Ich bin immer noch enttäuscht, dass er so ätzend auf mein Geständnis reagiert hat. Er ist so anders, seit ich ihm die Wahrheit gesagt habe. Irgendetwas an der Sache stinkt gewaltig. Soll er doch einfach zugeben, wenn er bei Kelly bleiben will.

»Okay.« Abwehrend hebt er die Hände.

»Also ...« Wir drehen uns im Kreis und ich muss ganz dringend aus diesem Zimmer raus. Ich habe das Gefühl, keine Luft mehr zu bekommen. »Was schlägst du vor?«

»Lass uns diese Woche noch bleiben. Am Sonntag checken Marissa und Rachel aus. Und auch Diana und Jan wollen spätestens am Dienstag weiter.«

Dass auch die Amerikanerinnen am Montag in die Heimat fliegen, wissen wir beide.

»Du kannst in Ruhe darüber nachdenken, was du deinen Eltern sagen willst, und ich kann mir noch die Kunstmuseen ansehen, die ich geplant hatte zu besuchen.«

Ungläubig starre ich ihn an. Ich habe meine Zukunft mal wieder in den Sand gesetzt und er will ins Museum? Das glaubt er sich doch selbst nicht. Irgendwas läuft hier seit gestern Abend ganz gehörig aus dem Ruder. Nur habe ich leider überhaupt keine Ahnung was. Ich habe ein Puzzleteil übersehen. Die Tatsache, dass er mir nicht ins Gesicht sehen kann, bestätigt das nur.

»Das ist also dein Plan? Wir gehen ins Museum?« Ich kenne ihn zu lange, um den Widerspruch in seinem Gesicht nicht zu sehen. »Ah … Verstehe. Du gehst ins Museum.«

Ich verschränke die Arme vor der Brust und lehne mich an die Wand.

»Grace.«

Mehr sagt er nicht. Aber sein Blick. Diese Augen. Da ruht etwas, was er mir nicht sagen will. Ich sehe es genau.

»Schon okay. Geh ins Museum.«

Bei dem stechenden Blick, den er mir zuwirft, muss ich höchste Konzentration auffahren, nicht direkt wieder loszuheulen.

Adam legt die Hände vors Gesicht und reibt sich die Wangen. Noch immer kleben Überreste meines schwarzen Mascaras an der Außenseite seines Daumens. Langsam lässt er sie wieder sinken.

»Kann …« Er zögert. Sieht mir noch einmal tief in die Augen, ehe er aufsteht und von oben auf mich herabsieht. »Kann ich noch irgendwas für dich tun? Brauchst du was?«

Ich will schreien. Will aufspringen und ihn am Kragen packen. Will ihn fragen, was das alles hier soll. Dass er nicht der Gleiche ist wie gestern. Dass irgendwas passiert ist, ich es nur nicht verstehe. Ich will ihm sagen, dass ich verwirrt bin. Dass ich nicht will, dass er mit Kelly ins Museum geht. Ich will mit ihm dorthin gehen.

Dennoch bleibe ich sitzen. Kralle die Fingerspitzen in meine Oberarme und schüttele lediglich mit dem Kopf. Er hat das nicht gefragt, weil er was tun will. Sondern nur weil Greg und Emily ihn so erzogen haben. Er weiß, was sich gehört. Aber ich will seine Mitleidsfloskeln nicht.

Ich muss die Augen schließen, um nicht loszuheulen. Und als ich sie wieder öffne, ist Adam weg. Gott sei Dank, denn ich kann nicht länger verhindern, dass die Tränen sich ihren Weg suchen.

***

»Also ...«, Marissa nippt an ihrem gigantischen Milchkaffee, »verstehe ich das richtig?«

Ich spiegele mich in den Gläsern ihrer Pilotenbrille. Nicht dass ich mich für hässlich halte. Meinem Spiegelbild heute gegenüberzutreten muss trotzdem nicht sein. Ich habe ihr das schon mindestens zehnmal gesagt, aber sie weigert sich sie abzunehmen.

»Eigentlich hattest du hier einen Job, den du dann aber nicht bekommen hast. Du hast keinem davon erzählt und bist trotzdem mit Adam als Wachhund hergekommen. Und jetzt ist er es, der gerne noch bleiben will, obwohl du lieber nach Hause möchtest.«

»Weil sie ja streng genommen gar keinen Grund hat, hier zu sein«, komplettiert Rachel ihre Expertise.

Nach einer kurzen Heuleskapade und einer Dusche habe ich beschlossen den beiden die Wahrheit zu gestehen und wir haben uns in einem Café in der Innenstadt getroffen. Adam hat deutlich formuliert, was er möchte. Bis Sonntag heulend in meinem ekligen Bett zu liegen ist keine Option.

»So ungefähr«, gebe ich zu. »Wobei ich nicht mal sagen kann, dass ich nach Hause will. Mir gefällt es hier. Aber ...«

»Es ist komisch.«

Ich nicke nur.

»Aber was ich nicht verstehe ...« Marissa reibt sich kurz die Schläfen, ehe sie weiterspricht. Offensichtlich hatte sie eine harte Nacht. »Vor drei Tagen hast du mir versucht weiszumachen, Adam sei dein Cousin. Und heute hasst du Heidi, nur weil sie vielleicht die Nacht mit ihm verbracht hat?«

»Kelly«, korrigiert Rachel. »Und sie denkt, dass er nur ihretwegen hierbleiben will.« Marissa blickt nicht mal in ihre Richtung. Die beiden wirken nicht gerade glücklich miteinander.

»Ich hasse sie nicht«, jammere ich, auch wenn ich mir da nicht so sicher bin.

Ein gut aussehender Kellner bringt mir einen neuen Cappuccino. Er sagt irgendwas Holländisches, wovon wir kein Wort verstehen. Die Sprache klingt so gruselig. Als hätten Aliens Besitz von den Menschen ergriffen.

»Die Sprache klingt einfach so süß«, zwitschert Marissa und blickt dem Kerl hinterher.

Rachel rollt mit den Augen und zum ersten Mal seit gestern muss ich lachen. Es ist nur ein zaghaftes Kichern, aber es ist da.

»Okay. Und was machen wir jetzt? Ich meine, wegen des ganzen Dilemmas mit deinem heißen Dad, Adam und Heidi und so.«

»Wir machen gar nichts.« Ich lehne mich in dem bequemen Stuhl zurück und versuche den Stich in meinem Herz zu ignorieren, der bei meinen nächsten Worten in meiner Brust piekt. »Adam und Kelly sehen sich die Museen an, ich schreibe meinem Dad heute eine Nachricht, dass ich ihn spätestens am Wochenende anrufen werde, und dann bete ich, dass ich noch ein paar Stunden mit euch verbringen darf, sonst werden das sehr, sehr lange Tage.«

»Oh«, zieht Marissa in die Länge, »natürlich darfst du das, Süße. Nicht wahr?« Ihre Euphorie kommt beinahe ein bisschen zu schnell. Ich weiß nicht, ob mein Gefühl mich täuscht, aber sie scheint beinahe froh darüber, dass sie mich an der Backe hat.

Hoffnungsvoll sieht sie zu Rachel, der nichts anderes übrig bleibt, als sich dem zu beugen.

»Wir werden schon was finden, womit wir uns beschäftigen können.«

Ich glaube, Rachel ist kein Mensch großer Worte. Aber ihr Lächeln und die warmen Finger, die sich um meinen Unterarm schließen, reichen mir zur Bestätigung.

»Na dann«, sage ich und halte meine Tasse in die Luft. »Auf ein paar Urlaubstage unter Mädels.«

»Auf uns«, prostet Marissa und stößt ihren Milchkaffee dagegen. Dabei klingt ihre Stimme ziemlich schrill und übertrieben happy. Ich kauf ihr die Nummer nicht ab. Mein innerer Sensor funktioniert vielleicht nicht immer einwandfrei, aber irgendwas stimmt hier nicht. Oder ich leide langsam an Wahnvorstellungen.

Den Rest des Tages verbringen wir in der Stadt. Schlendern gemütlich von einem Laden zum nächsten und ich habe das Gefühl, diese wunderschöne Stadt endlich mit offenen Augen zu sehen.

Südöstlich des Hauptbahnhofs ist so viel mehr zu entdecken als nur schmale Gassen und Straßen, in denen die Reihenhäuser regieren. Allein die Architektur der Gebäude reicht aus, dass ich aus dem Staunen nicht mehr rauskomme.

Wir sehen uns eins der Kubushäuser an, die auf Stelzen gebaut sind und deren Wände in alle möglichen Richtungen verlaufen, nur nicht senkrecht. Unfassbar, dass in diesen Gebäuden Menschen ihren Alltag verbringen.

Nicht nur die vielen interessanten Bauten verschlagen mir die Sprache. Es sind vor allem die Menschen. So viele verschiedene Menschen.

»Ich finde das einfach großartig. Beinahe als gäbe es so was wie Rassismus hier nicht«, spricht Marissa meine Gedanken aus. Wir sitzen in einem afrikanischen Restaurant und genießen das fremde Essen und die Atmosphäre. Ich tunke mein Mandasi in einen roten Dip, der so scharf ist, dass ich ins Schwitzen gerate. Gerade noch dachte ich, wir hätten ein bisschen Abstand zwischen uns und unsere Dramen gebracht, da denke ich auch schon wieder an Adam. Irgendwie wünschte ich, ich könnte ihm das hier zeigen. Ich weiß nicht mal, wie er zu seiner Abstammung steht. Ob er afrikanisches Essen mag? Alles, was ich weiß, ist, dass er aus Kenia stammt. Meine Tante Lauren, Scotts Exfrau, hat Adam damals während einer ihrer Missionen in ihre Obhut genommen. Sie war zu dieser Zeit für eine Hilfsorganisation in Afrika. Nachdem er ein halbes Jahr mit ihr zusammen in Afrika gelebt hat, ist er von den Stevens adoptiert worden. Mit sieben Jahren durfte er dann zum ersten Mal nach Großbritannien. Für mich gehört er genauso zu unserer Familie wie alle anderen auch. »Rotterdam hat 2009 als erste Stadt in den Niederlanden einen muslimischen Bürgermeister bekommen. So was ist mal ein Statement.«

»Hier wird es genauso rassistische Idioten geben wie überall auf der Welt, Liebling.« Rachel nimmt Marissas Hand und gibt einen Kuss darauf. Mir entgeht nicht, dass diese ihr sie gleich darauf wieder entzieht. »Du bist naiv, wenn du so denkst.«

»Aber ich finde schon, dass es hier sehr multikulturell zugeht«, mische ich mich ein. »Das sollte überall so sein.« Irgendwie habe ich das Bedürfnis, Marissa recht zu geben. Ich habe keine Ahnung, was da heute Nacht los war, aber sollte sie meine Unterstützung brauchen, hat sie sie sicher.

»Auf jeden Fall. Und wenn du in anderen Städten in den Niederlanden gewesen wärst, würdest du den Unterschied erkennen. Diese Stadt ist einfach der Hammer.«

Rachel schüttelt lachend den Kopf. Das tut sie öfter, sobald Marissa redet. Mich nervt das zunehmend. Und ich kann Marissas Euphorie die Stadt betreffend verstehen. Ich denke nicht, dass es an dem Bürgermeister liegt, man hat einfach irgendwie das Gefühl, frei zu sein.

»Guckt mal«, versucht Marissa uns zu überzeugen. »Nehmen wir mal Amsterdam.« Dabei hat sie mich längst.

»Amsterdam also«, sage ich und stütze das Kinn auf die Hände. Marissa ist eine der interessantesten Personen, die ich je kennengelernt habe.

»Auch eine wundervolle Stadt, keine Frage. Aber für meinen Geschmack schon zu perfekt. Die ganzen perfekt restaurierten Kanäle. Alle Gebäude für die Touristen mit ihren Kameras wunderschön in Szene gesetzt. Das ist doch nicht authentisch.«

»Aber Häuser, die wie Würfel falsch rum in der Luft hängen?«, lacht Rachel und wir funkeln sie beide böse an.

»Ja«, ruft Marissa und eine Dame am Tisch neben uns dreht sich um. »Ja«, wiederholt sie eine Spur leiser. »Genau das ist es. Rotterdam ist seinen eigenen Weg gegangen. Sie haben die Kanäle zubetoniert und lieber Straßen gebaut. Und sie haben Häuser hochgezogen, wie sich niemand zuvor getraut hat. Rotterdam ist ein Rebell und das mag ich.«

Sie strahlt übers ganze Gesicht. Und ich muss sagen, die Vorstellung, die Marissa von dieser Stadt hat, gefällt mir. Rotterdam steht zu dem, was es ist. Beneidenswert.

»Und wisst ihr, was noch unverwechselbar sein soll?« Sie legt verschwörerisch den Kopf nach vorne. Rachel und ich lehnen uns ihr ein Stück entgegen. »Das Nachtleben«, flüstert sie und plötzlich ist klar, wie dieser Tag zu Ende gehen wird. Nämlich ohne einen weiteren Gedanken an die Vergangenheit, die Zukunft, meine Eltern, geschweige denn an Adam.

Denn ganz gleich, was ich tue, es wird immer wieder ein Morgen geben.

# Kapitel 12

»Ich will einfach die ganze Zeit ›O mein Gott‹ schreien«, brülle ich Rachel ins Ohr. Seit ungefähr einer Stunde sind wir im *now and wow.* Und ich muss sagen, hier ist der Name echt Programm. Marissa hat den ganzen Nachmittag gegoogelt, um einen wirklich verrückten Club zu finden. Ohne einen Vergleich zu haben, ist klar, dass es ihr gelungen ist.

Wir haben uns einen Platz am Rand der gigantischen Tanzfläche erkämpft. Monströse Metallpfeiler trennen den Bereich vom Rest des Raumes ab. Wenn man bei einer so großen Fläche überhaupt noch von einem Raum sprechen kann. Als wir mit der U-Bahn beim Maassilo angekommen sind, hätte ich nie erwartet so etwas vorzufinden.

Marissa, unser wandelndes Lexikon, hat uns schon auf der Fahrt erklärt, dass das alte Getreidesilo bereits 1911 erbaut wurde. Hier lagerten früher 20.000 Tonnen Getreide. Heute befinden sich auf mehreren Etagen Eventsäle und unter anderem eben das *now and wow.* Die Location hat mehrere Bereiche. Wir haben uns für den größten, die Grand Hall, entschieden.

Und jetzt beobachten wir zwischen den alten Elementen des Silos zusammen mit Davis, wie Luke und Marissa tanzen, als hinge ihr Leben davon ab. Marissa ist direkt nach unserer Ankunft auf die Tanzfläche marschiert und hat sie seither nicht wieder verlassen. Natürlich war unsere Manchester Party-Fraktion bei unseren Club-Plänen direkt am Start. Gott sei Dank wollten die Jungs erst woandershin und seit wir uns hier getroffen haben, hat sich keine Gelegenheit ergeben, mit Luke zu reden. Und abgesehen davon, dass er unglaublich gut aussieht, scheint er schon wieder jenseits von Gut und Böse zu sein.

»Wie hat sie gesagt? Die Stadt sei ein Rebell?«, schreit Rachel zurück. Genau in diesem Moment stolziert ein Mann auf Stelzen an uns vorbei. Er hat eine eigenartige Maske mit langer Nase im Gesicht und ist in einem goldenen Ganzkörperanzug gekleidet.

»Scheiße, was für eine Freakshow«, brüllt Davis. Dabei lacht er und zeigt auf zwei Frauen, die sich in Katzenkostümen auf einer schwebenden Bühne über der Tanzfläche räkeln. »Ich steh drauf.« Sein Lächeln ist breit, aber auch seine Pupillen sehen nicht mehr ganz normal aus. Sein Blick wandert gefolgt von meinem zu Marissa und das Lächeln verblasst. Marissa hat ihre Hände auf Lukes Schultern gelegt, was ihm offensichtlich nicht zu gefallen scheint. Er bemerkt, wie ich ihn anschließend fragend anstarre und versteckt seine Wut hinter seiner Flasche Bier. Aber ich bin nicht blöd. Ich habe das Funkeln in seinen Augen dennoch gesehen. Ein neuer Song setzt ein und die feiernde Menge kreischt zu den Beats, sodass wir beide unseren Blick zurück auf die Tanzfläche richten.

Das hier ist wirklich kein gewöhnlicher Club. Die Menschen sind alle so verschieden und verrückt. Und ich liebe das. Hier gibt es nicht eine einzige Schublade, in die man passen muss. Groß, klein, alt, jung. Langweilig in Jeans und Top wie ich oder in Lederjumpsuit wie das Mädchen, das gerade an mir vorbeigeht und mir einen Luftkuss zuwirft. Hier ist jeder einfach, wie er sein möchte. Das Einzige, was alle gemeinsam haben, ist der Drang zu feiern. Und das kann man im *now and wow*. Und zwar nicht zu knapp.

Der Bass vibriert in meinem Bauch und meine Hände zittern, weil mein Adrenalinspiegel Purzelbäume schlägt.

Meine Eltern würden ausrasten, wenn sie wüssten, dass ich in solch einem Club bin. Aber sie werden nie davon erfahren. Denn ich werde es ihnen nicht erzählen und Adam ist nicht hier. Ich habe ihn den ganzen Tag nicht gesehen und auch nichts von ihm gehört. So sehr ich auch versuche nicht an ihn zu denken, es ist zwecklos.

»Jetzt komm aber, Baby«, Luke packt mich an der Hüfte und zieht mich an seinen verschwitzten Körper, »tanz endlich mit mir.«

»Jaaa«, schreit Marissa, »wir sind doch nicht zum Spaß hier.« Sie dreht sich einmal im Kreis und reckt die Arme in die Höhe, bevor sie mit hüpfenden Bewegungen um mich und Luke herumhopst.

Rachel verdreht lachend die Augen und hält sich mit Davis lieber im Hintergrund. Eigentlich tanze ich relativ gerne. Und heute Abend ist nicht der richtige Zeitpunkt, über meine Probleme nachzugrübeln. Eigentlich ist auch alles gesagt, was gesagt werden sollte. Vielleicht sollte ich langsam damit anfangen, meine Zeit hier zu genießen. Ob ich nun schmollend im Hostel sitze oder ein bisschen Party mache, es wird sowieso darauf hinauslaufen, dass ich ohne Praktikum nach Hause fahre und Adam mir noch genauso fremd ist wie auf dem Hinweg. Ob ich das möchte oder nicht, scheint dabei keine Rolle zu spielen.

»Komm schon, Prinzessin«, lässt Luke nicht locker. Er zieht mich am Rücken an sich und lässt seine Zunge über meinen Nacken streifen. Ich winde mich ein bisschen aus seiner Berührung, lasse mich aber dennoch auf die Tanzfläche ziehen. »Hier.« Ich nehme das Glas an, das er mir reicht. Dafür dass er gestern Nacht so fertig war, scheint es ihm jetzt wieder mächtig gut zu gehen. »Und jetzt lass uns endlich feiern, Baby.«

Marissa grölt mit ihm und ich zögere nicht länger. Ich exe das Glas und drehe mich im Kreis. Lasse die Hüften kreisen und nehme den Takt der Musik überdeutlich wahr. Es ist viel zu lange her, dass ich das letzte Mal einfach losgelassen habe, ohne an die Konsequenzen zu denken.

Schon nach wenigen Songs und, okay, dem ein oder anderen Drink, habe ich vergessen, dass wir uns in einem Getreidesilo in einer alten Lagerhalle mitten in Rotterdam befinden. Ich habe auch Adam und Kelly vergessen. Und sogar meine Eltern. Hier und jetzt existiere nur noch ich und die Musik. Der Bass, der das Klopfen meines Herzens übertönt, und die Lichter, die bunt vor meinen Augen tanzen und den Rest meiner Gedanken verwischen.

»Du könntest eine Pause vertragen, Süße«, brüllt Marissa mir irgendwann ins Ohr, aber ich blende sie einfach aus. Ich will keine Pause. Und keine Gelegenheit, meinen Verstand wieder einzuschalten. Ich will auf Standby bleiben. Also lasse ich mich von Luke weiter in die Menge ziehen.

Eingekeilt zwischen ihm und einem anderen Kerl, der zu seinem weißen Tanktop eine Polizeimütze trägt, lasse ich meine Hüften kreisen. Der Fakepolizist tritt vor mich und legt seine Hände auf mein Becken, während Luke seine Arme um meine Schultern schlingt und meinen Kopf zu sich dreht.

»Ich hab was Besonderes für dich, Prinzessin.«

Er beugt sich ein Stück hinunter und taucht ohne Vorwarnung seine Zunge in meinen Mund. Zuerst denke ich darüber nach, ihn tatsächlich noch mal zu küssen. Dann aber erscheint Adam in meinem Kopf und ich löse mich ein Stück von ihm. Erst jetzt spüre ich, dass er etwas auf meiner Zunge hinterlassen hat.

»Trink einen Schluck«, befiehlt er und wie in Trance nehme ich das Bier aus seiner Hand und spüle den bitteren Geschmack in meinem Mund runter.

Ich winde mich aus den Fängen des Polizeityps und drehe mich zu Luke. »Wo ist Marissa?«, schreie ich. Ich habe das Gefühl, irgendwas stimmt nicht. Ich sollte dringend zu ihr.

»Vergiss sie«, schreit Luke und berührt mich am Hals. Seine Hände gleiten über meine Brüste und meinen Bauch, bis an meinen Hintern. Ich will das nicht, aber ich hab keine Kontrolle mehr über meinen Körper. Auch wenn ich versuche mich zu winden. Er ist stark und ich brauche seinen Halt, weil ich leicht torkele.

Ich kann mich nicht länger wehren und dann wird es dunkel um mich.

***

»Grace!«

Wie durch Nebel höre ich immer wieder meinen Namen.

»Grace, verdammt. Wach auf!«

Jemand weint. Ich höre, dass jemand weint. Bin ich das? Schon wieder?

»Adam, wir müssen was unternehmen.«

Adam? Er ist hier? Oder ist das wieder nur ein Traum?

»Ich bringe sie hier weg.« Ich spüre, wie sich Hände auf meine Wangen legen. Mit allergrößter Mühe öffne ich die Augen einen Spalt.

»Grace!« Adams Gesicht ist alles, was ich erkenne. Und es ist alles, was zählt.

»Tut mir leid«, flüstere ich. Doch dann kehrt die Dunkelheit zurück und reißt mich mit sich in die Tiefe. Ich kann nichts dagegen tun. Alles wird schwarz. Und ich bin mir plötzlich nicht mehr sicher, ob es immer ein Morgen gibt.

# Kapitel 13

**Adam**

*Grace. Meine liebe kleine Grace. Was hast du nur getan?* Solange, wie ich auch hier sitze und mir den Kopf zerbreche. Ich verstehe einfach nicht, wie wir an diesen Punkt gelangen konnten. Früher war alles so einfach. Wir waren Freunde. Haben unser Spielzeug geteilt und uns heimlich die Haare geschnitten, wenn unsere Eltern nicht hingesehen haben. Aber dann wurden wir älter und alles wurde kompliziert. Ich musste mit ansehen, wie sie Mitchell Sanderson als ersten Kerl ihren Eltern vorgestellt und drei Studiengänge hintereinander in den Sand gesetzt hat. Ich habe nie ein Wort gesagt. Habe sie ziehen lassen. Auch als ihr Weg sich immer mehr von mir entfernt hat. Doch ich habe meine Freundin an jedem einzelnen Tag vermisst.

Vorgestern Abend am Klavier war ich kurz davor, ihr alles zu sagen. Die Wahrheit endlich auszupacken und nicht mehr allein die Last zu tragen, die auf meinen Schultern liegt, seit wir hier sind. Denn ich habe keine Ahnung, wie es weitergehen soll. Ich kann nicht zurück nach Hause. Noch nicht. Aber ich war feige. Also habe ich geschwiegen und sie einfach nur furchtbar behandelt. Doch all das ist jetzt nicht mehr wichtig.

Nichts anderes ist mehr wichtig außer die Decke, die sich unter jedem ihrer Atemzüge hebt und senkt.

Drei Stunden ist es her, dass ich das letzte Mal in ihre Augen geblickt hab.

Der Klingelton ihres Handys reißt mich aus meinen Gedanken.

»Was willst du?«, blaffe ich. Ich weiß, dass Marissa sicher keine Schuld trägt, und dennoch kann ich meinen Frust nicht unterdrücken.

»Geht …«, schluchzt sie, »geht es ihr gut?«

»O ja, klar. Sie genießt den lauen Sommermorgen.« Ironie lag mir noch nie, aber ich bin so wütend. Einfach so unfassbar wütend. »Was denkst du wohl, wie sie sich fühlt, Marissa?« Ich versuche so leise wie möglich zu sein, doch

Grace würde sich nicht mal rühren, wenn eine Bombe neben ihr einschlagen würde. Sie schläft tief und fest, ohne sich auch nur zu bewegen.

»Adam ... Es ... Ich ...« Ihre Schluchzer dringen durch den Hörer und der Klang ihrer Stimme besänftigt mich ein wenig.

»Was hattet ihr überhaupt dort zu suchen?« Eben doch nur ein wenig, denn solange mein Gedankenkarussell auch dreht, ich verstehe einfach nicht, wie es so weit kommen konnte.

»Wir wollten einfach feiern. Ich habe diesen Club rausgesucht und Luke ...« Seinen Namen zu hören entfacht eine neue Woge des Zorns. Mir war vom ersten Tag an klar, dass der Kerl Ärger bedeutet. Mit anzusehen, wie er seine schmierigen Hände auf sie legt, war kaum zu ertragen. »War ... war sie wach? Wo seid ihr denn, Adam?«

»Sie hat sich stundenlang übergeben. Ich musste sie mehrmals kalt abduschen, weil ich nicht sicher war, ob sie bewusstlos wird. Seitdem schläft sie.«

Tief in meinem Inneren weiß ich, dass Marissa nichts dafürkann.

»Okay und wo seid ihr?«

Sie und Grace sind Freundinnen geworden. Und dennoch habe ich keine Lust, länger mit ihr zu reden. Ich bin müde. Und ihr Gewissen ist gerade das Letzte, was mich interessiert.

»Ich sag ihr, sie soll dich anrufen, wenn sie wach ist. Mach's gut, Marissa.« Und dann lege ich auf, denn wo wir sind, geht sie nichts an. Werfe mein Handy auf den leeren Sessel neben mir und stütze die Ellbogen auf den Knien ab, um Grace weiter zu beobachten.

Sie sieht aus wie ein Engel, wenn sie schläft. Die wilden, ungezähmten Haare fallen noch feucht in alle Richtungen über das Kissen. Ihre Haut ist blasser als gewöhnlich, aber sonst scheint sie ruhig und friedlich zu schlafen. Nichts deutet auf den Albtraum hin, den wir in den letzten Stunden durchgestanden haben.

Meine Hände zittern noch immer, wenn ich daran denke, wie ich sie aus dem Club getragen habe. Noch auf dem Gelände dieser seltsamen Location habe ich ihr den Finger in den Hals gesteckt, damit sie sich übergibt. Die Geräusche, wie sich ihr Körper quält, um alles aus sich herauszuwürgen, hallen noch in meinem Kopf wider. Ich hatte keine Ahnung, was sie genommen oder getrunken hat. Ich wusste nur, es muss raus.

Davis war derjenige, der mir eine Nachricht geschickt hat, er sorge sich um Grace. Ohne zu zögern, bin ich in ein Taxi gestiegen.

Den Anblick, der sich mir bot, als ich das alte Getreidesilo betrat, werde ich nie vergessen. Zwischen den Beats eines betäubenden Elektrosounds und den Lichtern, die mir selbst nüchtern zusetzten, sah ich sie. Sie lag auf einem roten Sofa. Die Arme hingen schlaff über die Lehnen. Doch das Schlimmste war der Ausdruck in ihrem Gesicht. Die Augen geöffnet und doch war sie nicht dort. Ihr Blick hat mir den Boden unter den Füßen weggezogen. In diesem Moment habe ich auf Autopilot geschaltet. Nichts war mehr wichtig, außer sie dort rauszuholen. Sie zu heilen. Ihr den Schmerz zu nehmen.

***

Ich vergrabe mein Gesicht in den Händen und erlaube mir für einen winzigen Moment die Augen zu schließen. Ich bin müde. So verdammt müde. Die vorletzte Nacht war schon der Horror. Nachdem Grace mir gebeichtet hatte gar keinen Job hier zu haben, ist alles über mir zusammengebrochen. Die Sehnsucht, für sie da zu sein. So wie früher. Ihr zu zeigen, was für ein wundervoller, auf ihre eigene Weise perfekter Mensch sie doch ist. Aber wie soll jemand wie ich ihr helfen können zu sich zu finden? Weiß ich doch selbst nicht mal, wer ich eigentlich bin. Es war nicht der richtige Zeitpunkt. Ich hätte ihr alles sagen sollen. Wahrscheinlich wäre das hier dann niemals passiert.

Doch das ist mittlerweile nebensächlich. Jetzt zählt nur noch, dass sie die Nacht und den Tag übersteht und morgen wieder ganz die Alte ist.

Ich zwinge mich die Augen wieder zu öffnen. Ich darf nicht schlafen. Nicht solange sie sich nicht besser fühlt. Dessen muss ich mir erst sicher sein können.

Ich lege die Füße auf das kleine Tischchen vor mir und verschränke die Arme. Unter anderen Umständen wäre das Zimmer hübsch. Die dunklen Holzmöbel zusammen mit den hellgrünen Wänden und der Fototapete, die einen Wald zeigt.

Es war für mich keine Option, Grace ins Hostel zu bringen. Sie alle waren mit ihr dort und nicht einer hat darauf achtgegeben, was mit ihr passiert. Wie ferngesteuert habe ich das Taxi zum nächsten Hotel gelotst und der Frau an der Rezeption meine letzten Hunderter hingelegt. Mir war klar, dass ich um diese Uhrzeit anders kein Zimmer bekommen würde. Erst als ich die Schlüsselkarte in den Händen hielt, habe ich Grace unter den verwirrten Blicken der Rezeptionistin aus dem Taxi getragen und in unser Zimmer gebracht. Zu diesem Zeitpunkt verdrehte sie immer wieder die Augen und mir blieb nichts anderes übrig, als sie auszuziehen und unter den kalten Wasserstrahl zu legen. Immer und immer wieder hat sie sich übergeben und wir sind durch die Hölle gegangen, bis sie irgendwann in meinen Armen angefangen hat zu zittern und ich sie ins Bett getragen habe. Seither frage ich mich permanent, ob ein Krankenwagen die bessere Option gewesen wäre.

Drei Stunden ist das jetzt alles her. Die Sonne blinzelt mittlerweile durch den dicken Stoff der Gardinen und wirft ein wunderschönes Licht auf das große Bett.

Zum ersten Mal in meinem Leben habe ich keine Lust, etwas mit dem Stift auf Papier festzuhalten. Die Stunden sollen einfach nur vergehen. Ohne dass wir sie in Erinnerung behalten. Ich wünsche mir für sie, dass sie sich an nichts mehr erinnern kann. Denn so sehr ich auch möchte, ich werde diese Bilder niemals vergessen können.

Jedes Mal, wenn Grace sich bewegt oder einen tiefen Atemzug nimmt, schrecke ich aus meinem Dämmerzustand hoch. Zwei Nächte ohne Schlaf und mein Körper versucht mit aller Macht sich zu holen, was ihm zusteht. Ich wehre mich. Denn ich muss auf sie aufpassen. Selbst das kleinste Blinzeln versuche ich zu vermeiden, damit mir nichts an ihrem Zustand entgeht. Sehe, wie die Decke sich hebt und senkt, hebt und senkt. Hebt und ...

# Kapitel 14

Das Erste, was ich wahrnehme, ist ein bitterer Geschmack in meinem Mund. Meine Lippen kleben aufeinander und meine Zunge ist wie ausgetrocknet. Es riecht fremd. Nicht unangenehm. Nur eben fremd.

Ein gleichmäßiges Atmen, das nicht von mir stammt, bringt mich dazu, die Augen langsam zu öffnen. So hell. Das Licht schießt durch meine Pupillen direkt in mein Gehirn und verursacht ein fieses Klopfen hinter meiner Stirn, sodass ich blinzeln muss. Es dauert ein bisschen, bis ich wieder scharf sehen kann. Aber dann entdecke ich ihn. Adam.

Ohne den Rest meines Körpers zu bewegen, lasse ich meinen Blick durch den Raum wandern. Wir sind nicht im Hostel. Die Fototapete mit Birkenstämmen auf der Wand gegenüber bringt Bruchstücke einer Erinnerung mit sich. Unwillkürlich dreht sich mein Kopf nach links. Ich weiß, dass sich hinter der schwarzen Tür das Badezimmer befindet, obwohl ich mich nicht wirklich daran erinnern kann, hineingegangen zu sein.

Ich bin mir sicher, dass wir in einem Hotel sind. Ich kann mich nur beim besten Willen nicht daran erinnern, wie ich hergekommen bin. Alles ist verschwommen. Dann sehe ich wieder zu ihm. Adam. Mit verschränkten Armen sitzt er in einem orangefarbenen Sessel und schläft. Sein Kopf ist leicht zur Seite gekippt und er hat sich die Kapuze seines Hoodies übergezogen.

Er hat mich gerettet. Ich erinnere mich. Mir ging es schlecht. Sehr schlecht. Und ich sehe sein Gesicht vor meinem. Ängstlich, verzweifelt schreit er mich an und bittet mich wach zu bleiben. Immer und immer wieder.

Jede Erinnerung, die sich in meinem Kopf langsam und bruchstückhaft zusammensetzt, zerbricht etwas in mir. Was habe ich getan?

Zaghaft setze ich mich auf. Dabei bemerke ich, dass ich nur meinen Slip und einen Hotelbademantel trage. Voller Scham ziehe ich ihn vor der Brust enger zusammen. Was zur Hölle habe ich nur getan?

Auf dem kleinen runden Glastisch, der neben dem Bett steht, finde ich eine Flasche Wasser. Ich habe Angst, mich übergeben zu müssen, aber mein Mund braucht Flüssigkeit. Also drehe ich den Deckel so leise wie möglich ab und nehme einen Schluck. Und noch einen.

Je länger ich wach bin, umso mehr fällt mir wieder ein und setzt sich zu einem klaren Bild zusammen. Der Club. Die vielen verschiedenen Menschen. Kostüme. Musik. Die hellen Lichter. Luke. Er hat mir irgendwas in den Mund gesteckt. Ich wollte es nicht. Doch zu spät. Danach ging alles den Bach runter. Bis Adam da war.

Immer wieder sehe ich zu ihm. Seine Brust hebt und senkt sich zwischen den Atemzügen. Er muss so enttäuscht von mir sein.

»Grace!« Ich habe so gebannt auf seinen Oberkörper gestarrt, dass ich nicht bemerkt habe, wie seine Augen sich geöffnet haben. »Du bist wach«, ruft er und ist mit zwei großen Schritten bei mir. Er legt seine Hand auf meine Wange, dann auf meine Stirn und streichelt über meinen Kopf, während die Matratze unter seinem Gewicht nachgibt. »Geht es dir gut?«

Nie zuvor habe ich einen derart schmerzhaften Ausdruck in seinen Augen gesehen. Ich weiß nicht, ob meine Stimme noch funktioniert, und ehrlich gesagt bin ich mir auch nicht sicher, ob es mir gut geht, aber ich bin so unendlich glücklich, dass er da ist, dass ich ihm einfach in die Arme falle.

Und Adam hält mich. Ich schlinge mich um seinen Hals und vergrabe mein Gesicht in seiner Halsbeuge.

»Es tut mir leid«, flüstere ich. Schon wieder. Die Wärme seiner Haut durchflutet mich wie die Sonne an einem kalten Tag.

»Ich bin einfach nur froh, dass es dir gut geht.« Er streichelt mir noch einmal über die Haare, den Rücken und drückt mich so fest an sich, dass ich kaum Luft bekomme. Aber seine Umarmung ist noch nicht fest genug.

»Danke.« Meine Stimme zittert leicht und ich merke mehr und mehr, in welch mieser Verfassung mein Körper ist. Meine Haut ist kalt und schweißig, während Adam warm und weich ist. Meine Beine zucken unkontrolliert und mein Kopf tut höllisch weh. All das ist nicht genug Bestrafung für meine bodenlose Dummheit.

»Ich muss etwas wissen.« Adam löst sich aus unserer Umarmung, hält mich aber an den Oberarmen fest. »Und bitte lüg mich nicht an.«

»Versprochen«, winsele ich. Mein schlechtes Gewissen und das Schamgefühl sind viel stärker als alle körperlichen Symptome zusammen.

»Sag mir bitte, dass du nicht meinetwegen irgendwas genommen hast. Und wir wissen beide, dass du nicht vom Alkohol so drauf warst. Also das hatte nichts mit mir ... wegen unserem ...«, er zuckt unbeholfen mit den Schultern, »wegen der Sache am Klavier ...«

»Adam«, erlöse ich ihn, »ich habe das nicht freiwillig genommen. Das musst du mir glauben. Ich weiß nicht, was es überhaupt war.«

»Wie meinst du das?«

Selbst durch den dicken Frotteestoff spüre ich die entstehende Kälte, als er mich loslässt.

»Ja, ich habe zu viel getrunken. Alles ging so schnell und in diesem Club war alles so ...« Mir fehlt das passende Wort.

»Und dann? Rede, Grace!«, fordert Adam mich auf.

»Ich war wie gesagt zu betrunken, aber ich glaube, Luke hat mir irgendwas in den Mund gesteckt.«

»Er hat dir was in den Mund gesteckt«, wiederholt er. Seine Schultern spannen sich an und ich kann sehen, dass sein Atem schneller wird.

»Als er mich geküsst hat«, gebe ich kleinlaut zu.

Adam dreht sich von mir weg und lässt das Gesicht in die Hände sinken.

»Aber ...« Es macht keinen Unterschied; alles, was ich sagen könnte, wären dumme Ausflüchte. Ich habe getan, was ich getan habe, und dazu sollte ich stehen. Vielleicht sogar zum ersten Mal in meinem Leben. »Ich wollte das nicht«, flüstere ich mehr zu mir als zu ihm. Was ich auch sage, es klingt falsch. Ich bin einfach nur erbärmlich, das ist mir bewusst.

»Du hast dich in große Gefahr gebracht, ist dir das eigentlich klar?« Er sieht mich immer noch nicht an. Seine Stimme kommt nur gedämpft durch seine Hände bei mir an, aber ich sehe an seinem Rücken, wie er sich verspannt.

»Ja«, hauche ich.

»Ja?« Er nimmt die Hände vom Gesicht und springt mit einem Satz vom Bett auf. Sein Blick trifft auf meinen. Die Augen rot und geschwollen und … noch klarer steht in seinem Gesicht der stumme Vorwurf: Ich habe es verbockt. Mal wieder. »Ist dir klar, dass du heute Nacht beinahe im Krankenhaus gelandet wärst?«, brüllt er. »Mal ganz abgesehen davon, dass ich aufgehört habe zu zählen, wie oft ich dir die Haare beim Kotzen gehalten habe!« Seine Stimme wird immer lauter. »Du hast das Bewusstsein verloren. Immer wieder. Was wäre gewesen, wenn ich dich nicht gefunden hätte? Denkst du, dieser Pisser hätte dir geholfen?« Er wirft die Hände in die Luft. Seine Augen glänzen bedrohlich. So habe ich Adam noch nie gesehen. »Du denkst, du weißt, in welcher Gefahr du geschwebt hast? Weißt du was, du weißt gar nichts, Grace.«

Mit diesen Worten stürmt er am Bett vorbei und verschwindet. Nach dem Knall der Tür, die hinter ihm ins Schloss fällt, wird es still. Nur mein eigener Herzschlag, der viel zu schnell gegen meine Brust hämmert, ist zu hören. Schon oft in meinem Leben habe ich den falschen Weg eingeschlagen, aber zum allerersten Mal befürchte ich in einer Sackgasse gelandet zu sein.

»Keine Wendemöglichkeit« steht dick und fett über meinem Kopf und ich habe keine verfluchte Ahnung, wie ich hier wieder rauskommen soll.

***

Es ist genau fünfundsiebzig Minuten her, seit Adam gegangen ist. Ich habe das Zimmer unter die Lupe genommen, hundert Mal aus dem Fenster gesehen und versucht zu erahnen, im wievielten Stockwerk, geschweige denn in welchem Stadtteil wir uns befinden. Dann habe ich geduscht. Denn das war mehr als nötig. Das einzige klitzekleine Problem an dem frischen Gefühl, das mir das Wasser beschert hat, ist, dass ich meine Klamotten nirgends finden kann. Die Haarspangen, die meine Hochsteckfrisur gehalten haben, habe ich zusammen mit meinem Lieblingsarmband und der Kette, die meine Mum mir letztes Jahr geschenkt hat, auf der Glasablage im Bad entdeckt. Ordentlich liegen sie in Reih und Glied und verspotten mich für die letzte Nacht. Mir blieb also nichts anderes übrig, als wieder in den Flauschbademantel zu steigen. Auch wenn die Temperatur dafür längst viel zu hoch ist. Das bisschen Frischluft, das durch die geöffneten Fenster hereinweht, reicht nicht, um den Raum abzukühlen. Eine Sperre verhindert, dass sie komplett geöffnet werden können. Wahrscheinlich weil wir uns hoch oben in einem der vielen Rotterdamer Wolkenkratzern befinden.

Das Klacken des Türschlosses lässt mich zusammenzucken. Gleichzeitig erfasst mich eine Woge der Erleichterung.

»Hi«, sage ich, als Adam durch den kleinen Eingangsbereich in mein Sichtfeld kommt. Dabei stehe ich voller Euphorie so schnell auf, dass mir schwindelig wird.

Er hat seinen Pullover ausgezogen und über die Schultern gelegt. In beiden Händen trägt er Tüten und ein verführerischer Duft verrät mir, was er da mit mitgebracht hat.

»Du hast Essen geholt?«

Adam sieht mich nicht an. Er kickt seine schwarzen Schuhe mit unnötig viel Schwung von den Füßen und lässt sie achtlos liegen. Ich habe das Gefühl, er sieht alles in diesem Raum an, nur mich nicht. Dabei kann ich selbst meinen Blick nicht von ihm nehmen.

»Da ich nie Drogen genommen habe, weiß ich nicht, ob man danach auch Lust auf fettiges Essen hat wie nach Alkohol.« Er stellt die Tüten auf das Fußende des Bettes und mir läuft ein Schauer über den Rücken, als ich die Kälte in seinem Blick sehe, als er endlich den Kopf hebt. »Aber du kennst dich ja jetzt damit aus.«

Ich presse die Lippen aufeinander, um nicht loszuheulen. Es ist sein gutes Recht, fies zu mir zu sein.

»Ich habe schon ein bisschen Hunger. Aber ich denke nicht, dass mein Magen es schafft, viel zu essen.« Ich konzentriere mich darauf, nicht auf seinen Seitenhieb einzugehen. Denn wie gesagt, das habe ich verdient. »Danke.«

Ohne ein weiteres Wort nimmt Adam einen Pizzakarton und lässt sich in einen der orangefarbenen Sessel fallen. Einer dieser total bequemen, ergonomischen Dinger, die niemals ein Mensch zu Hause besitzt, weil sie dafür einfach viel zu teuer sind.

»Ich habe geduscht, aber ich konnte meine Sachen nirgends finden«, versuche ich zaghaft ein Gespräch aufzubauen. Währenddessen inspiziere ich die Tüten und finde neben einem weiteren Pizzakarton Cheeseburger, Pommes und Cola.

»Die waren komplett vollgekotzt oder nass. Hab sie in die Reinigung gegeben«, grummelt er kauend. Ich bin nicht dumm. Ich sehe genau, wie er nur mit dem Käserand spielt, um mich nicht anzusehen. Die letzte Nacht muss für ihn ebenfalls furchtbar gewesen sein. Ich schäme mich vielleicht dafür, dass er mich ausgezogen und geduscht hat. Doch er muss dabei fürchterliche Angst gehabt haben.

»Tut mir leid«, flüstere ich und nehme mir einen Cheeseburger und eine Cola mit zu meinem Sessel.

Und da sitzen wir. In einem schicken Hotelzimmer. Auf Designersesseln und essen Junkfood.

Keiner von uns sagt ein Wort. Mein Verdacht bewahrheitet sich und ich schaffe nur einen halben Burger, bis ich Magenschmerzen bekomme und zu der Entscheidung gelange, dass es für den Anfang reicht. Adam dagegen verschlingt auch noch eine Hälfte der zweiten Pizza. Die erste war mit Thunfisch und Zwiebeln. Die zweite mit Salami. Ich weiß nicht mal, welche er lieber mag. Und jetzt ist sicher nicht der richtige Zeitpunkt, ihn danach zu fragen.

Hin und wieder treffen sich unsere Blicke flüchtig oder einer räuspert sich. Ansonsten ist alles im Zimmer mucksmäuschenstill.

Zumindest bis ich die Verpackungen entsorge und meine Meinung ändere. Zeit, endlich offen zu reden. So kann es nicht weitergehen. Ich platze, wenn ich nicht sofort ein paar Dinge loswerden kann.

»Können wir reden?«

Ich setze mich zurück in den Sessel direkt neben Adam und spiele mit dem Etikett meiner Colaflasche. »Bitte?«

»Ich bin müde, Grace.« Adam hat den Kopf an die hohe Rückenlehne gelegt und die Augen geschlossen. »Und ich wüsste nicht, was es noch zu reden gibt.«

»Okay.«

Auch wenn ich weiß, dass mir der gesamte Kuchen der Schuld allein zusteht. Er muss es auch wollen, sonst bringt alles Reden nichts. Ich werde ihn nicht zwingen mir zuzuhören.

Dennoch wende ich meinen Blick keine Sekunde von ihm ab. Beobachte, wie seine Lider leicht flackern und die Fingerspitzen auf den Armlehnen zucken.

Allein ihn lange und ungestört betrachten zu können macht mein Herz schwer. Ich weiß nicht, was in letzter Zeit in mich gefahren ist, aber Adam ist einer der besten Menschen, die ich kenne. Das alles hier hätte anders laufen sollen. Ich habe ihn angelogen, ich habe mich auf Luke eingelassen und mich in Gefahr gebracht. Ich habe ihn dazu gebracht, seine Eltern anzulügen, weil er mittlerweile weiß, dass ich das Praktikum nicht mache. Hätte er seiner Mum diesbezüglich die Wahrheit gesagt, wüsste ich das. Aber vor allem habe ich mich in den letzten Jahren einen Scheiß um ihn geschert, weil ich schlichtweg zu egoistisch war. All das ist mir klar. Jetzt. Denn ich habe viel nachgedacht in den letzten Stunden. Es ist nicht so, als ob Kopfschmerzen und Übelkeit alles wären, was mir die letzte Nacht beschert hat. Etwas hat sich verändert. In mir. Niemals hätte ich es so weit kommen lassen dürfen. Nicht gestern. Nicht letzte Woche, als wir auf die Fähre gestiegen sind. Und genauso wenig letzten Monat, als die Absage kam, oder vor vielen Jahren, als ich Adam verloren habe.

Und jetzt habe ich so scheußliche Angst, unsere Verbindung für immer zerstört zu haben. Ich kann die Tränen, die über meine Wangen laufen, nicht verhindern. Doch ehe Adam die Möglichkeit bekommt, sie zu sehen, wische ich sie hastig weg.

Ich habe keinen Grund für Selbstmitleid. In dieser Situation bin ich einzig und allein, weil ich mich hierhin gebracht habe. Und nicht nur das, ich habe Adam mit hineingezogen. Das ist von all meinen Entscheidungen diejenige, die ich am meisten bereue. Und die Liste ist zugegebenermaßen recht lang.

»Du willst wirklich reden?«, fragt er plötzlich und ich zucke kurz zusammen, weil ich angenommen habe, er schliefe längst. Seine Augen sind nach wie vor geschlossen.

»Mehr als alles andere«, gebe ich zu.

»Und danach lässt du mich schlafen, ohne mich die ganze Zeit anzustarren?«

»Woher willst du wissen, ob ich dich anstarre?«

Noch immer liegt er dort und sieht aus, als schliefe er tief wie ein Baby.

»Das spürt man einfach.« Er rührt sich nach wie vor keinen Millimeter.

»Jetzt gerade tue ich es nicht«, lüge ich und strecke ihm zum Test die Zunge raus.

»Dumme Scherze klappen also schon wieder, ja?«

Er hat die Augen geöffnet, aber seine Iriden leuchten nicht so strahlend blau wie sonst. Wenigstens ist der kühle Blick von eben etwas weicher geworden und auf seinem Gesicht könnte man mit viel Phantasie den Hauch eines Lächelns erkennen.

»Haha«, sage ich und merke, wie meine Hände beginnen zu schwitzen. Er will reden. Das ist gut. Denn das bedeutet Hoffnung.

# Kapitel 15

»Ich weiß nicht, wo ich anfangen soll.« Nicht oft bin ich kleinlaut oder zurückhaltend. Bei manchen Gesprächen lässt es sich allerdings nicht verhindern.

»Vielleicht damit, dass du einfach so in einem fremden Land Drogen nimmst, ohne dir über die Konsequenzen im Klaren zu sein?«

Nach wie vor in entspannter Haltung liegt Adam auf dem Relaxsessel und hat die Arme vor der Brust verschränkt. Dabei spannt das weiße T-Shirt an seinen Armen. Sollte ich das zwischen uns irgendwie wieder geradebiegen können, muss ich ihm unbedingt sagen, dass er viel öfter helle Farben tragen sollte. Das bringt seine Augen so krass zur Geltung, dass keine Frau je widerstehen könnte.

»Nein. Früher.« Das Etikett meiner Flasche besteht nur noch aus einzelnen Kleberestchen, weil ich so aufgeregt bin. Das tut meinem Magen gar nicht gut.

»Als du mich in dieses Land geschleppt hast, mit dem Vorwand eines megatollen Praktikums?« Beim *megatollen Praktikum* malt er Anführungsstriche in die Luft und imitiert meine Stimme. Wohlbemerkt auf nicht ganz nette Weise.

Ich versuche mit einem tiefen Seufzer meinen Frust darüber loszuwerden. Immer wieder sage ich mir in Gedanken: *Du hast das verdient. Er ist trotz allem noch hier. Und er hat dir immerhin Essen gebracht.*

»Nein. Noch früher«, sage ich und habe Mühe, meine Stimme in Schach zu halten. Wenigstens habe ich jetzt seine Aufmerksamkeit. Er richtet sich auf und stützt die Ellbogen auf die Knie. Eine typische Adam-Pose.

»Ich bin ganz Ohr.« Aller Spott ist aus seiner Stimme gewichen. Genauso wie die Entspanntheit.

Eine Zeit lang versuche ich die richtigen Worte zu finden, aber es fällt mir schwer, meine Gedanken zu sortieren.

»Wann haben wir uns verloren, Adam?«

Nach wie vor in diesem bescheuerten Bademantel ohne irgendwas drunter beuge ich mich nach vorne und unsere Blicke treffen sich. Der Ausdruck in seinen Augen verändert sich. Wird weich und seine Schultern sacken ein Stück nach unten.

»Ich schätze, das war, als du dich selbst verloren hast.«

Und da ist sie. Die Hoffnung. Wie ein kleines Saatkorn ruht sie zwischen uns und wartet darauf, dass die Sonne kommt und sie zu einer kräftigen Pflanze werden lässt. Denn er versteht mich. Sonst wäre er längst nicht mehr hier.

»Du hast mir immer viel bedeutet.« Fragend sieht er mich an. »Also ... das tust du immer noch. Ich wollte nicht in der Vergangenheitsform reden. Dann hört es sich immer gleich so an, als wäre etwas vorbei. Aber das ist es ja nicht. Hoffe ich. Ich meine, immerhin hast du mir Essen besorgt und ...«

»Grace ...«

»Entschuldige.« Ich stelle die Flasche neben mich auf den Boden und nehme all meinen Mut zusammen. »Ich habe sehr viele Fehler gemacht in den letzten Jahren und dafür möchte ich mich bei dir entschuldigen. Ich war egoistisch und so damit beschäftigt, meine perfekte Zukunft zu formen, dass ich dich ... ich weiß nicht, übersehen habe?« Ohne länger darüber nachzudenken, greife ich nach Adams Händen.

Seine Haut auf meiner zu spüren macht mich irgendwie lebendiger. Seine Finger sind warm und weich, vor allem aber schließen sie sich in diesem Moment um meine.

»Und ...«, auch er wirkt irgendwie schüchterner als sonst, »das bereust du jetzt?«

»Ja natürlich! Es tut mir in der Seele weh. Mir war einfach nicht klar, wie dumm ich mich verhalten habe. Ich habe das Gefühl, dass ich dich erst wieder sehen kann, seit wir in diesem Land sind. Langsam glaube ich, ich stand die ganze Zeit unter Drogen und erst die echten haben mich wieder clean gemacht.«

Er zieht die Stirn kraus, was kein Wunder ist, weil ich einfach wieder nicht die richtigen Worte finde.

»Du weißt, was ich meine, oder?«, frage ich vorsichtshalber.

»Ja, ich denke schon. Aber du kannst nicht wegen eines Fehltritts alles infrage stellen. Du hattest deine Gründe, warum du in den letzten Jahren so warst, wie du warst. Daran hat sich nichts geändert.«

»Ach«, schnaube ich, »das habe ich doch vorher schon getan. Alles infrage gestellt, meine ich. Und ich wollte nie so sein. Ich irre durchs Leben wie ein Außerirdischer. Als wüsste ich nicht, was man mit einem menschlichen Körper anfängt.«

»Du siehst definitiv zu viel Fernsehen«, schmunzelt Adam.

»Nein. Im Ernst. Wir sind so gute Freunde gewesen und ich habe das vermasselt. So wie alles. Es gibt so viele Fragen und ich kann nicht eine davon beantworten. Ich weiß einfach nicht, was ich als Nächstes tun soll.«

»Fangen wir mal mit was Leichtem an. Warum hast du keinem erzählt, dass die Hagedornsache geplatzt ist? Oder … warum hast du es mir nicht erzählt?«

Der Klang in seiner Stimme ist es, der die Hoffnung durch den dunklen Boden ans Sonnenlicht schießen lässt.

»Ganz ehrlich?«

»Na ja, ansonsten können wir uns das sparen«, unterbricht er mich, bevor ich weiterreden kann.

Ich lege den Kopf schief und verziehe den Mund. »Das war keine Frage.«

Adam lacht und dieser winzige Ton nimmt ein wenig die Anspannung von meinen Schultern.

»Ich glaube, ich habe mich geschämt.« Das ist das erste Mal, dass ich es laut ausspreche, und das Geständnis fühlt sich genauso erbärmlich an, wie ich es mir vorgestellt habe. »Ich meine … Mum und Dad haben sich so bemüht das Richtige für mich zu finden und immer wieder enttäusche ich sie. Das ist so demütigend. Ich konnte ihnen einfach nicht die Wahrheit sagen. Und dabei bin ich eigentlich kein Lügner. Ich wollte ihnen davon erzählen … und dir auch. Ich weiß, dass ich es hätte tun sollen, nur …«

»Hey.« Adam löst eine Hand und hebt mein Kinn an. »Ich kann das irgendwie verstehen.« Ein warmer Ausdruck legt sich auf sein Gesicht, den ich so bislang noch nicht an ihm gesehen habe.

»Ich wollte es dieses Mal so gerne schaffen.«

Er presst die Lippen aufeinander und schaut zu Boden. »Ich weiß.« Adam drückt meine Hand leicht. »Aber …« Er redet nicht weiter.

»Ich weiß, dass ich dich nicht hätte anlügen sollen. Spätestens am Montag hätte ich was sagen sollen.« Wir sehen uns an und da ist wieder dieses Gefühl zwischen uns. Genau wie am Klavier. »Das tut mir mittlerweile am meisten leid … Mal abgesehen davon, dass ich dich quasi umsonst in ein fremdes Land geschleppt habe.«

Er atmet hörbar ein. »Ich verstehe einfach nicht, warum du dir dein Leben so schwer machst.«

»Was meinst du?« Mir ist sehr wohl aufgefallen, dass Adams Hände sich beide wieder fest um meine gekrallt haben und auch dass er nicht auf meine Entschuldigung eingegangen ist. Genau wie vorgestern am Klavier werde ich das Gefühl nicht los, dass er eine Mauer zwischen uns errichtet, an der ich einfach nicht vorbeischauen kann.

»Du hast doch alles, was man sich wünschen kann, Grace. Was zur Hölle …« Er unterbricht sich selbst.

»Stimmt denn nicht mit mir?«, vervollständige ich.

Adams Kiefermuskeln zucken.

»Ich weiß es selbst nicht«, seufze ich. »Alles, was ich anfange, endet in einem Desaster.«

Sein Händedruck entspannt sich langsam und auch der Ausdruck in seinen Augen wird wieder weicher.

»Nein«, sagt er. Uns beiden ist klar, dass er lügt. Eine klassische Mitleidslüge.

»Siehe Paradebeispiel Rotterdam.«

»Okay.« Er holt einmal tief Luft. »Das hast du gewaltig in den Sand gesetzt.«

Wir stoßen beide ein freudloses Lachen hervor. Vielleicht können wir eines Tages wirklich darüber lachen. Aber sicher nicht heute oder in den nächsten Wochen.

»Es tut mir leid, dass du dich um mich kümmern musstest. Ich hätte die ganze Sache nie so weit kommen lassen dürfen.«

»Dieser Penner hat mir von Anfang an nicht gefallen.«

Verlegen senke ich den Kopf.

»Ich wünschte, ich könnte das alles rückgängig machen.«

»Kannst du aber nicht.« Die Schärfe in seiner Stimme lässt mich aufsehen. Die Zähne zusammengepresst übermannt ihn anscheinend der Zorn erneut. Der einzige Trost ist, dass er nach wie vor meine Hände in seinen hält. Eine zarte Geste und doch ist es das erste Mal, dass wir uns längere Zeit berühren. Nicht flüchtig oder als unterstützende Geste. Sondern weil wir es beide wollen. Und seine Haut an meiner fühlt sich wunderschön an. Mit dem Daumen streichelt er über meinen Handrücken und verursacht kleine Schmetterlinge, die sich in meinem Bauch ausbreiten.

»Warst du die ganze Zeit mit ihm zusammen? Montag, meine ich.«

Ich möchte so gerne etwas anderes sagen, aber mir bleibt nur zu nicken. Er lässt meine Hände los und stapft rüber zum Fenster.

»Ich habe dort schon gemerkt, dass es falsch ist. Das musst du mir glauben.«

»Dann hast du dich also abends in sein Bett verirrt, obwohl du doch so genau wusstest, wie falsch das ist?« Er kehrt mir den Rücken zu. Beide Hände am Fensterrahmen abgestützt blickt er hinaus in den klaren Himmel. Eigentlich müssten dort dichte Gewitterwolken hängen. Der Stimmung angepasst.

»Nein«, flüstere ich.

Eine Weile sagt keiner etwas und mit anhaltender Stille wird mir klar, dass ich diejenige bin, die das erklären muss.

»Ich war einsam.« Adams Schulter beben unter einem ironischen Schnauben. »Und hatte Heimweh.«

»Gut, das wird er bestimmt verstanden haben, wo er deine Familie ja so gut kennt. Wen hättest du dir sonst schon Passenderen suchen können, um dich zu trösten?«

Seine Worte tun mir weh. Doch ich sage nichts. Ich habe es nicht anders verdient.

»Gott, ich verstehe mich doch selbst nicht mehr. Ich bin nicht blöd, Adam.

Mir ist klar, dass Luke ein Idiot ist. Ich bin traurig gewesen und habe irgendwen gebraucht, weil ich total verwirrt gewesen bin.« Ich mache eine kurze Pause, dann sage ich es endlich. »Deinetwegen.«

Wie erwartet dreht Adam sich zu mir um. Er sagt nichts. Doch sein Blick durchbohrt mich regelrecht.

»Als ich ins Bett gegangen bin, war ich so traurig und dann habe ich deine Kuchen gefunden.« Ich stelle mich kurz seinem Blick, ehe ich wieder auf meinen Schoß sehe und den Bademantelgürtel zu einer Schlaufe forme. Immer und immer wieder.

»Und das hat dich noch trauriger gemacht, oder wie? Denn wenn Kuchen dich dazu bringt, mit Idioten ins Bett zu springen, kaufe ich dir nie wieder welchen. Ich kapier's nicht …«

»Nein.« Ich wage kaum ihn anzusehen.

»Was dann, Grace?« Er stößt sich vom Fensterbrett ab und setzt sich wieder in den Sessel.

»Das bedeutete, dass es kein Traum war.« Ich lasse den Gürtel sinken. Wir sehen uns an. Beide in dem Wissen, dass er mir einen Gutenachtkuss gegeben hat und ich es mitbekommen habe. Sicher dachte er bis gerade eben, ich könnte mich nicht daran erinnern. »Ich habe nicht gewusst, wie ich damit umgehen soll oder was es bedeutet. Und dann noch die Lüge, die zwischen uns gestanden hat. Ich habe einen Fehler gemacht, als ich zu ihm gegangen bin. Das wusste ich direkt. Und es tut mir leid.«

»Empfindest du etwas für ihn?«

»Was?«, kreische ich. »Nein.« Mit meinem letzten Zipfel Mut und Zuversicht greife ich erneut nach Adams Hand und er lässt meine Berührung zu. »Da lief nichts mit Luke. Das musst du mir glauben. Wir haben uns ein einziges Mal geküsst. Gestern Nacht war da gar nichts mehr. Ich wollte das nicht. Wirklich. Ich habe einfach die Kontrolle über mich verloren.« Langsam füllen sich meine Augen mit Tränen. »Ich bin so durcheinander gewesen und du warst davor die ganze Nacht weg. Ich habe nicht geschlafen. Und dann dieser bescheuerte Club.« Ich hole noch einmal tief Luft. »Es tut mir leid, Adam. Wirklich.«

Mit der freien Hand fährt er sich mehrmals übers Gesicht. Die Enttäuschung ist so greifbar. Nie im Leben habe ich mich so schuldig gefühlt. Nicht mal nach der Sache mit der Suppe.

»Geht's dir jetzt wieder gut? Ich meine, spürst du noch irgendwas von den Drogen?«

»Nein«, flüstere ich, »ich denke nicht. Mir ist ein bisschen flau und ich schwitze, aber das könnte auch an dem Bademantel liegen.«

Wir sehen uns an und Adams Blick gleitet an mir herunter bis zu den Füßen.

»Es tut mir leid, dass ich dich ausgezogen habe. Ich habe mich ... bemüht nicht hinzusehen. In der Regel ziehe ich Frauen nur aus, wenn sie bei Bewusstsein sind.«

Immer wieder blinkt in leuchtend roter Reklameschrift über meinem Kopf: »Was habe ich nur getan?«

»Du bist der Letzte, der sich entschuldigen muss. Ich danke dir.« Ich versuche meine Scham mit einem Lächeln zu überspielen und drücke seine Hand fester, aber er reagiert nicht darauf. »Du bist müde, oder?« Ich sehe zurück zum Bett. Seine Seite sieht unbenutzt aus. »Du hast nicht geschlafen.«

»Seit zwei Nächten.«

Bin ich ein schlechter Mensch, wenn ich mir in Gedanken vorstelle, wie er eine heiße Nacht mit Kelly verbringt?

»Dann solltest du schlafen«, sage ich stattdessen.

»Und du Marissa und deine Eltern anrufen. Sie haben es den ganzen Vormittag versucht.«

»Okay.« Einerseits bin ich beruhigt, dass er noch da ist und wir miteinander geredet haben. Andererseits schlängelt sich ein bisschen Enttäuschung unter den Bademantel. Ich werde das Gefühl nicht los, dass nach wie vor etwas zwischen uns steht.

»Grace.« Adam beugt sich vor und schließt beide Hände um meine. »Ich weiß, da ist noch vieles ungesagt.« Er sieht an mir vorbei ins Leere.

»Es war eine lange Nacht. Und ein ätzender Tag.« Ich kann nur schwer mit ansehen, wie er sich quält. Er muss fix und fertig sein.

»Lass uns schlafen. Ein bisschen Gras über die Sache wachsen lassen und dann sehen wir morgen weiter. Okay?«

»Okay.«

Wir stehen beide auf und etwas unbeholfen laufen wir in dem plötzlich viel zu klein wirkenden Zimmer hin und her. Die Stimmung zwischen uns ist so eigenartig.

»Wann werden meine Sachen fertig sein?«

»Die Frau von der Rezeption meinte heute Abend. Soll ich fragen gehen?«

»Nein«, unterbreche ich viel zu hastig. Ich will auf keinen Fall, dass er noch mehr Mühe mit mir hat. Auch wenn mein Gesicht mittlerweile vor Hitze glüht.

»Willst …« Wir stehen jeder auf einer Seite des Bettes und Adam zögert sichtlich fortzufahren. »Also … soll ich dir mein T-Shirt geben?«

Ich hadere genauso wie er. Wie unbeholfene Teenager stehen wir in dem wunderschönen Hotelzimmer mitten in Rotterdam. Nur die lückenlose Matratze liegt zwischen uns.

Und Adam bietet mir sein T-Shirt an. Im Kopf stelle ich eine schnelle Pro-und-Contra-Liste auf. Ganz oben bei Pro steht: Mir ist so heiß. Ein T-Shirt wäre ein Traum. Noch dazu eins, das nach Adam duftet. Ist das nun Pro oder Contra? Denn so schön, wie ich mir das gerade auch vorstelle: Wir sind leider nicht in Marissas Märchen. Ein Contra ist definitiv, dass ich keinen Slip trage. Aber da ich meinen heute Morgen mit der Hand gewaschen habe, besteht die Hoffnung, dass er schon trocken sein könnte. Tja und dann wäre da noch die nicht ganz unbedeutende Tatsache, dass wenn ich Adams T-Shirt nehmen würde, es bedeuten würde, dass er oben ohne neben mir läge. Wäre das komisch? Ist das Pro? Oder Contra?

»Grace?«

»Ja?«, frage ich, noch in Gedanken, als etwas Weißes mir die Sicht versperrt. Natürlich sind meine Reflexe mies und das T-Shirt segelt zunächst auf den Boden.

»Äh … danke.« Ohne aufzusehen, angele ich auf dem Boden nach dem Shirt und verschwinde im Bad.

Da jeder Mensch statistisch gesehen auch mal Glück haben muss, ist mein Slip getrocknet und es ist eine absolute Wohltat, aus diesem Bademantel zu steigen.

Ich schlüpfe in Adams T-Shirt. Der Stoff riecht nach Parfüm und ihm. Ich kann nichts dagegen tun, dass mein Körper sich verselbstständigt, den Stoff zwischen die Finger krallt und einmal tief inhaliert.

Wie ein verknallter Teenie sehe ich aus, als mein Blick dabei in den Spiegel fällt. Ich gehe ein bisschen näher ran und stelle mir die wichtigste Frage überhaupt: Kann es wirklich möglich sein, dass ich Gefühle für Adam Stevens habe?

Tausend Bilder erscheinen in meinem Kopf. Adam heute. Adam vor ein paar Jahren. Adam, als wir Kinder waren.

Automatisch legt sich ein Lächeln auf mein Gesicht. Eins dieser Sorte, das Fragen beantworten kann, ganz ohne zu sprechen. Ja. Ja, verdammt. Ich habe Gefühle für Adam. Keine Ahnung, wie ich damit umgehen oder ob ich es ihm sagen soll. Erst einmal müssen wir die Nacht hinter uns bringen und dann sehen wir weiter.

Er hat recht. Vieles ist ungesagt.

»Vielleicht können wir morgen …«, beginne ich, halte aber mitten im Satz inne, während ich das Zimmer betrete.

Adam schläft. Er liegt nur in Jeans quer über das Bett. Seine nackten Füße hängen über die Kante. Er liegt auf dem Bauch und hat die Arme zu beiden Seiten ausgestreckt. Auf Zehenspitzen schleiche ich über den weichen Teppich, schnappe mir die Cola und mein Handy und krabbele so leise wie möglich neben ihn.

Ich sollte meinen Dad anrufen. Und Marissa. Außerdem müssen wir planen, wie es ab morgen weitergeht. Doch ich tue nichts dergleichen. Gerade scheint nichts wirklich wichtig zu sein. Ich lege mich auf die Seite und betrachte Adams Gesicht. Nur das ist gerade von Bedeutung.

Ich beobachte, wie sich sein Mund bei jedem Ausatmen leicht öffnet und sein Rücken sich mit dem Aufblähen seiner Lungenflügel hebt und senkt. Seine Schultern sind breit und seine Haut ist makellos schön.

Ohne lange darüber nachzudenken, lasse ich einen Finger von seiner Stirn bis über seine Wange fahren.

Ich weiß nicht, was genau das ist, was ich für Adam empfinde. Nur dass es echt ist. Ich bin froh ihn gerade an meiner Seite zu wissen. Nach der schlimmsten Nacht meines Lebens.

»Danke«, flüstere ich und hauche ihm einen Kuss auf seine Schläfe, ehe ich mich wieder auf meine Seite zurückziehe. Dabei bemerke ich, dass er die Augen einen winzig kleinen Spalt weit geöffnet hat.

»Das hier ist kein Traum, oder?«, flüstert er und zaubert mir ein Lächeln aufs Gesicht.

»Nein«, sage ich genauso leise und greife nach seiner Hand. Wir schließen die Augen und geben der kleinen Hoffnungspflanze zwischen uns Zeit zu wachsen. Alles andere kann warten. Denn es kommt bekanntlich immer ein Morgen. Und obwohl ich den größten Mist meines Lebens gebaut habe, beschleicht mich die Zuversicht, dass ich wieder daran glauben kann. Es wird einen Tag geben, an dem ich es besser machen kann. Eine Chance, ein anderer Mensch zu sein.

# Kapitel 16

»Hi«, flüstere ich, als Adam am kommenden Morgen das erste Mal seine Lider hebt. Er hat über zwölf Stunden geschlafen. Erst auf dem Bauch, dann auf dem Rücken, wobei er entsetzlich geschnarcht hat, und die letzten Stunden auf der Seite. Sein Gesicht ist mir zugewandt, aber er hat Mühe, beide Augen vollständig zu öffnen.

»Hey.« Im Hostel haben wir auch dicht beieinander geschlafen. Aber nie zuvor konnte ich dabei zusehen, wie er wach wird. Wie mit winzigen Bewegungen in Armen und Beinen der Körper den Schlaf vertreibt. Das erste Schlucken, ehe seine Zunge zaghaft über seine Lippen fährt. Das alles, bevor seine Augen beschließen sich dem Licht des Tages zu stellen.

»Gut geschlafen?« Eine rein rhetorische Frage, denn ich habe ihn die meiste Zeit beobachtet. Ich war viel zu aufgekratzt zum Schlafen. Und ich hatte eine Menge nachzudenken.

»Ziemlich gut.« Seine Stimme ist noch ganz leise und rau. Wir liegen dicht voreinander, ich habe die Hände unter dem Kopf gefaltet. Adam hat den unteren Arm ums Kopfkissen geschlungen. »Du nicht?«

Die erste Zufriedenheit des Tages weicht aus seinem Gesicht.

»Nicht besonders viel, aber gut.« Mit meinem Lächeln versuche ich die langsam wiederkehrenden Probleme noch ein bisschen beiseitezuschieben.

»Weil es dir nicht gut ging oder weil du dir den Kopf zerbrochen hast?«

Wann immer ich mit einem Mann die Nacht verbracht habe, hat mich morgens Unsicherheit gepackt. Die Klassiker, die alle Frauen durchmachen. Hat meine Frisur die Nacht halbwegs überstanden? Sehen meine Augen aus wie die einer Drogensüchtigen? (Nach den letzten Tagen nicht besonders witzig.) Riecht mein Atem eklig oder wie komme ich ins Bad, ehe er mir zu nahe kommt? Die eine kommt besser damit klar als die andere, aber im Grunde genommen sitzen wir Frauen doch diesbezüglich alle im selben Boot. Und höchstwahrscheinlich die Männer ebenso.

Bislang bin ich immer schnell abgehauen oder habe mich mit einer dummen Ausrede davongeschlichen. Bei Luke habe ich nicht mal gewartet, bis die Nacht vollständig vorbei gewesen ist, ehe ich mich aus der Situation gemogelt habe. Nicht aber heute. Nicht mit Adam. Die ganze Woche habe ich mich nie so geborgen gefühlt wie jetzt gerade. Er kennt mich.

»Du kennst mich gut, hm?«

»Ich denke nicht, dass man dich lange kennen muss, um das zu bemerken. Du denkst zu viel, anstatt zu handeln.«

»Soso.« Ich setze mich auf und ziehe die Beine in den Schneidersitz. »So philosophische Worte am frühen Morgen. Scheint, ich kenne dich nur halb so gut.«

»Ich stecke voller Überraschungen.« Auf den Rücken gedreht gähnt er laut wie ein Löwe. Er streckt sich und wird dabei noch ein paar Zentimeter länger. Jede Faser seines Körpers ist gespannt und ich betrachte fasziniert, wie sich die Haut über seinen Muskeln und Knochen bewegt. »Aber im Ernst, worüber hast du gegrübelt?«

»Dies und das«, lüge ich ein kleines bisschen. Denn eigentlich habe ich die ganze Nacht über uns nachgedacht. Was es zu bedeuten hat, dass ich plötzlich dieses Flattern in meinem Magen spüre, wenn Adam neben mir liegt. Und ob es ihm wohl genauso geht. Bei meinem Glück sieht er in mir einfach seine kleine Cousine und ich schlittere geradewegs in die nächste Katastrophe. Und das würde das Aus bedeuten. Dann säße ich endgültig allein in diesem Land. »Aber vor allem darüber, dass ich das Grübeln leid bin.« Und das ist die Wahrheit. Jedes Mal in den letzten Tagen, wenn ich versucht habe einfach ein bisschen Spaß zu haben, ist das kräftig nach hinten losgegangen. »Es ist anstrengend«, beschwere ich mich, »wenn man so viel nachdenkt wie ich und dann doch nur Müll dabei rauskommt.«

»Dann lass es einfach«, sagt Adam und setzt sich ebenfalls auf, »und geh nicht immer so hart mit dir ins Gericht. Schon gar nicht so früh am Morgen.« Er lehnt sich mit dem Oberkörper an das Kopfteil des Bettes und legt die langen Beine übereinander. »Oder nachts«, schiebt er hinterher. »Vielleicht sollten wir heute zur Abwechslung einfach mal was Nettes machen.«

»Leichter gesagt als getan.« Ich benutze das Haargummi von meinem Handgelenk und binde mir einen Dutt oben auf meinem Kopf. Ich bräuchte dringend vernünftiges Shampoo, eine Spülung und einen funktionierenden Föhn. »Vor allem ohne Klamotten.«

Adams Blick gleitet an mir herunter und bleibt an meinen nackten Beinen hängen. Ich bin mir ziemlich sicher, dass man seine Cousine so eher nicht ansieht. Mir wird viel zu heiß.

»Spa«, sagt er, aber sein Blick klebt nach wie vor an meinem Körper. Er wirkt, als wäre er gar nicht richtig da.

»Hm?« Ich lege den Kopf ein Stückchen zur Seite, bis er mir wieder ins Gesicht sieht.

»Sorry«, murmelt er so leise, dass ich nicht sicher bin, ob er es tatsächlich gesagt hat. »Spa«, wiederholt er sich und dabei schließt er kurz die Augen und schüttelt sich. »Das Einzige, was mir einfällt, das man ohne Klamotten machen kann.«

»Klar«, lache ich auf. »Mein Dad hat sicher schon den niederländischen Geheimdienst angerufen. Marissa hängt gewiss schon Flugblätter aus, ich habe Drogen genommen und dich mit in diesen ganzen Mist hineingezogen. Aber wir gehen zum Spa.«

Langsam aber sicher biegt sich Adams Grinsen bei jedem meiner Worte noch weiter nach oben.

»Warum nicht? Hier gibt's einen erstklassigen Wellnessbereich.«

»Woher weißt du das?«

»Hab ich in der Broschüre gelesen. Ist doch auch völlig egal, woher ich davon weiß. Ich weiß es. Und wir gehen heute dorthin. Immerhin scheinen deine Sachen noch nicht fertig zu sein und wir können sonst nichts tun. Heute Nachmittag ist früh genug, um weiterzugrübeln.«

»Du meinst das wirklich ernst, oder?« Er strahlt wie ein Honigkuchenpferd.

»Todernst«, gibt er lachend zurück.

»Und was sollen wir da tragen, Schlaumeier?« Ich mache mich lang und greife nach der Colaflasche auf meinem Nachtschrank, in der nur noch ein kleiner Schluck übrig ist.

»Wir sind mitten in Rotterdam. Ich wette, ich habe Badeklamotten für uns besorgt, bevor du deinem Dad und Marissa geschrieben hast, dass du dich erst heute Abend meldest.« Er springt aus dem Bett. Nichts deutet darauf hin, dass er gerade dreizehn Stunden lang fest geschlafen hat. »Und übrigens ... das ist widerlich.« Er zieht dermaßen die Nase kraus, während ich den letzten Schluck meiner Cola trinke, dass ich kichern muss.

»Also gut. Die Wette gilt. Allerdings ...«

Ich ziehe die Decke über meine Beine und kuschele mich noch mal zurück ins Bett. Ich hatte ganz vergessen, wie schön es ist, wenn einem weder übel ist noch der Kopf einem Presslufthammer gleicht. Und das kombiniert mit der komfortablen Matratze fühlt sich gerade an wie das Paradies.

»Allerdings?« Adam, der drauf und dran ist, seinen verrückten Plan in die Tat umzusetzen, hält inne.

»Zwei Probleme.«

Ohne sich zu rühren, sieht er mich abwartend an.

»Erstens, ich muss unbedingt vorher was essen. Ich verhungere jede Sekunde.«

»Da du weder im Bikini noch in meinem Shirt zum Frühstücksbuffet gehen kannst, empfehle ich den Zimmerservice. Bestell mir was mit. Problem Nummer zwei?«

Er greift nach seinen Socken, die neben dem Bett liegen. Er wirkt so entschlossen. Wie weggeflogen sind das ernste Gesicht und die Dinge, die noch immer unausgesprochen zwischen uns stehen.

»Wie willst du bitte einen passenden Bikini für mich finden? Du kennst weder meine Größe noch meinen Geschmack.«

Er hält in seiner Bewegung inne und ich darf dabei zusehen, wie sich das breite Grinsen von eben zurück in sein Gesicht schleicht.

»Das lass mal meine Sorge sein«, lacht er und wirft sein Kissen nach mir. Er zieht sich seinen Hoodie über und schiebt seinen Geldbeutel in die hintere

Hosentasche. »Außerdem«, schon fast an der Tür dreht er sich noch einmal um, »sei lieber froh, dass ich dir etwas besorge. Mein T-Shirt ist verdammt durchsichtig.«

Während die Tür zuknallt, klappt mein Unterkiefer runter. Ich flitze zum Spiegel, nur um mit Erschrecken festzustellen, dass er recht hat. O. Mein. Gott.

***

»Also, der Dunk zählt zwei Punkte, aber der Korbwurf jenseits dieser komischen Linie nicht? Herr Gott, das ist noch komplizierter als beim Fußball.«

Wir liegen seit zwei Stunden vollkommen tiefenentspannt an dem traumhaft schönen Pool und Adam versucht mir gerade Basketball näherzubringen. Ihn zu beobachten, mit welcher Freude er von seinem Hobby berichtet, ist ein wunderbares Unterhaltungsprogramm. Ich könnte ihm stundenlang zuhören.

»Vergleich meinen Lieblingssport bitte nicht mit diesem irrsinnigen Wahnsinn, den unsere Eltern zelebrieren.«

»Okay, okay«, schmunzele ich und hebe die Hände. Der Wellnessbereich des Hotels hat sich als wunderschöne Oase herausgestellt. Überall stehen Palmen herum und die Temperatur ist tropisch warm. Das üppige Frühstück, das ich uns aufs Zimmer hab kommen lassen, war der erste Push für meinen Körper. Ein paar Bahnen im angenehm kühlen Wasser zu ziehen hat mich endgültig wieder aufleben lassen. Ich bin froh, dass Adam mich hierzu überredet hat. Zwar nagt noch immer etwas das schlechte Gewissen an mir, weil ich Dad und Marissa mit einer einzigen Nachricht abgespeist habe, aber das verdränge ich mit jeder weiteren Minute mehr. »Ich glaub, ich hab einfach nicht die passende DNA für die Regeln des Mannschaftssports.«

»Das hört deine Mum sicher nicht besonders gern.«

»Ooohhhh!« Ich lege kurz die Hände vors Gesicht. »Sie ist so peinlich, was das angeht. Ich meine ... deine Mum geht auch mit zu Gregs Spielen. Aber das, was meine da abzieht, ist doch nicht mehr normal.«

Adam antwortet nur mit einem Lachen. Was unsere Familien angeht, müssen wir uns nichts erklären.

»Ach komm, sei nicht zu hart zu ihnen. Du hast tolle Eltern, Grace.«

»Ja, ich weiß.« Ich beobachte, wie Adam seine Zehen aneinanderreibt. Sein Gesichtsausdruck wird ernst. »Denkst du …« Ich spiele mit dem Bändchen meines Bikinihöschens herum. Es ist pink. So pink wie nur möglich. Dafür ist der Schnitt schlicht. Die Hose nicht zu knapp, das Oberteil dafür schon eher. Die Neckholderträger werden im Nacken gebunden und hätte ich es im Laden gesehen, ich hätte definitiv danach gegriffen. »… wenn wir wieder zurück zu Hause sind«, ich werde mit jeder Silbe leiser, »ich könnte mir irgendwann eins deiner Spiele ansehen?«

»Also«, sagt Adam und nimmt einen Schluck von seinem Smoothie. »Rein theoretisch gesehen kann man sich für einen recht geringen Betrag Tickets kaufen und an jedem zweiten Freitag in die …«

»Würdest du das denn wollen?«, falle ich wie immer mit der Tür ins Haus.

Noch mit dem Strohhalm zwischen den Lippen lächelt Adam mich an. So oft wie heute habe ich das noch nie bei ihm gesehen. Und das macht mich glücklich. Und vielleicht auch ein bisschen stolz. Trotz all dem Mist, den ich gebaut habe, ist er hier. Mit mir.

»Ja.« Er streckt sich auf seiner Rattanliege und schiebt einen Arm hinter seinen Kopf. Für sich selbst hat er eine grasgrüne Badeshorts ausgesucht. Nicht zu eng, nicht zu weit. Adam entpuppt sich, wie es scheint, als Shoppingtalent. »Ja, Grace«, wiederholt er und stellt sein Glas auf das Tischchen zwischen uns. »Es würde mich sehr freuen, wenn du mal bei einem meiner Spiele dabei wärst.«

»Sind deine Eltern auch immer dabei?« *Oder deine Freundin, falls du eine hast?*, frage ich in Gedanken weiter.

»Bei den meisten schon, ja.«

»Wir können uns wohl beide nicht über unsere Familien beschweren, hm?«

»Das stimmt wohl.« Ein eigenartiger Ausdruck huscht über Adams Gesicht. Der gleiche, den ich schon gestern nicht deuten konnte.

»Wenigstens hast du keinen nervigen Bruder, der seine dreckigen Klamotten überall liegen lässt«, lache ich, obwohl ich eigentlich viel lieber nachgebohrt hätte, warum er so traurig guckt, wenn es um seine Eltern geht. Ob er auch Heimweh hat?

»Was hast du gegen Jordi? Er ist ein netter Kerl.«

Ich habe meine Liege so umgestellt, dass ich Adam zugewandt bin. Ich finde es völlig bescheuert, wenn alle immer um den Pool liegen und den anderen beim Planschen zusehen. Außerdem kann ich so alles an Adams Mimik beobachten, das ich in den letzten Jahren versäumt habe.

»Ich hab nichts gegen Jordan. Nur eben auch nicht besonders viel für ihn.«

Mein Bruder ist okay. Aber er ist siebzehn. Außer Fußball und seinen Ballerspielen am Fernseher hat er nicht viel im Kopf.

»Wir sind letzte Woche erst bei *Byron* gewesen. Auch er wird langsam erwachsen.«

»Du bist mit meinem Bruder Burger essen gewesen? Warum weiß ich davon nichts?«

»Mir war nicht klar, dass einer von uns deine Erlaubnis dafür braucht.« Adam schmunzelt nur, während mein Mund immer noch offen steht.

»Manchmal denke ich, ich war die letzten Jahre nicht bei mir. Wieso habe ich davon nichts mitbekommen? Macht ihr so was öfter?«

»Burger essen?«

»Euch treffen. Allein, ohne die Familie.«

»Hin und wieder«, erwidert Adam amüsiert. »Wenn er jemanden zum Reden braucht oder einfach Bock hat abzuhängen, ja.«

»Wo...« Ich zögere kurz. Nicht zu glauben, dass mein kleiner Bruder sich mit Adam trifft. »Worüber redet ihr denn so?«

»Über alles Mögliche.« Das dämliche Grinsen auf seinem Gesicht will einfach nicht verschwinden.

»Bist du sein Psychologe, oder was?« Ich muss mich zurückhalten, um nicht laut loszulachen.

»Du bist ganz schön frech, dafür dass du vor vierundzwanzig Stunden noch nicht mal ohne meine Hilfe laufen konntest.« Adam tritt spielerisch gegen mein Bein.

»Im Ernst. Jeder Junge braucht hin und wieder männlichen Rat. Ich habe ihn ihm gegeben. Keine große Sache.«

»Männlichen Rat? Dafür könnte er doch Dad ...« Ich tippe mir mit dem Zeigefinger gegen die Lippe. »O mein Gott«, kreische ich, »hat mein Bruder Sex?«

Eine Dame im Leopardenbadeanzug schnalzt übertrieben laut mit der Zunge. Adam kräuselt die Lippen, um nicht zu lachen. Und ich kann nicht glauben, dass ich ins Schwarze getroffen habe.

»Er hat einfach einen erfahrenen Rat gebraucht. Belassen wir es dabei.«

»Erfahren, hm?«

»Ja«, lacht Adam, »erfahren.« Er streicht sich kurz mit den Händen übers Gesicht. Mir ist vorher nie aufgefallen, wie oft er das tut. »Du bist echt unglaublich, weißt du das?« Seine Hände sinken herab und es kommt ein wunderschönes Lächeln zum Vorschein.

»Na, da du so erfahren bist, Adam Stevens, musst du es ja wissen. Sag mal ... wie viele Frauen sind notwendig, um diesen Titel tragen zu dürfen?«

»Du willst wissen, mit wem ich Sex hatte? Dein Ernst?«, fragt er so leise, dass die Leopardenlady uns nicht hören kann.

Dass mein Bruder seine Pubertät eines Tages überwinden würde, war zu erwarten, aber dass ich je mit Adam über Sex reden würde, hätte ich mir im Traum nicht ausgemalt. Aber ich bin neugierig. Sehr sogar. Zusätzlich mischt sich da noch ein anderes Gefühl dazu, das ich in dieser Intensität noch nie erlebt habe. Ich sehe Kelly, wie sie ihm an den Lippen klebt, und dann taucht die Blondine vor meinem inneren Auge auf. Die, mit der ich ihn auf dem Campus gesehen habe.

Scheiße. Ich bin eifersüchtig. Ich bin eifersüchtig auf die Frauen in Adam Stevens Leben. Ach du grüne Neune. Fast hätte ich laut aufgelacht.

»Ähm ... wenn ich recht überlege ... nein. Nein. Weißt du was, heb dir deine erfahrenen Sextipps für Jordan auf. Ich will sie nicht wissen.«

»Nein?«, pokert er. Er genießt das hier. Mit jeder meiner Stammeleien scheinen seine Schultern breiter zu werden.

»Nein. Danke. Wirklich. Ich denke, du hast viel zu berichten. Aber ich verzichte. Nein. Danke.« Die Temperatur scheint plötzlich viel zu hoch und ich rede mich um Kopf und Kragen.

»Na komm«, sagt Adam. Er steht auf und reicht mir die Hand. Ich ziehe die Stirn kraus, sehe dann aber nach oben in sein Gesicht.

»Wohin?«, frage ich. Meine Stimme klingt fremd und schrill. Dennoch lege ich meine Hand in seine. Sie passt perfekt hinein.

»Wir brauchen dringend eine Abkühlung.«

Schon bevor er den Satz zu Ende gesprochen hat, beginne ich zu kreischen, weil er meine Hand fest umklammert und mich mit sich über den Beckenrand zieht. Mit einem gigantischen Klatscher landen wir im Wasser, aber unsere Finger bleiben fest ineinander verwoben.

# Kapitel 17

»O mein Gott«, kreische ich, als ich wieder auftauche und mich wie eine wasserscheue Katze schüttele. Adam hat sich von mir gelöst und spritzt Wasser in meine Richtung. »Das wirst du büßen«, schreie ich und werfe mich auf ihn. Ich klammere mich von hinten um seinen Hals und stütze mich auf seinen Schultern ab, um ihn unter Wasser zu drücken.

»Wie süß du doch bist«, lacht er. Ich bekomme ihn kein Stück heruntergedrückt.

Ich versuche noch etwas mehr Kraft auszuüben, doch Adam stellt sich auf die Füße und steht nur noch ungefähr bis zur Brust im Wasser. Dabei schallt sein Lachen laut durch den Poolbereich. Ein Geräusch, das mein Herz warm werden lässt.

»Na toll«, gebe ich mich gespielt beleidigt. Noch immer hänge ich auf seinem Rücken wie eine Koalababy. Ohne Vorwarnung lässt Adam sich nach hinten fallen und wir klatschen beide wieder zurück ins Wasser.

Wie die Kinder toben wir, spritzen uns nass oder tauchen um die Wette. Dabei werden wir von den anderen Gästen beobachtet, die ihre Liegen fein säuberlich um den Pool herumgestellt haben. Manche wirken genervt, andere lachen. Uns ist das egal. In diesem Augenblick zählen nur wir beide. Jetzt gerade will ich gar kein Morgen. Dieser Moment soll am liebsten niemals enden. Ich, er, keine Sorgen, keine Zukunftsängste. Nur wir.

Das Wasser perlt von Adams Haaren und diesmal halte ich mich nicht davon ab darüberzustreichen. Ich hänge halb auf seiner Hüfte, die Beine um ihn geschlungen, während er uns in der Hocke im Wasser hält.

»Was?«, kommentiert er mein Strahlen, als sich meine Finger in die kurzen Locken graben.

»Ich mag dein Haar«, gestehe ich. »Das mochte ich schon immer.«

»Na ja ...« Er fährt sich mit der freien Hand ebenfalls hindurch. Mit der anderen hält er mich an der Taille fest. »Fluch und Segen.«

Er zuckt mit den Schultern und ich kann mich nicht daran hindern, es noch mal zu tun.

»Warum?«, will ich wissen. Ich will alles über Adam wissen. Ich will, dass er mir Basketballregeln so lange erklärt, bis ich sie kapiere. Ich will wissen, ob er scharfes Essen mag und was seine Lieblingsfarbe ist. Ich will dabei sein, wenn er zeichnet, und ich möchte mit ihm ins Kino gehen und Popcorn essen, bis uns schlecht wird. Ich weiß nicht, warum ich das alles will. Doch ich will es. So viel ist sicher.

»Ich muss mich nie kämmen, aber sobald ich ein paar Wochen nicht beim Friseur gewesen bin, sehe ich aus wie einer von den *Jackson five*.«

»Magst du eigentlich afrikanisches Essen?«, frage ich, nachdem mein Kichern abgeklungen ist.

»Hm. Glaub nicht besonders. Warum? Muss ich?«

»Nein.« Wir drehen uns im Kreis und ich lege meine Hände auf seine Schultern. »Ich bin mit Marissa und Rachel in diesem afrikanischen Restaurant gewesen und da habe ich mich gefragt, ob du es auch mögen würdest.«

»Ehrlich gesagt: Keine Ahnung.« Mit langen Schritten bringt er uns an den Beckenrand und keilt mich zwischen sich und der Kante ein. »Hab's nicht wieder probiert, seit ich hier bin.«

»Nicht? Aber ... denkst du nicht, du würdest es mögen?«

»Nur weil ich ein bisschen dunkler bin als du? Und nicht in England geboren bin?«

»Nein. Aber vielleicht hat man solche Dinge irgendwie in den Genen oder der DNA oder so?«

»So wie du Fußball in deiner hast?«

»1:0 für dich«, lache ich und halte mich an ihm fest. Seine Haut ist die weichste, die ich je gefühlt habe.

»Keine Ahnung, was in meiner DNA steckt.« Adam schiebt eine nasse Strähne auf Seite, die auf meiner Stirn klebt. Sein Gesichtsausdruck verfinstert sich zunehmend. Irgendetwas schlummert in ihm, das er mir nicht sagen will. Ich kann etwas Unausgesprochenes spüren. Nur leider nicht greifen.

»Marissa meinte, hier in Rotterdam wäre es für Ausländer leichter als in anderen Städten.« Beim Gedanken an sie bekomme ich ein schlechtes Gewissen. Ich muss sie unbedingt anrufen.

»Siehst du mich denn als Ausländer?«, fragt Adam und hält uns mit einer Hand am Beckenrand. »Mal ganz abgesehen davon, dass du in diesem Land genauso als Ausländer zählst wie ich.« Meine Lippen fangen langsam an zu bibbern, weil das Wasser kalt wird, wenn man sich nicht bewegt.

»Nein. Quatsch.« Ich habe einfach ein Talent, mich falsch auszudrücken. »Ich wollte nur deine Meinung dazu hören.«

»Es ist doch so«, knurrt er und ich ärgere mich das Thema angeschnitten zu haben, denn Adam blickt ernst an mir vorbei ins Leere. Seine Leichtigkeit ist mit dem Wasser davongetrieben. Das ungezwungene Toben ist vorbei. »Egal wie viel Mühe sich manche Menschen geben. Egal wer regiert und was legalisiert wird oder nicht. Es wird auf diesem Planeten immer Rassismus geben. Ich werde immer der Schwarze sein. Ganz gleich ob ich einen englischen Pass habe oder nicht – und lieber Scones als Zebra esse.«

»Man kann Zebra nicht essen«, sage ich unnötigerweise und Adam lächelt nur. »Sorry«, füge ich schnell an. »Aber …«, ich habe mir nie Gedanken darüber gemacht, wie es für ihn ist, »geht es dir auch so bei uns zu Hause? Ich meine … dass du dich irgendwo schlecht behandelt fühlst oder so?«

»Nein«, beruhigt Adam mich, denn das hätte mir das Herz gebrochen. »Das nicht unbedingt. Aber …«, er nimmt mich etwas fester auf den Arm und dreht sich einmal herum, sodass er den Beckenrand im Rücken hat, »mir fällt schon auf, dass die Menschen noch immer eingeschränkt denken. Nehmen wir zum Beispiel hier.«

Ich sehe mich einmal um, kann jedoch beim besten Willen nichts Auffälliges feststellen.

»Als der Typ mit der viel zu knappen Badehose reingekommen ist …« Er deutet mit dem Kopf schräg hinter sich, sodass ich direkt sehen kann, wen er meint, und kichern muss. Seine Badehose ist wirklich reichlich knapp. »Da hat niemand in diesem Raum auch nur den Kopf gehoben.« Er wischt sich über Mund und Kinn. »Doch ich wette, jeder hier am Pool könnte dir sagen, dass ich hier bin. Das bedeutet nicht, dass diese Menschen hier Rassisten sind, nur werde ich für sie immer anders bleiben. Verstehst du, was ich meine?«

»Hm ...«, ich nehme mir einen Moment Zeit, die umliegenden Leute abzuchecken, »ich denke schon. Das ist einfach nur scheiße.«

»Ich denke, die Hälfte der Menschen meint das nicht mal böse. Diese Denkweise wurde einfach viel zu lange in die Köpfe gebrannt. So was braucht mehr als ein paar Generationen, um gänzlich zu verschwinden. Wenn es überhaupt machbar ist. Menschen werden andere Menschen immer in Schubladen einordnen. Egal ob schwarz, eine andere Religion oder weil sie sich nicht auf ein Geschlecht festlegen.«

Er sieht mich streng an und ich weiß, worauf er hinauswill.

»Aber ich habe das doch nicht böse gemeint. Ich stecke niemanden in eine Schublade. Ich war nur ... überrascht.«

»Schon. Aber wäre Diana mit Jan zusammen, wärst du nicht überrascht gewesen. Das meinen die wenigsten böse. Jetzt überleg doch mal, hat dich schon mal jemand gefragt, ob du einen Sonnenbrand kriegen kannst?«

»Nein«, hauche ich kleinlaut. Die Vorstellung, er könnte schlecht von mir denken, finde ich fürchterlich. Ich will so nicht sein. Niemand sollte so sein.

»Ich weiß, dass du nicht so denkst und das auch nicht böse meinst, aber die Menschen neigen dazu, im Kopf in ›normal‹ und ›unnormal‹ zu differenzieren, ohne sich Gedanken darüber zu machen, was das eigentlich bedeutet. Wie gesagt, vielen ist das gar nicht bewusst.«

Ich schlucke, mir ist klar, dass er mich meint. »Du hast recht. Oft denke ich nicht lang genug nach, ehe ich rede.«

»Man sollte jeden so sein lassen, wie er ist. Auch dich«, sagt er und das Lächeln kehrt langsam wieder zurück, »oder ihn.« Er nickt mit dem Kopf in die Richtung des Knappen-Höschen-Typs und wir müssen beide lachen. Adam zieht mich ein bisschen näher an sich und ich kann seinen Herzschlag spüren.

»Fakt ist, ich werde immer auffallen. Die Frau an meiner Seite ist immer die mit dem schwarzen Mann, verstehst du?«

Ich nicke, weil ich zu mehr nicht in der Lage bin. Einerseits weil es mich furchtbar traurig macht, dass die Welt so ist und die Menschen trotz all ihrer Innovationen noch immer nicht zum Umdenken bereit sind. Andererseits weil ich mich frage, warum er das so formuliert hat. Denkt er, es würde mich auch nur im Ansatz interessieren, welche Hautfarbe er hat?

»Für mich bist du genauso ein Engländer wie Greg oder mein Dad oder mein Sex habender Bruder«, lache ich. Adam stimmt mit ein, aber ohne die Fältchen an seinen Augen. Egal wie sehr er sich bemüht, ich erkenne den Schmerz darin. »Nur dass du viel besser aussiehst«, rutscht mir heraus und ich schlage die Hand vor den Mund. Das ist so klassisch ich. Wir reden über Rassismus und ich habe nichts Besseres auf Lager als einen dämlichen Spruch über Äußerlichkeiten. »Da war es wieder. Das wollte ich nicht laut sagen«, murmele ich durch meine Finger hindurch.

»Ist das so?«, fragt Adam zwinkernd. Sein Lächeln wird eine Spur ehrlicher. Und als wären unsere Nervenenden genauso miteinander verwoben wie unsere Körper, breitet sich trotz der Schwere des Themas auch auf meinem Gesicht ein Grinsen aus. Ich lasse meine Hand sinken und wir strahlen uns einfach nur an.

Wir wollten heute nicht grübeln. Ich möchte einfach nur, dass Adam Spaß hat. Er musste sich in dieser Woche schon viel zu oft Sorgen machen. Es war ein Fehler, dieses Thema anzuschneiden. Diese ganze Hautfarbengeschichte sollte keine Rolle spielen. Für mich nicht. Für ihn nicht. Für die ganze Welt. So einfach ist das. Vollkommen egal ob man weiß oder schwarz, groß oder klein ist. Ob man auf Männer oder Frauen steht oder zu knappe Badehosen kauft. Es sollte einfach egal sein. Denn das ist nicht, was uns ausmacht.

»Und jetzt verrat mir endlich, mit wem mein Bruder Sex hat.« Ich lasse meine Hand durchs Wasser schnellen und spritze ihm Wasser ins Gesicht.

»Niemals«, erwidert er und taucht mich ohne Vorwarnung unter. Unter Wasser löse ich mich von ihm. Meine Chance. Ich könnte wegschwimmen oder davontauchen, aber ich tue es nicht. Der Körperkontakt zu Adam ist ganz anders, als ich es mir vorgestellt habe. Seine Berührungen fühlen sich an wie tausend kleine Stromschläge, die mein Herz zum Rasen bringen. Auf eine aufregende, schöne Art und Weise. Aber auch beunruhigend. Neu und unerforscht. Mit Risiken und der Gefahr zu scheitern. Und dennoch zieht es mich wieder zurück an seine Brust. Wie bei einem Magneten. Nur viel stärker.

Als ich wieder an der Oberfläche bin und zu Atem komme, lege ich beide Hände auf seinen Schultern ab. Wir sehen uns in die Augen. Wir sehen uns in die Seele. Lauschen auf das, was der andere fühlt. Doch ich komme nicht weit. Stehe vor der Mauer, die fest verschlossen und viel zu hoch erscheint, um sie je durchbrechen zu können.

»Du zitterst. Willst du raus?«, flüstert er.

Ich schüttele nur mit dem Kopf, während ich auf Adams Lippen starre. Sie sind so nah. So greifbar. Das Wasser tropft von seiner Nase und bahnt sich einen Weg über sein unrasiertes Kinn.

Ich kann fühlen, wie seine Brust sich schneller hebt und senkt als sonst. Und auch mein Atem geht viel zu flach. Eine seiner warmen Hände ruht auf meinem Rücken. Sein kleiner Finger berührt ganz knapp den Saum meines Höschens, während der Daumen unter dem Verschluss meines Oberteils ruht. Überdeutlich nehme ich das Wasser wahr, das in seichten Wogen um unsere Körper streichelt. Ich glaube, mein Körper war noch nie so sensibel wie in diesem Moment. Wird es mit Adam immer so sein? Wie würde es sich wohl erst anfühlen, wenn kein Wasser, keine Kleidung, nichts mehr zwischen uns stünde?

Mit einem Finger berührt er sanft meinen Unterkiefer, der unkontrolliert zittert.

»Du solltest rausgehen«, flüstert er. Aber anstatt das Wasser zu verlassen, beuge ich mich ihm entgegen und in Zeitlupe legen sich unsere Lippen aufeinander. Und so verharren wir. Vereint durch unsere Münder atmen wir die Luft des anderen. Keiner von uns bewegt sich.

Bis mit einem riesigen Klatscher drei Kinder neben uns ins Wasser springen und wir uns abrupt voneinander lösen. Wir sehen uns in die Augen, aber der Moment ist vorüber. Die Bande springt zwischen uns hin und her und spritzt mit allem, was sie hat, durch den Pool.

Adam und ich gehen in Deckung so gut es geht und können nicht länger ernst bleiben.

»Perfektes Timing, hm?«, lache ich.

»Komm, bringen wir dich ins Warme.« Er zwinkert mir zu und wir schwimmen hintereinander bis zur Treppe.

Dann wird es zum ersten Mal seit gestern komisch zwischen uns. Wir trocknen uns ab und ich bin ausnahmsweise froh über den warmen Bademantel. Auch wenn ich nicht gedacht hätte, dass das möglich ist. Immer wieder lächeln wir uns stumm zu, doch keiner sagt etwas zu dem, was gerade passiert ist. Dabei brennt es mir unter den Nägeln. Ich will wissen, was er denkt. Haben sich für ihn unsere Lippen aufeinander genauso krass angefühlt wie für mich? Bis vor ein paar Tagen dachte ich, wenn ich Adam küssen würde, wäre es ähnlich wie bei Jan und Diana. Als ob ich was mit meinem Bruder hätte. Aber verdammt! Nie zuvor hat ein einfacher zarter Kuss solche Empfindungen in meinem Körper ausgelöst.

Ich versuche mich zu konzentrieren, meine Gedanken zu sortieren. Aber alles, was ich denken kann, ist: *Ich habe Adam geküsst.* In Dauerschleife läuft die Erinnerung daran vor meinem Auge ab. Ich habe keinen Schimmer, was das bedeutet, ich weiß nur, ich will es wieder tun. Nur wer sagt mir, ob er das auch möchte?

Wir haben uns geküsst. O mein Gott. Seine Lippen haben weich und warm auf meinen gelegen und wir haben uns dabei in die Augen gesehen. Ich konnte spüren, dass er mich will. Also … in diesem Augenblick. Aber jetzt? Wieder zurück auf unseren Liegen ist er vertieft in das Display seines Smartphones und ich werde den Eindruck nicht los, dass er sich dahinter vor mir versteckt. Hin und wieder sieht er auf und lächelt mich flüchtig an. Mag sein, dass ich keine Ahnung habe, wer Adam wirklich ist, aber dass dieses Lächeln nicht von Herzen kommt, sehe sogar ich.

Ob er genauso verwirrt ist wie ich? All meine Probleme der letzten Wochen sind so unwichtig und klein geworden seit gestern. Unvorstellbar, dass ich noch Anfang der Woche einen Tag mit Luke verbracht habe, anstatt jede Minute mit Adam zusammen zu sein. Ob er immer noch glaubt, ich wollte was von Luke? Oder denkt er sogar an Kelly? Und überhaupt ... was heißt bitte »erfahren in Sachen Sex«? Wie viele Frauen hatte er schon? Und ... Argghhh ...

»Ich brauche eine Pause«, platzt es aus mir heraus. Hier zu liegen und ihn anzustarren beruhigt mich nicht wirklich. Und ich werde einfach das Gefühl nicht los, dass er mir irgendwas verschweigt. Und das nervt. Haha, Grace. Das sagt aber mal genau die Richtige.

»Was meinst du?«, fragt Adam, der von seinem Display aufblickt und dabei unfassbar sexy aussieht.

»Ich glaub, ich geh hoch und leg mich ne Runde aufs Ohr.«

»Willst du, dass ich mitkomme?«

Da ich nicht weiß, ob es auch wirklich das ist, was er möchte, kann es darauf nur eine Antwort geben.

»Nein. Musst du nicht. Ich ruh mich nur kurz aus.«

»Gut. Dann sehen wir uns später?« Er reicht mir die Zimmerkarte und als ich sie nehme, umschließt er mein Handgelenk. »Geht's dir gut?«

»Ja.« Im Grunde genommen keine Lüge. Doch ihm soll es auch gut gehen. Und ich muss wissen, was all das hier zu bedeuten hat.

»Okay.« Adams Stimme ist ruhig und sanft. Herrgott, ich bin eine Idiotin, weil ich eigentlich gar nicht gehen will, wenn er mich so ansieht. Ich sollte mich wie eine Erwachsene zu ihm setzen und mit ihm darüber reden. Immerhin spricht er öfter mit einem Handerson über Sex. Warum also nicht mit mir?

Dennoch ziehe ich den Bademantel vor meiner Brust zusammen und durchquere den schönen Wellnessbereich, um den Fahrstuhl zurück in unser Zimmer zu besteigen.

***

Nachdem ich eine halbe Stunde zwischen Zimmer und Bad auf und ab gelaufen bin und immer noch nicht wirklich schlauer bin, fällt mir nur eine Person ein, die ich anrufen könnte.

»O heilige Scheiße, Grace!«, kreischt Marissa mir ins Ohr.

»Hi«, bringe ich etwas weniger enthusiastisch über die Lippen.

»O Mann, ich habe mir solche Sorgen gemacht. Geht es dir gut? Wo bist du? Ist Adam sauer auf mich? Scheiße, mir tut das so leid. Du warst auf einmal weg. Ich hab dich gesucht. Dann habe ich gedacht, Luke wäre ja bei dir und … O Mann, es tut mir so leid. War es sehr schlimm? Wo …?«

»Ich glaube, ich bin in Adam verliebt«, unterbreche ich sie.

»Ich wusste es«, kommt mit etwas Verzögerung. »Erzähl mir alles.«

Und das tue ich. Ich berichte von der Nacht nach dem *now and wow*. Zumindest soweit ich mich erinnern kann. Ich erzähle ihr, wie sauer Adam war, aber dass er dennoch bei mir geblieben ist. Wie wir geredet haben und von seiner Idee mit dem Spa. Es tut gut, endlich meine Gedanken laut zu formulieren, das macht alles irgendwie … realer. Und umso deutlicher spüre ich, dass ich wirklich ernste Gefühle für ihn hege.

»Das klingt doch alles wundervoll«, singt sie schon fast, als ich mit meiner Erzählung fertig bin. »Ich hab es dir ja von Anfang an gesagt. Von wegen Cousin«, kichert sie.

»Aber was, wenn er nicht so empfindet? Was, wenn ich es wieder verbocke und damit unsere Familien zerstöre? Vielleicht sieht er mich nicht auf diese Art und Weise. Was, wenn ich mir das alles einbilde?«

»Ihr habt euch geküsst, Grace.«

»Ja, ich weiß. Aber es ist ein unschuldiger Kuss gewesen. Eher ein Küsschen.« Ich lasse mich auf den Sessel plumpsen und erlebe mit meinem Bademantel ein biestiges Déjà-vu.

»Grace!« Marissa lacht so laut in ihr Handy, dass ich meins ein Stück von meinem Ohr entfernt halten muss. »Jetzt hör auf dich verrückt zu machen. Ja, das zwischen euch könnte irgendwann schiefgehen. Genauso gut könnte morgen die Welt untergehen oder ein Tsunami uns alle töten. Lass den Quatsch und sag ihm, was du fühlst.«

»Daran habe ich auch schon gedacht. Ich will ihn nie wieder anlügen. Wirklich nicht. Vielleicht sollte ich ihm einfach die Wahrheit sagen. Ich mein … wenn er mich dann nicht will«, ich schnalze mit der Zunge, »dann ist das eben so. Einmal mehr blamiert. Darauf kommt es auch nicht mehr an.«

»Genau. Auch wenn das nie und nimmer passieren wird.«

»Okay. Weißt du was, ich rede mit ihm.«

»Jetzt?«

»Jetzt. Sofort. Ich will endlich Klarheit. Und vor allem will ich nicht mehr lügen.«

»Dann hol ihn dir, Süße. Und danach bewegt ihr eure süßen Ärsche wieder hierher. Ich vermisse dich. Ehrlich. Es ist nicht mehr dasselbe ohne euch.«

»Ich melde mich wieder bei dir, okay?«

Mehr kann ich ihr gerade nicht anbieten, denn das Leben im Hostel steht gerade an hinterster Stelle. Abgesehen davon weiß ich selbst nicht, wie es weitergeht. Wir haben theoretisch keinen Grund mehr zu bleiben. Ich weiß nicht, ob er an seinem Plan festhalten will, bis Sonntag hierzubleiben.

»Versprochen?«, quengelt Marissa. Sie ist nicht zufrieden mit meiner Antwort, das ist klar, aber mehr ist gerade nicht drin.

»Versprochen«, sage ich und wir verabschieden uns. Ich lasse den Bademantel im orangefarbenen Sessel zurück und schlüpfe in Adams T-Shirt. Es ist mit einem Mal viel zu warm hier.

Vorm Spiegel schrecke ich vor meinem schrillen Lacher zurück. Mein Bikinioberteil ist noch feucht. Super. Ich sehe aus, als wollte ich Miss Wet-T-Shirt des Jahres werden. Ich binde mir einen neuen Dutt und entscheide es nicht länger hinauszuzögern. Ehe ich einen Rückzieher machen kann, tippe ich eine Nachricht.

Kannst du hochkommen? Wir müssen reden.

Der kleine Bereich zwischen Bett und Fernsehwand reicht nicht aus, um im Kreis zu laufen, deswegen hopse ich leicht auf der Stelle und beobachte Adams Profilbild, während er eine Antwort tippt. Er hat einen Bleistift hinters Ohr geklemmt und lächelt in die Kamera. Wer es wohl aufgenommen hat?

Bin unterwegs.

Seine Antwort leuchtet mir entgegen und damit ist mein Schicksal besiegelt. Ich werde Adam Stevens die Tür zu meinen Gefühlen öffnen, ohne zu wissen, ob er überhaupt hindurchgehen möchte.

Mein Puls explodiert, als es schon kurze Zeit später an der Tür klopft. Er ist da.

# Kapitel 18

Ich verfange mich beinahe im Teppich, so hastig renne ich zur Tür, um ihn hereinzulassen.

»Alles okay?« Die Verwirrung ist ihm ins Gesicht geschrieben. Gemischt mit einer Spur Panik und einem Schuss Sorge.

»Wir müssen reden«, wiederhole ich und ziehe ihn am Handgelenk ins Zimmer. Ich spüre mein Herz bis in meinen Magen wild klopfen.

»Ooookay«, zieht er in die Länge, lässt sich aber bereitwillig von mir zum Bett eskortieren.

»Setz dich«, befehle ich und drücke ihn an den Schultern auf die Bettkante. Er trägt seinen Bademantel. Was auch sonst?

»Raus mit der Sprache. Was ist hier los, Grace?«

»Also«, hole ich aus. Ich trete einen Schritt zurück und greife nach dem Saum von Adams T-Shirt. Meine Hände müssen irgendwas tun, sonst werde ich verrückt. »Die Sache ist die.«

Bis auf meinen kleinen Drogeneklat war ich noch nie zuvor bewusstlos, aber ich befürchte, jeden Moment haut es mich von den Füßen.

»Ich kann nicht fassen, dass ich das hier tue«, sage ich zu mir selbst und stütze mich kurz auf den Oberschenkeln ab, um Luft zu schnappen.

»Langsam krieg ich Schiss«, kommentiert Adam mein seltsames Verhalten. Der Zeitpunkt ist gekommen. Es ist zu spät für einen Rückzieher. Jetzt oder nie.

»Ich denke ... Oder nein, warte. Das wollte ich nicht sagen.« Ich richte mich wieder auf und sehe ihm das erste Mal in die Augen, seit er das Zimmer betreten hat. »Ich weiß es nämlich. Denken könnte ja bedeuten, dass ich nicht sicher bin. Aber das bin ich. Also weiß ich es. Es gibt keinen Zweifel, weil ...«

»Grace«, unterbricht Adam. »Du sagst mir jetzt sofort, was hier los ist.«

»Ich bin verliebt in dich, Adam Stevens.«

Meine Nasenlöcher blähen sich bei jedem Einatmen auf, weil ich so schnell atme und das Gefühl habe, keine Luft zu bekommen. Adam dagegen scheint aufgehört haben zu atmen. Er starrt mich an, als wäre ich nicht ganz sauber.

»Adam?«, frage ich vorsichtig. Er muss doch irgendwas dazu sagen. Langsam, aber sicher verlässt mich der Mut und meine Knie fangen an zu zittern.

»Erklär mir das.« Seine Stimme ist ruhig. Fast schon mechanisch.

Ich gehe einen Schritt auf ihn zu. Da das Bett recht hoch ist und ich ein Zwerg bin, befinden wir uns auf Augenhöhe.

»Ich weiß nicht, wie genau es passiert ist. Oder wann. Aber Fakt ist, ich habe wirklich ernste Gefühle für dich und ich möchte dich nicht schon wieder belügen.« In jedem Buch oder Film sind das die schönsten Szenen. Einer sagt: »Hey, ich liebe dich«, woraufhin der andere ihm um den Hals fällt und die Abspannmusik einsetzt. Nie habe ich gesehen, dass man es noch mal erklären muss oder fast auf den grünen Teppich kotzt vor Aufregung. »Solltest du nicht dasselbe fühlen, ist das okay. Ich meine, es könnte anfangs etwas peinlich werden, wenn du mit einer anderen zum Familienessen kommst. Zum Beispiel mit Kelly oder der Blondine vom Campus«, Adam zieht die Stirn kraus und meine imaginäre Hoffnungspflanze welkt vor sich hin, »aber ich komm damit klar. Das ist kein Problem. Du solltest nur über meine Gefühle Bescheid wissen.«

Er sagt immer noch nichts. Scheiße.

»Und jetzt weißt du es«, versuche ich noch einmal eine Reaktion aus ihm herauszukitzeln.

Adam lehnt die Ellbogen auf die Knie und vergräbt sein Gesicht hinter den Händen. Scheiße. Scheiße. Scheiße.

»Ich denke …«, sagt er und lässt die Hände wieder sinken. Sein Blick ist glasig und die Augen glänzen. »Ich denke, ich sollte dir etwas zeigen.«

Ich bin nicht sicher, ob ich es sehen will, doch diesmal bin ich diejenige, die sich von ihm auf die Bettkante führen lässt. Er schlendert seelenruhig durchs Zimmer und ich bin erstaunt, als er seinen Bademantel fallen lässt und seine Jeans über die Badeshorts zieht. Aus der hinteren Tasche fischt er sein schwarzes Notizbuch und kommt wieder zurück.

»Auch wenn ich es für einen echt beschissenen Zeitpunkt halte. Ich habe dir gesagt, du wirst die Erste sein, die das hier zu sehen bekommt. Ich halte meine Versprechen. Und ich möchte, dass du erst die ganze Wahrheit kennst, ehe du zu dem stehst, was du gerade gesagt hast. Noch kannst du alles zurücknehmen.«

»Hm ... Irgendwie bin ich jetzt die, die Angst hat. So schnell wendet sich das Blatt.« Das Lachen, mit dem ich versuche meine Scham zu überspielen, klingt total crazy.

»Glaub mir, Gracy. Dass du Angst vor mir hast, ist das Letzte, was ich auf dieser Welt möchte.« Adam geht vor mir auf ein Knie und legt mir das Buch in die Hände. Er legt eine darüber, mit der anderen streichelt er meine Wange. »Sieh es dir in Ruhe an. Ich werde in der Zeit nach deinen Sachen sehen und etwas zu essen besorgen.«

»Du gehst?« Wie kann er mich jetzt allein lassen? Nach allem, was ich ihm gerade offenbart habe. Er sieht genauso verwirrt aus, wie ich mich fühle.

»Ich möchte, dass du dir das in Ruhe ansiehst und nicht vorschnell urteilst. Nimm dir ein bisschen Zeit, um darüber nachzudenken, okay?«

»Ich kann ja schlecht Nein sagen, oder?«

Adam schmunzelt. Er erhebt sich und streichelt mir einmal über den Kopf. »Danke, dass du ehrlich zu mir gewesen bist.«

Er nimmt seinen Hoodie vom Sessel und geht.

Aber ich sehe ihm nicht hinterher. Ich drehe und wende das kleine Notizbuch in meinen Händen. Es ist schwarz und der Ledereinband ist ziemlich abgegriffen. Ein kleines rotes Bändchen liegt als Lesezeichen zwischen den hinteren Seiten. Vor ein paar Tagen hätte ich eine Menge dafür gegeben, einen Blick hineinwerfen zu dürfen, jetzt wende ich es allerdings voller Ehrfurcht in meinen Händen. Er hat sich mir anvertraut.

»Nützt ja nichts«, murmele ich vor mich hin und schlage das Buch auf.

»Heiliger«, fluche ich leise vor mich hin. Die Seite enthält eine Zeichnung. Von mir. Mit feinen Bleistiftlinien hat Adam alles detailgetreu eingefangen. Meinen Blick, sogar mein Kleid, das ich getragen habe, als wir in dem kleinen Café gewesen sind. Ich sehe lächelnd aufs Wasser. Sogar den Wind, der meine Haare nach hinten weht, hat er verewigt. Und da soll noch jemand denken, Wind könne man nicht malen.

Mit Bedacht blättere ich eine Seite zurück und entdecke eine weitere Zeichnung von mir. Sie stammt von der Fähre. Ich blicke aufs Wasser und sehe … so anders aus. So sieht Adam mich? Weich und schön und … ich weiß nicht, liebevoll? Mein Atem wird unkontrollierbar schneller. »Ich …«, flüstere ich vor mich hin. Bin ich sein Geheimnis?

Mit zitternden Fingern blättere ich weiter. Eine Seite davor liege ich schlafend im Auto meines Dads. Auf dem Weg zum Hafen. Ich war nicht müde. Habe auch nicht wirklich geschlafen. Ich wollte nur den Gesprächen aus dem Weg gehen. Mein Puls beschleunigt sich, als ich immer mehr Seiten zurückblättere. Auf jeder einzelnen befindet sich eine Zeichnung von mir. Von vorletzter Woche, als unsere Familien ein Barbecue veranstaltet haben. Von vor zwei Monaten, als Scott seinen Geburtstag gefeiert hat und ich zum ersten Mal in meinem Leben ein wirklich kurzes Minikleid getragen habe. Aber auch von Tagen, an denen ich sicher bin, dass Adam nicht dabei war. Wie ich mit meiner Freundin Camilla auf der Wiese vor der Uni gesessen habe. Oder als ich mit Mum und Emily zum Shoppen war.

»Was zur Hölle?« Ich werfe das Buch aufs Bett und springe auf. Steuere das Bad an, nur um es direkt wieder zu verlassen. Ich gehe zur Tür, öffne sie aber nicht. Ich weiß einfach nicht, wohin mit mir. Was bedeutet das? Empfindet er etwas für mich? Ist Adam ein Stalker? Ist er besessen von mir? Ändert das etwas an meinen Gefühlen? Ich … ich kann nicht mehr klar denken. Mal völlig abgesehen davon, dass ich Schwierigkeiten habe zu atmen.

Wie ein Tiger im Käfig streife ich durch das Zimmer und das schwarze Büchlein starrt mich dabei aus den weißen Laken heraus an.

Nachdem ich meine Unterlippe beinahe blutig gebissen habe, klettere ich zurück auf die Matratze und schlage die erste Seite auf. Überraschung! Ich bin darauf. Die Zeichnung muss schon älter sein. Ich bin definitiv jünger. Sie zeigt nur mein Gesicht, daher weiß ich nicht, von wann sie sein könnte.

Mal ganz abgesehen davon, dass das alles etwas strange ist, fällt mir sofort auf, wie viel besser Adam seitdem geworden ist.

Ich schlage die Seiten erneut zu. Ich brauche eine Erklärung. Jetzt. Ohne darüber nachzugrübeln, dass ich keine Hose trage, öffne ich die Hotelzimmertür und ... laufe Adam in die Arme. Hallo, Déjà-vu.

»Was?«, kreische ich, weil ich mich dermaßen erschrecke.

»Sorry«, murmelt Adam, der genauso zusammenzuckt wie ich.

»Hast du gelauert?«, frage ich.

»Schon vor dem Haupteingang ist mir klar geworden, dass es keine gute Idee war, dich damit allein zu lassen.«

Er schiebt mich rückwärts ins Zimmer. »Du bist so aufrichtig zu mir gewesen. Ich schulde dir eine Erklärung.«

»Darüber dass du ein Stalker bist?«, frage ich und stemme die Hände in die Hüften. Trotz meiner Unsicherheit bin ich so erleichtert, dass er wieder da ist.

»Nein«, er schließt die Tür und dreht sich zu mir um, »darüber dass ich dich liebe, Grace.«

Die Welt bleibt stehen. Das Sonnensystem hört auf zu arbeiten und die Welt bricht gerade in tausend Teile, nur um sich ganz neu zusammenzufügen.

»Ich ...« Ich habe keine Ahnung, was ich sagen soll.

»Nein«, unterbricht er mich. Er schiebt mich rückwärts ein Stückchen weiter ins Zimmer und lässt seine Hände auf meinen Schultern ruhen. »Jetzt bin ich dran.« Ein kleines Lachen lässt seine Schulter beben. »Ich weiß, du redest gerne, aber jetzt musst du erst mal eine Weile zuhören.«

Ich presse die Lippen fest aufeinander und nicke.

»Als ich vor sechszehn Jahren zu Emily und Greg gekommen bin, bist du gerade mal vier Jahre alt gewesen und ich sieben. Ich kann mich an diese Zeit nur verschwommen erinnern, aber ich weiß, dass du von Anfang an meine Freundin gewesen bist. Du hast mit meinen Spiderman-Figuren gespielt und mir gezeigt, was man auf einem Spielplatz alles machen kann. Du bist dabei gewesen, als ich meinen ersten Burger gegessen habe, und wir haben gemeinsam schwimmen gelernt. Ich habe dich von Anfang an gemocht. Du hast mich nie mitleidig angesehen oder mich behandelt, als gehörte ich nicht dazu. Wir waren Freunde.«

Meine Kiefer schmerzen, weil ich sie so fest aufeinanderbeiße. Adam liebt mich. Er liebt mich. Mich. Grace. Völlig durchgeknallt, immer die unpassendsten Kommentare auf den Lippen und unfähig mein Leben in den Griff zu bekommen. Aber ... er liebt mich.

»Wir haben die anderen Kinder aus Versehen mit unserer Suppe vergiftet und später bist du diejenige gewesen, mit der ich meine erste Zigarette geraucht habe.«

All diese Bilder füllen meine Augen mit Tränen.

»Als meine Mum mir vor vier Jahren erzählt hat, dass ihr nach Ilford zieht, habe ich mich so sehr gefreut wie noch nie in meinem Leben. Endlich würden wir so nah aneinanderwohnen, dass wir uns nicht nur zu Familienessen oder geplanten Ausflügen sehen könnten.«

Adam greift nach meinen Händen. Unsere Finger verschränken sich miteinander. Seine zittern genauso wie meine.

»Aber dann warst du so beschäftigt damit, das perfekte Hobby oder den perfekten Beruf zu finden, dass dir gar nicht aufgefallen ist, wie ich mich in dich verliebt habe. Und Gott«, er stöhnt und sieht einmal kurz an die Zimmerdecke, »ich war schon damals so verdammt verliebt in dich.«

Zaghaft ziehen sich meine Lippen zu einem Lächeln.

»Nach einer Weile merkte ich, dass du dich immer mehr zurückgezogen hast, und ich war jung und dumm oder wer weiß, vielleicht auch besonders klug, denn ich habe dich gehen lassen.«

»Warum hast du nie etwas gesagt?«, flüstere ich. Ich hatte von alldem keine Ahnung. Ich habe es einfach übersehen.

»Weil es nichts geändert hätte.«

»Es hätte alles geändert.« Meine Stimme zittert leicht.

Adam löst seine Hände aus meinen, um mir die Tränen von den Wangen zu wischen.

»Es hätte dich verändert und das wollte ich nicht. Du solltest so sein, wie du es wolltest. Nicht so wie ich es gern gehabt hätte. Du denkst vielleicht, wir hätten uns aus den Augen verloren. Aber das stimmt nicht. Ich habe dich nie verloren. Ich habe dich immer geliebt. Seit dem Tag, als mir bewusst wurde, dass so was überhaupt möglich ist. Nie zuvor habe ich einer anderen Frau gesagt, dass ich sie liebe, denn mein Herz hat schon immer dir gehört, Grace. Ich wollte immer nur dich.«

»Du hast mich beobachtet?« Mein Blick fällt wie von selbst auf Adams Buch, das nach wie vor auf dem Bett liegt.

»Ich weiß, es sieht aus, als wäre ich ein kranker Stalker. Doch das bin ich nicht. Ich habe dabei zugesehen, wie du Mitchell deinen Eltern vorgestellt hast. Ich hab tatenlos dagesessen, während du einen Studiengang nach dem anderen abgebrochen hast, und ich habe dich gelassen, als du mit Luke ins Bett gegangen bist.« Ich hebe zu einer Erwiderung an, aber Adam hebt die Hand, um mich zu stoppen. »Ich habe dich so sehr geliebt, dass ich einfach nur gewollt habe, dass du glücklich bist. Ja, an manchen Tagen war die Sehnsucht in mir zu groß und ich musste dich einfach kurz sehen, so irre, wie das klingt.« Er hebt die Hände. Da meine darin liegen, heben sie sich mit. »Jeder Mann, der schon so verliebt war, dass es schmerzt, weiß, wovon ich rede. Doch es war ein Fehler. Und auch all die Bilder von dir zu malen, ohne dich um Erlaubnis zu bitten. Das hätte ich nicht tun sollen und dafür entschuldige ich mich. Ich werde es nicht wieder tun. Versprochen. Aber dafür dass ich dich liebe, werde ich mich nicht entschuldigen. Denn das tue ich. Von ganzem Herzen. Und wenn du mir heute sagst, dass du dich in mich verliebt hast, dann lässt das meinen größten Traum in Erfüllung gehen. Aber bitte, Grace.« Er führt meine Hände zu seinem Mund und küsst meine Knöchel. »Ich flehe dich an: Bitte tu das nicht, nur weil wir einen netten Tag hatten. Sag es nicht, weil ich gerade der Einzige bin, der da ist. Sag es nicht, weil du ein schlechtes Gewissen hast oder ich ein neues Experiment für deine Zukunft bin.« Er lässt unsere Arme sinken und nimmt mein Gesicht in seine großen Hände. »Sag all das nur, wenn du es wirklich ernst meinst.«

Tränen fließen über meine Wangen und fangen sich in seinen Fingern. Diesmal sind es Freudentränen.

»Das tue ich«, hauche ich und lege meine ganze Welt in seine Hände. »Das tue ich wirklich.«

Und dann küsse ich ihn. Stelle mich auf die Zehenspitzen, lege meine Lippen auf seine und schlinge meine Arme um seine Taille. Nie und nimmer habe ich mit diesem Geständnis gerechnet. Adam liebt mich. Schon immer.

Nach einem federleichten Kuss lösen wir uns voneinander und ich sehe in seine Augen. Sie glänzen feucht.

»Gut«, flüstert er und lässt seine Hände an meinem Hals bis über meine Schultern wandern. »Denn ehrlich gesagt war das hier das Letzte, was ich auf dieser Reise vorhatte.« Er sieht mich an und das Unbekannte huscht über sein Gesicht.

»Warum?«, frage ich, ohne sicher zu sein, ob ich die Antwort hören will.

»Das ist jetzt egal, denn ich kann nicht anders. Wenn es um dich geht, kann ich einfach nicht anders.« Er seufzt und stöhnt und gibt ein animalisches Knurren von sich.

»Grace«, holt er aus und meine Knie fühlen sich an wie Pudding. »Darf ich dich jetzt endlich küssen? Denn darauf warte ich schon seit Jahren.«

»Hast du das nicht gerade getan?«, frage ich und schließe noch die letzte Lücke zwischen uns. Ich muss meinen Kopf in den Nacken legen, um ihn anzusehen.

»Nein«, lacht Adam, »du hast mich geküsst. Heute schon zum zweiten Mal. Das ist ein bedeutender Unterschied. Ich habe dir versprochen dich nicht mehr ohne Erlaubnis zu zeichnen, vom Küssen mal ganz zu schweigen. Und glaub mir, ich habe daran gedacht. Oft.« Er schnaubt. »Sehr oft.«

Sein Lächeln ist so wunderschön. Aber nicht weil Adam ein hübscher Mann ist. Das ist es nicht, was ihn in diesem Moment perfekt macht. Seine Worte machen das. Die Gefühle, die er vor mir offengelegt hat.

»Ja. Ich erteile dir die offizielle Starterlaubnis«, hauche ich dicht vor seinen Lippen. Ich lege meine Hände um seinen Hals und spiele mit den Haaren in seinem Nacken. Ich möchte jeden Quadratzentimeter von ihm berühren.

Und dann küsst Adam Stevens mich zum ersten Mal in meinem Leben. Ein Kuss, wie ich ihn nie zuvor bekommen habe. All seine Gefühle, die er die ganzen Jahre für sich behalten hat, teilt er mit mir, als seine Zunge meine Lippen berührt und es keine Grenze mehr zwischen seinem und meinem Mund gibt. Wir verschmelzen miteinander und ich habe das Gefühl, den

Boden unter den Füßen zu verlieren. Als könnte er meine Gedanken lesen, schlingt Adam einen Arm um meine Taille und zieht mich fest an sich. Er hält mich, während ich den Kopf in den Nacken lege und mich ihm entgegenrecke. Selbst durch seinen Hoodie spüre ich die Hitze seines Körpers und kralle mich in den Stoff in seinem Rücken.

Unsere Zungen streicheln einander so lange, bis wir beide um Luft ringen. Adam löst sich ein Stück von mir und seine Augen strahlen blauer denn je.

»Okay«, flüstere ich an seinen Lippen. Seine Luft einzuatmen ist, als würde ich mich in einer neuen Stratosphäre befinden. »Ich denke, ich erkenne jetzt den Unterschied.« Ich stelle mich erneut auf die Zehenspitzen und hauche einen sanften Kuss auf seinen Mundwinkel. Noch einen auf seine Wange, unter sein Ohr und noch einen auf den Hals.

»Darf ich es noch mal probieren?«, murmele ich gegen seine Haut. Sie riecht so unfassbar gut. Nach Zuhause. Ja, bei Adam bin ich zu Hause.

»So oft du willst«, scherzt er, »ich stehe zu deiner freien Verfügung.«

Damit packe ich ihn am Kragen und ziehe ihn zu mir herunter, um ihm zu zeigen, was ich empfinde. Und das wird in jeder Minute, in der wir zusammen sind, stärker. Okay und weil ich es unmöglich auf mir sitzen lassen kann, dass er die besseren Küsse verteilt.

# Kapitel 19

»Willst du, dass ich was zu essen besorge?«, flüstert Adam. Seit Stunden liegen wir in unserem unfassbar weichen Hotelbett und knutschen, als hinge unser Leben davon ab.

»Nein«, hauche ich gegen seinen Hals, den ich in diesem Moment mit Küssen bedecke.

»Bist du dir sicher? Dein Magen knurrt lauter als eine Horde hungriger Wölfe.« Adam wirft mich herum, sodass er über mir ist. Seine Hand liegt auf meinem Bauch, als könnte er ertasten, ob ich hungrig bin.

»Woher weißt du, wie laut eine Horde Wölfe ist?«, murmele ich an seinen Lippen und necke ihn mit meiner Zunge. Mittlerweile hat er seinen Hoodie ausgezogen und ich sein T-Shirt. Im Zimmer ist es angenehm warm. Wir haben die Welt ausgesperrt. Genießen die Minuten, in denen alles glasklar ist und es keine Geheimnisse mehr gibt. Sicher und geborgen liege ich in Adams Armen. Dieses Gefühl, wenn zum ersten Mal Haut auf Haut trifft ... Mit Adam ist es, als flöge ich. Als wären unsere Körper schwerelos.

Ich spüre sein Lächeln an meinem Mund und unsere Zähne klappern aneinander, nachdem auch ich meine Mundwinkel hebe.

»Was willst du dann?«

Eine eher rhetorische Frage, denke ich, aber ich kann verstehen, warum er meine Worte hören muss. Ich habe viel Mist gebaut und noch vor ein paar Tagen im Bett eines anderen gelegen, während er bereits Gefühle für mich gehabt hat. Dass er an mir zweifelt, ist mehr als verständlich.

»Ich will bei dir sein, Adam«, verleihe ich meinen Wünschen Ausdruck. »Ich will, dass es keine Grenze mehr zwischen uns gibt.« Auf einen Ellbogen gestützt sieht er mich an. Ich streichle seine Wange. Ich wünsche mir, dass er spürt, wie tief meine Empfindungen für ihn sind. »Ich will, dass du mich so liebst, wie du es dir vorgestellt hast.« Ich umfasse sein Gesicht mit beiden

Händen, recke mich ihm entgegen, um ihm einen flüchtigen Kuss zu geben. Unsere Lippen sind geschwollen und ganz rot vom vielen Küssen. »Und vor allem möchte ich jetzt gerade, dass du mit mir schläfst.«

Er rührt sich nach wie vor nicht. An seinem Hals beobachte ich, wie er schlucken muss.

»Sag mir, dass das hier kein Traum ist«, flüstert er und gibt mir einen winzigen Kuss auf die Nasenspitze. Einen auf die Wange, meinen Hals, die Stirn, bis er schließlich wieder bei meinem Mund angelangt und seine Zunge mit meiner tanzen lässt. Adam ist ein wirklich guter Küsser.

»Ist es nicht«, wimmere ich, denn das Verlangen ist so stark, dass ich es beinahe nicht ertragen kann. Adam bemerkt meinen Blick und kommentiert ihn mit einem Schmunzeln.

Der weiche Teppichboden verschluckt seine Schritte, als er ohne ein Wort das Bett verlässt. Er geht hinüber zu seiner Jeans, die auf dem Sessel liegt, und fischt ein Kondom aus seinem Geldbeutel. Nur in meinem pinken Bikini liege ich da und beobachte, wie er die Jeans zu seinem Pullover wirft und anschließend in Badeshorts am Fußende des Bettes innehält, um mich anzusehen. Er betrachtet mich, als wäre ich die erste und einzige Frau auf diesem Planeten. Bei jedem anderen Kerl wäre es mir höchstwahrscheinlich peinlich, aber nicht bei Adam. Sein Blick macht mich stolz.

»Letzte Chance.« Er tritt noch einen Schritt näher und massiert einen meiner Füße zwischen seinen Fingern. »Wenn wir diesen Schritt gehen, dann gibt es kein Zurück, Grace. Ich bin nicht sicher, ob wir das tun sollten.«

»Ich möchte nicht zurück«, sage ich und verdränge, dass er zögert. Ich kann doch selbst nicht fassen, dass ich im Begriff bin, mit Adam zu schlafen. Aber ich will es. Unbedingt. Es ist nicht einfach so, dass ich mit ihm schlafen will. Nein, ich brauche diese Verbindung.

Zum Beweis fasse ich mir in den Nacken und löse den Knoten meines Bikinioberteils. Dabei lasse ich Adam nicht aus den Augen. Er wirft das Kondompäckchen neben mich aufs Bett und packt mich an den Fußgelenken. Mit einem Ruck zieht er mich ein Stück zu sich heran und ich kreische kurz auf, ehe ich kichern muss. Mit einer Mischung aus Lachen und animalischem

Knurren legt er sich auf mich und küsst mich. Seine Hände streicheln über meinen Körper und setzen zusammen, was bis heute irgendwie verloren schien.

»Ich liebe dich«, flüstert er voller Ehrfurcht in mein Ohr. Und dann tut er es. Er liebt mich. So wie ein Mann seine Frau lieben sollte. Es ist perfekt. Alles zwischen uns ist perfekt. Zum ersten Mal seit Jahren habe ich nicht das Bedürfnis, nach irgendwas oder irgendwem zu streben. Ich bin komplett. Ich bin angekommen. Ich bin da, wo ich sein sollte. Adam hat mich zu mir selbst geführt und dabei habe ich ihn gefunden.

***

»Wir sollten unbedingt noch mal auf das Thema Erfahrungen zurückkommen.« Ich liege in Adams Arm und esse Chips aus der Minibar. Da wir beide seit dem Frühstück nichts gegessen haben, knurren unsere Mägen mittlerweile wirklich wie eine Horde Wölfe. Außer zwei Schokoriegel und einem Bier war das alles, was das Zimmer zu bieten hatte. Und die Alternative, diesen Raum zu verlassen, stand nie zur Debatte.

»Das hat dich beschäftigt, hm?«, brummt Adam. Ich habe Not, ihn zu verstehen, weil ich ihm unmittelbar nach meiner Frage ein Paar Chips in seinen Mund geschoben habe. Draußen ist es schon lange dunkel und eine leichte Brise weht zum Fenster herein. Die Lichter der anderen Häuser malen helle Punkte an den Horizont und bringen die Stadt selbst in der Nacht zum Funkeln.

»Lass uns doch mal über den Daumen schätzen, ab wie vielen Frauen ein Mann deiner Meinung nach als erfahren gilt. Rein hypothetisch, versteht sich.«

»Ja, klar. Rein hypothetisch.« Er hebt den Kopf und küsst meinen Unterarm, der auf seinem Oberkörper aufgestützt ist. »Es kommt vielleicht nicht unbedingt auf den wechselnden Partner an, denn nach dieser Theorie dürfte ein Ehepaar, das nie zuvor mit einem anderen Sex hatte, aber vierzig Jahre verheiratet ist, unerfahren sein.«

»Stimmt«, gebe ich ihm recht und lege meinen Kopf auf seinen Arm. »Hab ich schon erwähnt, dass es unfair ist, dass du neben deiner Schönheit auch noch klug bist?«

Adam lacht nur. Er wirkt so entspannt. So glücklich. Dass ich das zu verschulden habe, macht wiederum mich furchtbar glücklich. Ich kann nicht glauben, dass er Gefühle für mich hat. Und hatte. Ist er deswegen mit nach Rotterdam gekommen? Weil er in mich verliebt ist?

»Aber du hast mich vom Thema abgelenkt. Also ... von wie vielen Malen sprechen wir hier, bis man Sexualtherapeut spielen darf?«

»Du bist eifersüchtig«, stellt Adam fest und zieht mich an meiner Hüfte auf seinen Schoss.

»Nein.« Ich verschränke die Arme vor der Brust und versuche mit ernstem Gesicht woandershin zu sehen. »Okay«, knicke ich schneller ein als geplant, »vielleicht ein kleines bisschen.«

Adam setzt sich aufrecht hin und legt seine Hände an meine Wangen. »Das gefällt mir.«

»Um ehrlich zu sein ...« Ich zögere. Ich weiß, ich habe kein Recht dazu, aber ich habe versprochen nie wieder zu lügen. »Schon die ganze Woche macht mich der Gedanke krank, dass du bei dieser Amerika-Barbie übernachtet hast.«

Ich nehme seine Hände von meinem Gesicht und verflechte sie mit meinen.

»Bei wem?«, lacht Adam.

»Jetzt tu nicht so«, schmolle ich ein bisschen, »du weißt genau, wen ich meine.« Er strahlt mich immer noch an wie ein unschuldiges Kind. Ich entziehe ihm meine Hände, nur um vor meinem Körper ihren riesigen Busen zu formen. »›O Adam, du bist ja so talentiert‹«, äffe ich ihre Stimme nach, »›du musst unbedingt mal nach Denver kommen, damit wir Barbie und Ken spielen können.‹« Ich muss mich räuspern, weil es im Hals kratzt, ihre Mäusestimme nachzumachen.

Adam wirft den Kopf in den Nacken und lacht. Laut und herzhaft. »Du meinst Kelly«, stellt er unnötigerweise fest.

»Ja, genau«, sage ich wieder mit normaler Stimme und lege meine Arme um seinen Hals.

»Also, zuerst einmal bist du niedlich, wenn du eifersüchtig bist. Und außerdem, wann genau soll ich bei ihr übernachtet haben?« Er zieht mich an der Taille noch enger an sich, sodass unsere Körper zu einem verschmelzen. Sein Lachen verklingt langsam und er sieht mich ernst an, aber in seinen Augen liegt noch immer Belustigung.

»Na, am Abend von der Hostelparty.«

»Ich habe nie bei Kelly übernachtet und es in nächster Zukunft auch nicht vor.« Adam umklammert meinen gesamten Körper und drückt mir einen Kuss auf den Mund. »Zufrieden?«

»Nicht wirklich«, brumme ich, weil seine Lippen noch auf meinen liegen. Noch immer habe ich keinen Schimmer, wo er übernachtet hat. Und wahrscheinlich bin ich die Letzte, die deswegen Fragen stellen dürfte. Ich komme eh zu keinem weiteren Einwand, weil er mich herumwirft und sich auf mich stürzt.

»Ich bin nicht derjenige, der vor deinen Augen mit einer anderen was hatte«, protestiert er. »Und ich bin auch nicht derjenige, der von Sexgeschichten aus dem Wagen seines Vaters erzählt.«

Ich will mir die Hände vors Gesicht schlagen, aber er hindert mich daran, indem er meine Handgelenke über meinem Kopf fixiert. Hätte ich nur die geringste Ahnung gehabt, was Adam empfindet, hätte das alles verändert.

»Wer war es?«, fragt er und streicht dabei mit der Zunge über meinen Hals.

»Hm?« Ich kann mich nicht konzentrieren, da mein Körper viel zu sehr damit beschäftigt ist, seine zarten Berührungen zu verarbeiten.

»Der Kerl aus Sams Rover. Wer war es?«

»Das willst du nicht wissen«, lache ich, weil sein Atem in meiner Achselhöhle kitzelt. Ich versuche meine Arme zu befreien, aber ich habe keinerlei Chance.

»Sag es, Gracy!« Zur Strafe lässt er seinen Zeigefinger hauchzart unter meinem Arm entlangfahren und ich sterbe fast, so sehr kitzelt er mich.

»Okay, okay. Mitchell Sanderson. Es war Mitchell«, kreische ich lachend und Adam gibt mich frei. Er geht auf die Knie und zieht eine seltsame Grimasse.

»Der Kerl vom Halloweenabend? Dein Ernst?«

Ich verstehe seine Abneigung. Ich wünschte selbst, ich könnte es rückgängig machen. Mitchell war … Na ja, sagen wir mal so, ich glaube nicht, dass es viele Frauen gibt, die das erleben wollen, was er im Rover meines Dads mit mir angestellt hat.

»Glaub mir, ich bin nicht gerade stolz darauf.«

»Okay«, sagt Adam, »lass uns das Thema wechseln. Wenn ich an dich zusammen mit diesem Freak denke, wird mir schlecht.«

»Vielleicht können wir ihm Kellys Nummer geben«, scherze ich und ziehe ihn zurück in die Horizontale.

»Du vergisst, dass ich keinen Sex mit ihr hatte.«

Wir kuscheln uns eng umschlungen unter die dünne Decke und ich denke über Adams Worte nach.

»Ich habe keine Ahnung, wie du das geschafft hast.« Aller Spaß ist aus meiner Stimme gewichen.

»Was?« Seine Finger spielen mit meinen Haaren und ich streiche über die zarten Härchen auf seiner Brust.

»Dabei zuzusehen, wie ich all diese Dinge getan habe.«

Ich spüre unter meinem Kopf, wie er mit den Schultern zuckt.

»Ich hatte ja keine Wahl.«

»Mich hat allein der Gedanke wahnsinnig gemacht, du hättest bei dieser Kuh übernachtet, und dabei wusste ich da noch gar nicht wirklich ...«

Ich spreche nicht weiter. Für ihn müssen die letzten Jahre die Hölle gewesen sein. Und ich habe seine Qualen nicht einmal bemerkt. Das ist grausam.

»Schon okay.« Adam küsst meinen Scheitel.

»Nein«, protestiere ich und hebe den Kopf, um ihn anzusehen. Dabei lege ich mein Kinn auf seine Brust. »Das war nicht okay. Und das tut mir unglaublich leid. Nicht nur weil ich gerade auf Wolke sieben schwebe und den besten Sex meines Lebens gehabt habe. Sondern vor allem, weil ich dir ein schlechter Freund gewesen bin. Und das ist scheiße.«

Meine Wange schmiegt sich an seinen Hals und ich drücke ihn so fest ich kann. »Es tut mir leid«, wiederhole ich.

»Du könntest es wiedergutmachen, indem du die Sache mit dem besten Sex deines Lebens noch mal erläuterst.«

Ich kichere gegen seine Halsbeuge und zwicke ihm in den Bauch. Doch ich habe das ernst gemeint. Ja, uns ist klar, dass wir beide schon Sex hatten. Aber ich für meinen Teil würde mich nicht als absolut erfahren bezeichnen. Und egal wie oft oder mit wem ich geschlafen habe. Nie hat sich der Sex so angefühlt wie mit Adam. Nie zuvor habe ich mich einfach fallen gelassen. Konnte einfach ich sein. Mit den anderen Männern bin ich immer total angespannt gewesen und habe versucht alles richtig zu machen. Bei Adam gibt es das nicht. Wir sind einfach wir. Grace und Adam.

»Irgendwie komisch, oder?« Mit dem Finger male ich die Konturen in seinem Gesicht nach. »Wir kennen uns schon so lange. Aber das hier ist noch mal so ... anders.«

»Das nennt man Intimität«, murmelt er. Seine Augen sind geschlossen, sein Atem ruhig.

»Ich habe mir nie Gedanken über dieses Wort gemacht, aber ich glaube, du hast recht.«

»Hm«, murmelt er nur. Zu sehen, wie sehr er meine Berührungen genießt, lässt mein Herz anschwellen. Obwohl er die Augen geschlossen hält, sieht er glücklich aus.

»Man kann sich sein Leben lang kennen. Aber zu zweit nackt in einem Bett zu sein ist noch mal eine ganz neue Art des Kennens.« Ich beuge mich vor und gebe ihm einen Kuss auf die Wange. »Das finde ich schön.«

Seine Mundwinkel heben sich leicht. »Ich auch«, murmelt er, »davon habe ich so oft geträumt, das glaubst du gar nicht.«

»Außerdem kenne ich jetzt dein Komm-Gesicht.«

»Was?« Adam öffnet die Augen und starrt mich an.

»Dein Komm-Gesicht. Und es ist wirklich schön. Manche Männer ziehen echt ätzende Fratzen, wenn sie kommen, und das kann wirklich die gesamte Stimmung zerstören. Dein Komm-Gesicht ist hübsch. Etwas angespannt, aber hübsch.«

»Hat dir schon mal jemand gesagt, dass du sie nicht mehr alle hast, Grace?« Er vergräbt seine Hände in meinen Haaren und zieht mich zu sich.

»Mehrere«, gebe ich gerade noch zu, bevor er meine Worte mit einem Kuss erstickt.

»Und das liebe ich an dir«, schließt er, nachdem er sich von mir gelöst hat. »Du bist etwas Besonderes. Das wusste ich schon immer.«

»Weil ich bekloppt bin?«

»Unter anderem«, lacht er und streicht mir meine Haare aus dem Gesicht.

»Bist du müde?«

»Wow. Abrupter Themenwechsel«, lacht Adam. »Warum? Was hast du vor?« Er sieht auf die leeren Kondompackungen, die neben dem Bett liegen. Die einzigen beiden, die er dabeihatte. »Kein Sex mehr für Gradam.«

»Gradam«, wiederhole ich und muss lachen, »das gefällt mir.«

Die Leichtigkeit, die Adam ausstrahlt, seit wir uns unsere Liebe gestanden haben, steht ihm so gut. Es lässt ihn aufblühen. Zusammen mit unserer Hoffnungspflanze.

»Also, eigentlich wollte ich dich um etwas bitten«, sage ich und verlasse das Bett, so wie ich bin. Vor Adam nackt zu sein fühlt sich überhaupt nicht komisch an. Als wäre es nie anders zwischen uns gewesen. Ich kann gar nicht beschreiben, mit welcher Vertrautheit ich ihm begegne. Obwohl all das hier noch Neuland für uns ist.

Ich gehe hinüber zum Glastisch, der durch das bodentiefe Fenster vom Mond beschienen wird. Nur das Bett ist mit einem indirekten Licht beleuchtet. Der Rest des Zimmers liegt im Dunkeln.

»Würdest du?«, frage ich und halte ihm sein schwarzes Notizbuch hin. Ich weiß, wie viel die Zeichnungen ihm bedeuten, und ich möchte, dass er diesen Moment festhält. Diese Nacht. Das Glück in meinem Gesicht. Und die Liebe in diesem Zimmer. Wenn einer diese Empfindungen einfangen kann, dann Adam.

Dieser richtet sich auf und lehnt sich an das hohe Kopfende.

»Nichts auf dieser Welt würde ich gerade lieber tun«, sagt er und klopft neben sich auf die Matratze.

# Kapitel 20

»Irgendwie wünschte ich, wir könnten im Kreis laufen und wieder zurück ins Hotelzimmer gehen.«

Der leichte Wind sorgt dafür, dass die Sonne auf unserer Haut nicht brennt. Ein paar Möwen kreischen im Hintergrund und wenn man die Umstände ausblendet, könnten wir uns gerade in einem Liebesroman meiner Mum befinden.

»Ich trage seit drei Tagen die gleiche Unterwäsche, Adam.« Er setzt zu einer Erwiderung an, aber ich bin schneller. »Und du übrigens auch. Wir brauchen unsere Sachen. Ich muss mit Marissa reden ... und ich vermisse meine Schuhe.«

»Du hast ja recht. Also, zumindest was die Unterwäsche angeht. Dass mit den Schuhen lasse ich besser unkommentiert.«

Er legt einen Arm um mich und gibt mir einen Kuss auf die Haare. Da es heute so heiß ist, habe ich sie in zwei französische Zöpfe geflochten. Mein Glück, dass ich grundsätzlich ein bis drei Haarbänder am Arm trage.

»Es hat doch auch was Gutes.« Vor seiner Nase wedele ich mit der kleinen Apothekentüte. »Neuer Sex für Gradam«, schnurre ich und wir müssen beide lachen. Doch Adam wird schnell wieder ernst und sein Gesicht sieht aus, als hätte er auf eine Zitrone gebissen.

»Glaub mir, ich bin auch nicht scharf auf die Manchester-Fraktion.« Ich weiß, wie viel Sorgen er sich wegen der Begegnung mit Luke macht.

»Das will ich doch schwer hoffen«, erwidert Adam und ich brauche einen Moment, bis die Zweideutigkeit meiner Worte auch bei mir angekommen ist.

»Du weißt, was ich meine«, kichere ich.

»Ja.« Sein Lachen klingt mittlerweile so vertraut in meinen Ohren.

Heute Morgen hat der Zimmerservice mit reichlich Verspätung endlich meine Klamotten gebracht. Vorteil daran, wir konnten gemeinsam das Frühstücksbuffet auskosten. Wir haben gegessen, bis uns schlecht war. Nachteil, wir haben keine Ausrede mehr, uns noch länger in unserem Zimmer zu verkriechen. Und ich muss dringend die Nachrichten von meinen Eltern beantworten. Sehr dringend. Ich kann über die Landesgrenze hinaus spüren, wie sauer sie sind. Dafür brauche ich mein Ladekabel. Der Akku meines Handys hat schon gestern Abend den Geist aufgegeben.

Auch wenn wir noch nicht genau überlegt haben, wie wir es mit der Heimreise machen wollen – dass wir im Hotel bleiben, war für uns beide klar. Wir haben uns gerade erst gefunden, da werden wir das Zimmer nicht mit sechs anderen teilen. Mal ganz abgesehen davon, dass ich nie wieder mit Luke in einem Raum sein möchte. Doch unsere Sachen zu holen und uns von den anderen zu verabschieden war nicht länger aufzuschieben. Immerhin haben wir dort auch Freunde gefunden.

»Hoffentlich sind sie nicht da.«

»Hoffentlich ist er nicht da«, korrigiert Adam, »Davis ist in Ordnung.«

»Er ist Lukes Freund.« Ich sehe zu ihm hoch und schneide eine Grimasse. »Er ist nicht besser als er.«

»Er ist es gewesen, der mich in der Nacht angerufen hat, ich glaub, das habe ich dir gar nicht erzählt, oder?«

»Was?« Beinahe wäre eine Fahrradfahrerin in mich reingefahren, weil ich so plötzlich stehen bleibe und die Hände in die Hüften stemme. »Davis hat dich angerufen?« Wir haben nicht darüber geredet, wie genau Adam mich in jener Nacht gefunden hat, und ich habe mir ehrlich gesagt gar keine Gedanken darüber gemacht. In meinem Kopf ist Marissa diejenige gewesen, die ihn um Hilfe gebeten hat.

»Jep.« Adam greift nach meiner Hand und zieht mich weiter die Waalpromenade entlang. Nur noch wenige Gehminuten, dann sind wir in der Nähe des Hostels. »Er ist echt in Ordnung. Er kannte Luke vor dem Trip gar nicht so richtig. Und wie es scheint, ist er nicht gerade einverstanden mit seiner ... Art.«

»Die Art, Mädchen mit Drogen gefügig zu machen?«

»Unter anderem«, knurrt er, erläutert aber nichts Genaues.

»Wusstest du, dass er Sänger ist? Ich war ziemlich überrascht.«

»Cool, oder?«

Auf dem restlichen Weg erzählt Adam mir von dem Tag, an dem die Hostelparty stattgefunden hat. Davis und er waren am Nachmittag in einem Künstlercafé in der Nähe der Innenstadt. Sie haben sich lange unterhalten und einige Leute kennengelernt. Unter anderem die Jungs, mit denen Davis abends dann seinen spontanen Gig hatte.

»Das klang überhaupt nicht improvisiert.« Ich bin erstaunt, dass man, ohne lang miteinander zu üben, so gute Musik machen kann.

»Fand ich auch«, gibt Adam mir recht und zieht dabei die Eingangstür zum Hostel auf. Wir sind da.

»Komisch wieder hier zu sein«, flüstere ich und greife nach Adams Hand. Er drückt sie ein bisschen und schenkt mir eins dieser Lächeln, bei denen man fest daran glaubt, dass alles gut wird. Mein Dad hat das auch drauf.

Wir schlängeln uns die Treppe hinauf und als wir die Klinke der 003 runterdrücken, fangen meine Hände an zu schwitzen.

»O mein Gott, o mein Gott, o mein Gott«, kreischt Marissa und wirft sich auf uns, sobald wir das Zimmer betreten haben.

»Okay«, krächze ich, »ich muss noch atmen.« Ihre Arme drücken mir sämtliche Luftzufuhr ab.

»Oh ... was hab ich euch vermisst. Und mir Sorgen gemacht. Geht's euch gut?« Ihr Blick fällt auf unsere nach wie vor ineinander verschlungenen Hände und sie lacht. »Es geht euch gut. Sieh dir das an, Rachel.« Wir blicken alle zu ihrem Bett, über dessen Kante Rachel ihre langen Beine baumeln lässt. Außer den beiden ist keiner da. Gott sei Dank. »Grace hat was mit ihrem Cousin.«

»Also ehrlich, Grace. Ich bin entsetzt.« Rachel hüpft vom Bett und legt sich eine Hand auf die Brust. »Wie kannst du nur«, witzelt sie und die beiden Frauen lachen.

»Haha«, mache ich und stemme die Hände in die Hüften.

»Cousin, he?«, fragt Adam, löst sich von mir und macht sich an seinem Schrank zu schaffen. Ich weiß, dass er so schnell wie möglich wieder von hier verschwinden will. Mir geht es genauso.

»Adam …« Marissa wird plötzlich ernst und tritt neben ihn. Dabei legt sie ihre kleine gebräunte Hand auf seinen Rücken. »Das mit dem Club tut mir wirklich leid. Ich hätte nie zugelassen, dass …« Sie spricht nicht weiter, aber man kann ihr ansehen, wie sehr sie unter ihrem Gewissen leidet.

»Es gibt keinen Grund, dich bei mir zu entschuldigen, Marissa.« Ich glaube, er spricht heute zum ersten Mal direkt mit ihr. Doch mir fällt auf, dass er sie nicht ansieht. »Grace ist erwachsen. Sie ist selbst für sich verantwortlich.«

Alle Blicke richten sich auf mich und mir bleibt nur mit den Achseln zu zucken. »Er hat ja recht«, gebe ich zu. »Und«, ich gehe zu Adam und lege meinen Kopf auf seine Schulter, »es ist ja noch mal gut gegangen.«

Er legt seinen Arm um mich. Jedes Mal, wenn er mich berührt, denke ich mir: Ich bin mit Adams Stevens zusammen. Wow. Grace Handerson schläft mit Adam Stevens. Das ist … noch so unreal.

»Ohhh … ich wusste es. Ich wusste es, ich wusste es, ich wusste es.« Marissa klatscht ein paar Mal in die Hände und tänzelt auf der Stelle. Dabei flattert ihr rosafarbener Rock hoch und runter. Mein Grinsen erfriert jedoch, als die Tür sich öffnet und Davis mit Luke im Schlepptau hereinkommt. Perfektes Timing.

»Jo, Mann!« Davis' Gesicht hellt sich auf und er hält Adam eine Hand hin. Ohne zu zögern, schlägt dieser ein und die beiden begrüßen sich freundschaftlich. Dabei wandert Davis' Blick immer wieder zu Marissa, die wiederum auf ihre rot geringelten Socken starrt.

Als Davis beiseitetritt, steht nichts mehr zwischen Luke und uns. Mein Herz schlägt ungesund schnell und ich spüre, dass Adam sich neben mir genauso verkrampft wie ich.

Lukes Reaktion kommt etwas verzögert. Erst scheint er sich zu freuen mich zu sehen, doch dann erst bemerkt er Adams und meine Pose und etwas in seinem Gesicht verändert sich. Wie eine Raubkatze schleicht er um uns herum und lehnt sich mit verschränkten Armen gegen seinen eigenen Schrank.

»Na sieh mal einer an.« Der Klang seiner Stimme jagt mir einen Schauer über den Rücken. Ich kralle mich in den Stoff von Adams T-Shirt. »Habe ich was verpasst? Gibt's heut irgendwo ne Black-and-White-Party, zu der ich nicht eingeladen wurde?«

Adam macht mit geballter Faust einen Schritt nach vorne, aber ich halte ihn mit einer Hand auf seiner Brust zurück.

»Nicht doch«, versuche ich ihn zu beruhigen. Unter meiner Hand spüre ich, wie sein Herz pocht. Ich verstehe seinen Zorn, doch Hass mit Hass zu vergelten bringt nichts. »Dafür sind wir nicht hier.«

»Luke«, warnt Davis, doch er ignoriert ihn.

»Nicht?«, fragt dieser, der offensichtlich geradewegs um Schläge bettelt. »Wofür dann? Hast du noch nicht alle Betten durch, Prinzessin?«

Okay, er hat es nicht anders gewollt. Ich löse meine Hand von Adam. Sein Startschuss. Mit einem Satz geht er einen Schritt auf Luke zu und donnert ihm ohne Vorwarnung seine Faust ins Gesicht. Alles geht so schnell, dass dieser erst mal zurücktaumelt. Marissa und Rachel schnappen hörbar nach Luft. Davis nickt Adam zu, als wollte er sagen: »Endlich.« Doch schon kurze Zeit später berappelt Luke sich wieder und will auf Adam losgehen. Davis ist derjenige, der ihn an beiden Armen zurückhält und Richtung Tür zerrt.

»Ganz ruhig, mein Großer«, knurrt er. »Das lässt du mal schön bleiben. Verdient ist verdient.«

Luke zappelt und strampelt in seinen Armen wie ein trotziges Kind.

»Fick dich, Davis«, schreit er und als der ihn loslässt, stürmt er durch die Tür.

»Und du«, brüllt er abschließend zu mir, als er schon fast im Flur steht, »du kannst den Bimbo gerne haben. Du warst es eh nicht wert.«

Die Tür knallt so laut, dass die hässlichen Bilder an der Wand wackeln. Und dann ist es still. Aber nicht lange. Immerhin befinden sich Marissa und ich in diesem Raum.

»Oh, dieser widerliche Penner«, zischt Marissa und läuft in dem kleinen Raum auf und ab. »Du hättest ihm besser noch eine verpasst.« Sie verteilt Fausthiebe in der Luft. »Bestenfalls so, dass er nicht mehr reden kann. Der Kerl gehört hinter Gitter.«

»Ich kann nicht fassen, was er gesagt hat.« Auch mein Adrenalinpegel schießt ins Unermessliche. »Ich sollte ihn anzeigen. Wegen Drogen und Rassismus und überhaupt …«

Ich kann mich nicht erinnern je so zornig gewesen zu sein. Nicht mal weil er meinen Stolz verletzt hat. Rein theoretisch gesehen hätte Luke Grund, sauer auf mich zu sein. Ich habe ihm falsche Hoffnungen gemacht und tauche jetzt mit Adam an der Hand hier auf. Ohne ein einziges Wort. Doch er hat kein Recht, so mit uns umzuspringen. Das ist niveau- und respektlos.

»Sorry«, murmelt Davis und er und Adam wechseln ein paar Worte, während ich mich mit Marissa weiter aufrege.

»Hast du alles?«, fragt Adam irgendwann. Sein riesiger Rucksack steht gepackt zu seinen Füßen. Ich habe nicht mal angefangen einzupacken, geschweige denn bemerkt, dass er es getan hat.

»Ich bin so unglaublich wütend«, motze ich und ziehe meinen Rucksack unter dem Bett hervor.

»Grace.« Allein wie er meinen Namen ausspricht, beruhigt meine Nerven. »Lass gut sein jetzt. Du kannst es nicht ändern. Wir sehen ihn nie wieder. Ende der Geschichte.«

Adam schlendert zu mir herüber und setzt sich neben mich. Davis lehnt mit der Schulter gegen einen der Schränke, während die Mädels auf ihrem eigenen Bett sitzen. Durch den Stoff meiner Jeans spüre ich die Wärme seiner Hand auf meinem Knie.

»Du hast ja recht«, seufze ich, »aber …«

»Nichts aber«, unterbricht er mich. »Und jetzt pack deine Sachen. Wird Zeit, dass wir hier verschwinden.«

»Okay.«

»Ihr bleibt also nicht? Kommt doch wenigstens heute Abend. Roy gibt eine kleine Party. Alle wollen hin. Diana und Jan wollen sich bestimmt auch gerne von euch verabschieden. Es ist doch unser letzter Abend.« Marissa sieht traurig aus. Rachel legt ihr eine Hand auf die Schulter, doch sie beachtet sie gar nicht. »Davis wird wieder singen«, spricht sie weiter und ihr Blick zuckt rüber zu ihm. Dieser weicht ihr aus und scharrt mit den Füßen auf dem alten Holzboden.

»Sei mir nicht böse.« Ich gehe auf meine neue Freundin zu und ergreife ihre Hände. »Aber mein Bedarf an Rotterdamer Partys ist echt gedeckt.« Wir schenken uns ein bedrücktes Lächeln. »Aber wenn wir wieder zu Hause sind, telefonieren wir und dann kommst du mich besuchen.« Ich formuliere das absichtlich in der Einzahl, denn ich werde das dumme Gefühl nicht los, dass zwischen Rachel und Marissa der Haussegen kurz vorm Kippen ist. Sie haben sich nicht einmal angesehen, seit wir das Zimmer betreten haben.

»Versprochen?«, fragt sie und drückt meine Hände. Ihr Gesichtsausdruck bestätigt meinen Verdacht. Sie sieht so traurig aus. Traurig und erschöpft. Ihre Wangen sind blass und die Ringe unter den Augen waren bislang nie so deutlich zu sehen.

»Versprochen«, sage ich und nehme sie in den Arm.

»Wie lange seid ihr noch da?«, höre ich Adam im Hintergrund Davis fragen. Marissa spitzt ihre Ohren, genauso wie ich.

»Spätestens nach der Aktion von gerade hoffe ich, nicht mehr allzu lange. Geplant war Mittwoch, aber wegen mir können wir schon nach heute Abend fahren.« Ich sehe, wie Marissa zu ihm rüberschielt. »Der geht mir langsam ganz schön auf den Sack«, mault er.

»Das glaub ich dir«, erwidert Adam und ich löse mich von Marissa.

»Also dann«, beginne ich mit dem Abschied und nehme Rachel kurz in die Arme. Wir sind bis zum Schluss nicht sonderlich warm miteinander geworden. Aber ich mag sie dennoch.

»Mach's gut«, murmelt sie und ich ahne, dass ich sie genau wie Luke nie wiedersehen werde. Nach ihr mache ich einen Schritt auf Davis zu. Er trägt eine schwarze Shorts und ein schwarzes T-Shirt. Zusammen mit dem tätowierten Arm eine düstere Kombination, aber sein Gesicht ist viel zu freundlich, als dass man sich vor ihm fürchten könnte.

»Also dann«, sage ich und halte ihm meine Hand hin. Es wäre komisch, ihn zu umarmen. Wir kennen uns so gut wie gar nicht.

»Hör mal, Grace. Du sollst wissen, dass ich nicht einverstanden bin mit dem, was Luke da abgezogen hat.« Er ergreift meine Hand. »Mir ist klar, dass du mich nicht kennst. Aber ich wusste nichts von den Drogen, die er dir verpasst hat. Das hätte ich niemals zugelassen.«

Mein Lächeln fällt schmal aus. Immerhin sind die beiden die ganze Zeit zusammen unterwegs. So unterschiedlich können sie wohl auch nicht sein.

»Danke, dass du Adam angerufen hast«, bringe ich so freundlich wie möglich über die Lippen.

»Das war das Mindeste.« Er umschließt mit beiden Händen meine. »Er ist ein guter Kerl.«

»Ich weiß«, sage ich und kann schon etwas entspannter lächeln.

Adam tritt neben uns und reicht Davis nach mir die Hand.

»Wir bleiben in Kontakt?«, fragt er und klopft ihm auf die Schulter.

»Auf jeden Fall, Mann.«

Ich lasse die Männer einen Augenblick allein und wende mich Marissa zu.

»Ich bin froh, dass wir uns getroffen haben«, flüstere ich, als wir uns erneut in den Armen liegen.

»Und ich erst«, murmelt sie. »Und wir schreiben ganz oft, okay?«

»Machen wir.« Ich habe selten jemanden getroffen, mit dem ich so auf einer Wellenlänge bin wie mit Marissa. Wir haben uns gesehen und sie hat sich sofort einen Platz in meinem Herz reserviert. Wie Liebe auf den ersten Blick. Nur eben platonisch. Es fällt mir schwer, mich von ihr zu verabschieden. Ich bin mir sicher, wir werden Freundinnen bleiben.

Ein paar Worte des Abschieds später bezahlen wir unsere noch offenen Kosten an der Rezeption und ich atme tief ein und aus, als wir wieder Asphalt unter den Füßen haben und die Sonne mir ins Gesicht scheint. Unser Hab und Gut dabeizuhaben macht mich glücklich.

»Alles okay?«, fragt Adam, der seinen Riesenrucksack auf dem Rücken trägt und meinen Daypack in der Hand hält. Meine Schuhe passten natürlich nicht alle in einen Rucksack.

»Hm«, murmele ich. Denn eigentlich ist es das. Aber irgendwie auch nicht. Im Großen und Ganzen betrachtet bin ich glücklich. Sehr glücklich. Denn mit Adam zusammen zu sein ist wie Fliegen. Nur eben ohne zu fliegen. Aber alles fühlt sich leichter an. Die Sonne ist heller, die Vögel zwitschern lauter.

Das Essen schmeckt besser und mein Schlaf ist entspannter. Mit ihm ist alles einfach besser.

Aber dennoch belastet mich die Tatsache, dass ich die Rotterdamsache in den Sand gesetzt habe. Ich habe keinen Praktikumsplatz. Unsere Eltern wissen immer noch nicht Bescheid und spätestens morgen werde ich um einen Anruf bei meinem Dad nicht drum herumkommen. Kein Mensch kann vorgaukeln sonntags ganztägig beim Praktikum zu sein. Sonntag. Eigentlich wollten wir bis morgen bleiben. Und nun? Obwohl alles klar ist, wirkt die nahe Zukunft dennoch ungewiss.

Ohne unsere Route abgesprochen zu haben, machen wir uns auf den Weg zur U-Bahn. Mit dem gesamten Gepäck den Weg zurückzulaufen ist keine Option.

»Tut es sehr weh?«, frage ich und nehme seine Hand kurz in meine. Seine Fingerknöchel sehen geschwollen aus.

»Geht.« Er ist genauso still wie ich und das bereitet mir Sorgen.

»Ist bei dir alles okay? Das, was er da zu dir gesagt hat ...«

Ich beiße mir auf die Zunge. Es tut mir körperlich weh, wenn jemand Adam so behandelt. Das Schlimmste daran ist, dass ich schuld bin. Nur meinetwegen hat er sich so aufgeführt.

»Schon okay, Grace.«

Während wir nebeneinanderher schlendern, hebe ich meine Hand und streichle über seine Wange.

»Du bist viel zu gut für diese Welt. Ich freu mich, wenn wir dieses Land so schnell wie möglich verlassen.« Dabei lächle ich ihn an, aber er erwidert es nicht wirklich. Die Augen versteckt hinter den Gläsern seiner verspiegelten Sonnenbrille. Die Muskeln in seinem Kiefer zucken und ich denke, uns ist beiden klar, dass die Stimmung gerade nicht wirklich okay ist. Aber wir schweigen. Setzen einen Schritt vor den anderen in unsere Zukunft. Eine Zukunft, in der hoffentlich alles so verlaufen wird, wie wir es uns vorstellen. Doch auch nachdem wir mehr und mehr Kilometer zwischen uns und das Hostel gebracht haben, sieht Adam unglücklich aus.

»Würdest du mich heute Abend zum Essen begleiten?«, fragt er, nachdem wir die U-Bahn-Fahrt schweigend verbracht haben und unser Hotel schon in Sichtweite ist – und erleichtert mich damit ungemein.

»Bittest du mich gerade um ein Date?«, frage ich und führe unsere ineinandergelegten Hände zu meinem Mund, um ihm einen Kuss auf die verletzten Knöchel zu hauchen.

»Na ja. Dafür ist es vielleicht ein bisschen spät, oder? Das hätte ich besser schon vor vielen Jahren getan.«

»Für ein Date ist es nie zu spät. Und …« Unsere Blicke treffen sich kurz. Auch wenn ich seine Augen nicht sehen kann, weiß ich, dass er mich ansieht. »… die Antwort ist Ja. Ich würde gerne mit dir ausgehen. Vielleicht können wir in das afrikanische Restaurant, in dem ich mit Marissa gewesen bin?«

»Nein«, erwidert Adam barsch. Hoppla. »Nein«, wiederholt er noch einmal ruhiger, aber ich erkenne die Nervosität in seiner Körpersprache. »Lieber was anderes.«

»Okay. Wie du magst«, sage ich und lasse ihn nicht aus den Augen, während sich die gläserne Schiebetür zum Hotel öffnet. Irgendwas bedrückt ihn. »Dann können wir auch in Ruhe überlegen, wie es weitergeht.«

»Ja«, murmelt Adam vor sich hin und drückt den Knopf zu den Fahrstühlen, ohne die Sonnenbrille abzunehmen. »So ist der Plan. Wir sollten ein paar Dinge besprechen.«

Wir betreten den Aufzug und ich werde das Gefühl nicht los, wir haben aus dem Hostel ein Problem mitgebracht, das sich nicht so leicht abschütteln lässt wie Luke.

# Kapitel 21

»Hey«, sage ich und gehe vor Adam auf die Knie. Auch nach meiner Dusche sitzt er noch in der gleichen Position in einem der orangefarbenen Sessel. Nichts von der Gelassenheit der letzten Tage ist mehr spürbar. Er ist so still. Als ob er sich ganz woanders befände. Ich lege meine Hände auf seine, die in seinem Schoß ruhen. Sein Blick geht ins Leere. »Ich werde nicht zulassen, dass irgendeiner von denen«, ich nicke zu meinem Handy, das auf dem Glastisch liegt, »uns den Abend kaputtmacht.«

Ich richte mich auf und endlich hebt er den Kopf, um mich anzusehen. Allerdings sieht er nicht wirklich glücklich aus. Den Nachmittag über haben wir auf dem Bett gelegen. Wir haben stillschweigend in den Fernseher gestarrt. Auch wenn wir beide kein Wort verstanden haben. Wir haben geschlafen. Miteinander und nebeneinander und die Stunden einfach so vorbeiziehen lassen, ohne viel zu reden.

Mein Dad hat mal wieder am laufenden Band geschrieben, dass sie sich Sorgen machen und ich mich bitte melden soll. Spätestens seit den Anrufen meiner Mum und denen von Emily und Greg auf Adams Handy ist seine Laune auf dem Nullpunkt. Wir sind beide nicht rangegangen, aber die Tatsache, dass wir einen Weg zurück nach Hause finden müssen, schwebt über uns wie eine Gewitterwolke. Adam wirkt genauso wenig begeistert davon, unseren Familien zu begegnen, wie ich. Sicher wird es komisch, vor unseren Eltern zusammen zu sein. Doch irgendwann muss ich mich der Wahrheit stellen. Und er zwangsläufig mit mir. Immerhin wird ihnen klar sein, dass er für mich gelogen hat, wenn wir erst als Paar zurückkehren. Oder will er das gar nicht? Möchte er nicht, dass unsere Eltern von uns erfahren? Denn irgendwas, außer dem, was auf der Hand liegt, scheint ihn zu bedrücken.

»Du gewöhnst dich langsam an dieses Teil, hm?«

Adams Hände gleiten unter dem Bademantel an meinen Schenkeln hinauf und hinterlassen einen wohligen Schauer, auch wenn sein Gesichtsausdruck nach wie vor wie in Stein gemeißelt wirkt. Ich wünschte, er würde mit mir reden.

»Ich wollte mich nur vergewissern …« Ich beuge mich ein Stück nach unten und küsse ihn auf die Stirn.

»Dass er noch passt?«, unterbricht er und zum ersten Mal, seit wir das Hostel verlassen haben, umspielt ein Schmunzeln seine Lippen.

»Viel eher dass du mich nicht sitzen lässt und ich umsonst mein schönstes Kleid anziehe und mich für dich hübsch mache.«

Er lässt sich nach hinten gegen die ergonomische Rückenlehne sinken und spreizt meine Beine, um mich auf seinen Schoß zu ziehen.

»Du bist immer hübsch, egal was du anhast«, sagt er. Seine Stimme kommt nur gedämpft bei mir an, weil sein Gesicht sich in meinen Ausschnitt vergräbt. »Aber am liebsten mag ich dich so …« Mit diesen Worten schiebt er den Frotteestoff von meinen Schultern und küsst sich an meinem Schlüsselbein entlang.

Ich lege den Kopf in den Nacken und ein winziges Stöhnen entschlüpft ungewollt meinen Lippen.

Adam befreit meine Arme und lässt den Bademantel hinter mir fallen.

»Du hast nicht die geringste Ahnung, wie sehr ich dich brauche«, murmelt er zwischen seinen Küssen und umklammert meinen gesamten Oberkörper. Seine Zähne sind mittlerweile zusammengebissen und das Funkeln in seinen Augen, das ich gestern so geliebt habe, ist verschwunden.

»Aber du hast mich doch«, flüstere ich in sein Ohr. »Du hast mich«, wiederhole ich, um ihm das Lächeln zurück auf sein Gesicht zu zaubern. Vergebens. Ich lege meine Hände auf den dünnen Stoff seines Shirts und lasse sie bis auf seinen Rücken wandern, um ihn fest in die Arme zu nehmen. »Lass uns heute Abend ausgehen. Nur du und ich. Keine Handys. Kein Hostel. Nur wir zwei und diese Stadt. Vergessen wir für ein paar Stunden alles andere.«

»Das klingt verführerisch.« Seine Hände gleiten meinen Rücken entlang und ziehen mich noch näher an ihn. Ich kann sein Verlangen spüren. »Aber sollten wir nicht ein paar Dinge klären?«

»Dafür bleibt morgen noch genug Zeit. Lass uns wenigstens noch diesen einen Abend hier.« Ich löse mich etwas von ihm, um in seine Augen blicken zu können. Ich kann nicht erkennen, was in ihnen ruht. Doch was dort auch schlummert, es gefällt mir nicht.

»Okay«, grummelt er schließlich und haucht weitere Küsse auf meine Haut. »Keine Handys. Kein Hostel. Du und ich. Und alles andere vergessen. Klingt perfekt.«

***

Und das ist es auch. Drei Stunden später schlendern wir Arm in Arm durch einen Park und der Abend hätte nicht besser laufen können. Nie im Leben hätte ich gedacht, dass wir den Morgen im Hostel und die gedrückte Stimmung so schnell hinter uns lassen könnten. Doch das haben wir. Nur er und ich. Nur Gradam.

So wie es abgemacht war.

Wir haben die dicksten Burger gegessen, die je ein Mensch gesehen hat. Wir haben gelacht, weil ich mein weißes Kleid mit Ketchup beschmiert habe. Aber vor allem haben wir geredet. So viel. Über unsere gemeinsame Kindheit, über verflossene Liebhaber, Hobbys, Essen und schließlich sogar über politische und religiöse Ansichten. Es war eine wunderbare Mischung aus Vertrautheit und etwas völlig Neuem.

»Respekt. Das hätte ich wirklich nicht erwartet.«

»Unterschätze nie eine Frau in ihren Lieblingsschuhen«, lache ich und kuschele mich noch etwas enger an Adams Seite. Ich hatte die Idee, nach dem Essen noch einen Spaziergang zu machen. Die Luft ist lau, der Himmel wolkenlos und ich war noch nicht bereit den Abend enden zu lassen. Er war der Überzeugung, ich würde es mit meinen weißen Riemchensandalen und den dazugehörigen Keilabsätzen nie und nimmer den Weg bis zum Euromast und durch den Park zurück zum Hotel schaffen. Falsch gedacht.

»Ich werd's mir merken«, schmunzelt Adam und küsst mich auf den Scheitel. Diese kleine Geste ist mir mittlerweile so vertraut geworden, dass ich nie wieder in meinem Leben darauf verzichten möchte. Ich bin so sicher, dass

Adam und ich es schaffen werden. Dass wir füreinander bestimmt sind. In jeder Minute, in der wir zusammen sind, wächst meine Zuversicht, dass für uns beide alles gut wird.

Morgen werde ich meinen Dad anrufen, um ihm alles zu erklären. Und er wird es verstehen. Adam und ich kehren nach England zurück und wir werden alle glücklich bis an unser Lebensende. Marissas Märchen wird wahr werden.

Er schlingt seinen Arm noch etwas fester um mich und wir können bereits den Hoteleingang sehen, als wir um ein leer stehendes Geschäft biegen.

»Es war ein schöner Abend.« Spätestens seit meinem Ketchupeklat ist auch seine schlechte Laune wie weggefegt. Wahrscheinlich hat ihm der Zusammenstoß mit Luke doch mehr zugesetzt als erwartet oder er hat an meinen Gefühlen gezweifelt. Ich weiß nicht, was es war. Hauptsache, es ist vorüber.

»Stimmt«, gibt er mir recht. Als wir das Hotel betreten und den gewohnten Weg zu den Fahrstühlen einschlagen, zwinkert er mir zu. »Danke.«

»Ich habe zu danken. Immerhin ...«

»Entschuldigung«, unterbricht uns die Rezeptionistin. Ihr Englisch klingt holprig. »Sind Sie Mister Stevens?«

»Ähm ...« Adam ist genauso überrascht wie ich »Ja.«

»Ich habe mehrere Nachrichten für Sie entgegengenommen.«

Wie ferngesteuert treten wir an die Rezeption und nehmen einige gelbe Zettel entgegen, die sie für ihn geschrieben hat.

»Okay ...« Er sieht zwischen mir und der Dame in dem feinen Kostüm hin und her. »Danke?«

Es hört sich eher an wie eine Frage, aber die Rezeptionistin nickt lediglich und kümmert sich weiter um ihre Arbeit. Für sie ist das wohl nichts Besonderes, für uns verheißt das nichts Gutes.

Auf dem Weg zum Zimmer blättert Adam die Nachrichten durch. Die meisten sind von Emily. Ein paar auch von seinem Dad. Spätestens die Tatsache, dass auch welche von meinem und Scott dabei sind, lässt uns nervös werden. Auf allen wird dringlichst um Rückruf gebeten. Klar, wir haben heute Nachmittag ihre Anrufe ignoriert, aber das hier ist kein gewöhnliches »Bitte ruft mal an«.

Uns ist klar, dass keiner wissen dürfte, in welchem Hotel wir wohnen. Erzählt haben wir davon niemandem. Wenn Scott dafür seine Kreditkartenabrechnung nachverfolgt hat, wird das seine Gründe haben. Nicht zu unterschätzende Gründe. Ich gehe mal davon aus, dass das der Augenblick ist, in dem mein Kartenhaus doch noch zusammenstürzt, ehe ich es noch mal verstärken kann.

So schnell wir können flitzen wir über den grünen Teppich und um die letzten zwei Ecken der langen Flure, ehe Adams Finger so sehr zittern, dass er die Zimmerkarte zweimal fallen lässt, ehe das grüne Lämpchen aufleuchtet und wir endlich reinkönnen.

Synchron hechten wir beide auf unsere jeweilige Seite des Bettes, wo wir unsere Handys, wie abgemacht, zurückgelassen haben.

»Zehn Anrufe von Scott«, bringe ich keuchend hervor. Mein Burger möchte mit aller Gewalt an die Oberfläche und das geschnürte Oberteil meines Kleides ist plötzlich viel zu eng. »Und sieben von Mum und Dad.«

»Das kann ich toppen.« Adam hält mir sein Display entgegen, aber ich kann über das Bett nichts erkennen. »Achtmal Scott, dreizehn von Mum und Dad.« Er zuckt mit den Schultern. »Sogar zwei von Jordi.«

»Scheiße.« Es fühlt sich an, als würde das Damoklesschwert nicht nur über uns schweben, sondern bereits tief in meiner Brust stecken.

»Ich rufe sie an.« Adam tippt bereits auf seinem Smartphone herum, ehe ich ihn stoppe.

»Nein«, brülle ich. »Nicht.«

Er lässt das Handy sinken und starrt mich an.

»Grace, wir müssen ...«

»Nicht wir.« Unsere Blicke sind fest miteinander verankert. »Ich.« Mit meinem Telefon in der Hand gehe ich um das Bett herum und greife seine Hand. »Ich muss das geradebiegen. Nicht du.« Ich schiebe seine Hand nach unten und bringe ihn dazu, das Handy wegzulegen. »Ich kläre das.«

Und ehe mich der Mut verlässt, wähle ich Scotts Nummer. Ich habe keine

Ahnung, warum ausgerechnet er bei uns beiden so häufig angerufen hat, aber es kann sicher nicht schaden, das rauszufinden, ehe ich mich meinen Eltern stelle. Onkel ist noch mal was anderes als Vater und Mutter.

»Auf diese Erklärung bin ich jetzt aber gespannt«, zischt Scotty bereits nach dem ersten Klingeln.

»Hi«, bringe ich leise hervor.

»Grace, deine Eltern sind krank vor Sorge. Ist dir das klar?«

»Ich …« Mir ist klar, dass ich mich hätte melden müssen. Aber deswegen so ein Aufstand?

»Und ich für meinen Teil bin einfach nur stinksauer! Wie alt bist du? Denn so dumm kann man mit zwanzig gar nicht sein.«

»Scott, ich …« Ich weiß nicht, was ich sagen soll. Scott ist bisher nie so aufgebracht gewesen, wenn ich mal wieder was vergeigt habe.

»Du was, Grace?«, schreit er mittlerweile. Ich schleiche rüber zu den Sesseln, die mir mittlerweile wie Therapiestühle vorkommen, und aktiviere den Lautsprecher, damit Adam mithören kann. »Hast du eine Ahnung, was meine Anwälte das kosten wird?«

Ich lasse meine Hand sinken, die meine Stirn massiert hat. Adam zuckt genauso nichts kapierend mit den Schultern wie ich.

»Und selbst wenn ich die besten ITler der Welt engagiere. Das Internet vergisst niemals. Verdammt, das weiß doch jeder. Morgen wird dieser Scheiß in jedem Klatschblatt in ganz London auf der Titelseite gedruckt sein.«

»Hä?«, unterbreche ich ihn.

»Scheiße, Scott, wovon reden wir hier?«, bringt sich Adam ein. Keine gute Idee. Gar keine gute Idee.

»Adam?«, kreischt mein Onkel viel zu schrill durch die Leitung. »Ach. Der tolle Beschützer ist also auch direkt am Start. Na, herzlichen Glückwunsch. Das hast du wohl kräftig verkackt.«

»Scott, verdammt«, brülle ich dazwischen. »Jetzt sag uns endlich, was da los ist. Wovon sprichst du zum Teufel noch mal?«

Stille. Keiner sagt etwas. Ich weiß nicht, wie lange es dauert, aber mir kommt jede Sekunde wie eine Ewigkeit vor.

»Ihr wisst wirklich nicht, wovon ich rede?«

»Nein«, maulen Adam und ich gleichzeitig. Denn mittlerweile ist klar, dass es hierbei auf keinen Fall um mein verpatztes Praktikum gehen kann.

»Aber bei Mr Right alias Luke sollte es hoffentlich klick machen.«

Da ich weiß, dass Mr Right Lukes Instagramname ist, öffne ich die App und erstarre. Wenn eben noch die Sekunden wie Jahre erschienen, läuft gerade die letzte Woche in Rekordgeschwindigkeit an mir vorbei. »Woher weiß er es?«

»Dieses Arschloch«, schreit Adam und legt die Hände auf den Kopf, um sich die Haare zu raufen.

»Woher weiß er es?«, wiederhole ich, kann aber nur auf das Foto starren, das von meinem Display aus ein Loch in meine Netzhaut brennt.

»Ihr könnt euch vielleicht ungefähr vorstellen, was hier los ist«, sagt Scott eine Spur sanfter. Adam setzt sich auf meine Lehne und starrt mit mir gemeinsam auf Lukes Beitrag. Dort werden zwei Fotos nebeneinander gezeigt. Auf der einen Seite ein Foto von mir. Aus dem *now and wow.*

»Fuck«, flüstert Adam, während ich mir die Hand vor den Mund schlage. Jeder Mensch, der dieses Foto sieht, erkennt sofort, dass ich zugedröhnt bin. Ich liege auf einem Sofa, die Arme von mir gestreckt, die Beine gespreizt. Aber das Schlimmste ist mein Blick. Er geht einfach ins Leere. Mit rot unterlaufenen Pupillen und verschmierter Schminke macht es den Anschein, als befände ich mich schon längst nicht mehr auf dieser Welt.

Doch es ist der zweite Teil der aufwendig erstellten Collage, der mein Kinn zum Zittern bringt. Es zeigt Scott. Nach der Scheidung von Tante Lauren hatte er ein paar harte Abstürze. Ich bin sicher, das Foto stammt aus dieser Zeit. Definitiv ist es schon alt. Er sieht nicht besser aus als ich.

**Der Apfel fällt nicht weit vom Stamm. Nichte von Superstar Scott Peterson tritt in Rotterdam in die Fußstapfen ihres Onkels.**

Die Überschrift der Bilder bringt alle Dämme zum Brechen und die Tränen tropfen auf mein weißes Kleid, ehe ich sie spüre.

»Hör zu, Scott«, übernimmt Adam für mich und greift nach meinem Handy. »Das ist nicht das, wonach es aussieht.«

»Nicht?«, wird Scott wieder energischer. »Denn für mich sieht es so aus, als wäre Grace ziemlich zugedröhnt gewesen, in einem Club, der sicher nichts für euch ist. Erschwerend kommt dazu, dass sie diesem Wichser von mir erzählt hat. Verdammt«, schreit er mittlerweile wieder, »das war die einzige Regel.«

Er hat recht. Er hat so unfassbar recht. Ich hätte es nie dazu kommen lassen dürfen.

»Er hat ihr was untergejubelt. Grace konnte nichts dafür.«

»Adam«, versuche ich ihn zu unterbrechen. Er muss für mich nicht Kopf und Kragen riskieren. Ich allein sollte die Konsequenzen tragen. Nicht er oder meine Eltern. Und Scott schon gar nicht. Doch er stoppt mich mit einer Hand und redet unbeirrt weiter.

»Wir haben ihm nichts von dir gesagt. Beide. Er hat im selben Hostel übernachtet wie wir. Wahrscheinlich hat er es auf anderem Wege rausgekriegt. Nach dieser Nacht sind wir sofort dort weg.«

»Fuck«, brüllt Scott ins Telefon. »Ihr benehmt euch wie Babys. Was, wenn das einer von Grace' Uni erfährt? Was dann, ihr Schlaumeier? Oder denkt ihr, das ist förderlich für Maggies Karriere? Und wo warst du, als deine Cousine mit Drogen vollgepumpt wurde?«

Es ist nicht der Vorwurf, dass Adam nicht auf mich aufgepasst hat, oder der Riss in Mums Karriere, der mir einen Stich versetzt. Es ist das eine kleine Wort. Cousine.

»Ihr steckt bis zum Hals in der Scheiße, wisst ihr das eigentlich?«

»Das ist uns klar.« Es ist mir ein Rätsel, wie Adam so ruhig bleiben kann. Er wandert mit meinem Handy im Schneckentempo zum Bett und lässt sich auf die Kante sinken. »Und du weißt noch nicht alles, Scott.«

»Heilige Scheiße, was denn noch?« Adams Blick sucht meinen und ich nicke ihm zu. Gebe ihm stumm die Erlaubnis, meine Bombe zu zünden.

»Grace hat keinen Job bei dem Meeresbiologen.«

»Was?«, brüllt Scott, doch Adam lässt sich in seiner Ruhe nicht beirren.

»Und wenn deine Anwälte an der Sache dran sind, sollte ich wohl besser von Anfang an gestehen, dass ich diesem Penner eine verpasst habe.«

»Dem Professor?«, schreit Scott und hört sich dabei an, als überschlüge seine Stimme sich jede Sekunde.

»Dem Drogenkerl«, korrigiert Adam. Dabei huscht für den Bruchteil einer Sekunde ein Schmunzeln über sein Gesicht. Jedoch ist es so schnell wieder verschwunden, wie es gekommen ist.

»Na wenigstens etwas«, mault mein Onkel. Wir können ihn stöhnen hören und auch ich lasse alle Luft aus den Lungen. »O Halleluja. Sam und Maggie werden ausflippen. Scheiße.« Wir hören, wie er tief ein- und ausatmet. »Passt auf. Ich sag euch was.« Mein Onkel Scott ist aufbrausend und kann ein echter Arsch sein, aber ich höre an seiner Stimme, dass er in den Cooler-Onkel-Modus wechselt. Und den hat er drauf wie kein zweiter. »Ich gebe euren Eltern Bescheid und ihr zwei packt noch heute Abend euren Kram und sitzt morgen früh auf der ersten Fähre. Vielleicht schaffe ich es, die erste Welle abzufangen, aber dass hier ein Riesenärger auf euch wartet, ist wohl klar.«

Mein Kopf nickt wie von selbst, auch wenn Scott das nicht sehen kann. Als Adam ihm nicht antwortet, rufe ich ein kurzes »Okay« ins Gespräch. Dabei hebe ich den Blick und erstarre. Irgendwas stimmt nicht. Adams Blick. Er ... Wie bei einem Film rattern alle Bilder des heutigen Tages noch mal an mir vorbei. Ich habe etwas übersehen. Etwas Wichtiges.

»Am besten, ihr schaltet eure Handys einfach aus, damit nicht noch mehr Chaos entstehen kann.«

»Und du redest ganz sicher mit Mum und Dad?«

»Sagte ich doch«, meckert er, aber ich kann ihm nicht mehr wirklich zuhören. Ich bin viel zu sehr damit beschäftigt, zu Adam zu starren. In seinem Gesicht spielt sich ein Kampf ab und ich habe keine Ahnung, gegen wen er sich richtet. Beziehungsweise welche Rolle ich dabei spiele.

»Mir ist egal, was da mit diesem Job gewesen ist, Gracy, aber das hier hast du mächtig in den Sand gesetzt, das ist dir klar, oder?«

»Es tut mir leid«, schluchze ich und meine dabei viel mehr Adam als Scott.

Ihn so zerrissen zu sehen bricht mir das Herz. Er sieht mich nicht an und langsam werde ich wirklich panisch.

»Bucht euch die Fähre und dann seht zu, dass ihre eure Ärsche hierherbewegt. Der Anschiss eurer Eltern wird sicher filmreif.«

Ohne sich zu verabschieden, legt Scott auf und meine Schultern sacken nach unten. Egal was für ein arroganter Arsch er auch sein mag, er holt mich da raus. Das weiß ich einfach.

»Hey«, sage ich und setze mich neben Adam. Das Bild aus dem Club zu sehen wird für ihn nicht weniger schlimm gewesen sein als für mich. »Es tut mir leid.« Ich lege eine Hand auf seinen Oberschenkel. »Scott wird das geradebiegen. Morgen fahren wir nach Hause und übermorgen sieht die Welt schon ganz anders aus«, flehe ich, auch wenn mein Unterbewusstsein mir bereits lachend zuruft, dass das ein Märchen bleiben wird.

»So einfach ist das nicht für alle«, brüllt Adam unerwartet und springt vom Bett auf. Seine Augen sind viel dunkler als sonst und er ballt seine Hände zu Fäusten.

»Wir kriegen das hin«, versuche ich es erneut. »Wenn wir erst zu Hause sind und mit ihnen ...«

»Ich kann nicht«, unterbricht er mich.

»Adam«, flüstere ich. Ich verstehe nicht, was hier gerade vor sich geht. Es scheint, als würde die Bombe, deren Zündschnur schon den ganzen Tag im Hintergrund vor sich hingeglüht hat, nun endlich explodieren.

»Ich werde nicht mit dir zurückkommen.«

Mein Magen fühlt sich an wie bei einer zu heftigen Karussellfahrt und ich kann bereits die Säure in meinem Hals schmecken.

»Was ...«, stottere ich, »was meinst du damit?«

»Ich kann nicht mit dir nach Hause fahren.«

»Aber warum?«

»Warum? Warum?«, schreit Adam und läuft dabei hin und her. »Weil sich nicht alles immer nur um dich dreht. Weil ...« Er zögert, sieht mich immer noch nicht an.

»Adam«, flüstere ich zum zweiten Mal.

Er dreht sich um und sein harter Blick trifft mich wie ein Fausthieb. »Ich bin nicht deinetwegen in Rotterdam, Grace.«

»Du bist ...«, versuche ich zu wiederholen, aber in meinem Gehirn dreht sich ebenfalls alles eine Spur zu schnell.

»Ich habe dich angelogen. Es tut mir leid. Ich kann und werde diese Stadt morgen nicht verlassen. Du musst ohne mich zurück nach Hause. Es ist vorbei.«

Noch einmal formuliert er das, was ich nicht wahrhaben wollte, und zertrampelt den allerletzten Rest meiner Hoffnungspflanze. Es ist vorbei? Wie kann etwas vorbei sein, was noch nicht mal richtig begonnen hat?

# Kapitel 22

Langsam glaube ich, das ist mein Schicksal. Denn jedes Mal, wenn ich denke endlich angekommen und glücklich zu sein, zerplatzt diese Illusion wie eine Seifenblase. Doch bisher hat keiner dieser Fehlschläge mir das Herz gebrochen. Es waren Niederschläge, Fehltritte. Keiner davon hat mein Innerstes in tausend Scherben springen lassen, sodass ich das Gefühl hatte, keine Luft mehr zu bekommen. Bis heute.

Wie in einer Schockstarre stehe ich da und sehe zu, wie Adam seine Sachen in den Wanderrucksack zwängt. Er trägt nach wie vor das schicke Polohemd und die schwarzen Cargos, doch innerlich scheint er nicht mehr derselbe zu sein wie noch vor einer halben Stunde. Was passiert hier? Wie konnte ich mich fallen lassen, um dann derart hart auf den Boden aufzuschlagen?

Immer wieder denke ich an seine zarten Liebkosungen und daran, mit welcher Kälte er mir nun gegenübersteht.

Ich halte nach wie vor mein Handy in der Hand, so wie er es mir in die Hand gedrückt hat. Unfähig etwas zu sagen.

»Ich würde mich gern verabschieden«, sagt er irgendwann in die Stille und löst mich damit aus meinem Schockzustand.

»Nein«, fauche ich. Mit dem Rucksack auf einer Schulter steht er vorm Bett und ist im Begriff, mich zu verlassen. Nur weiß ich nicht warum. Wegen Luke? Wegen unseren Eltern?

»Grace.« Ich muss die Augen schließen, weil ich es nicht ertragen kann, wie er meinen Namen ausspricht.

»Nein«, brülle ich diesmal und kneife die Augen noch fester zusammen. »Nein«, wiederhole ich und werde noch etwas lauter.

Ich atme tief durch und fasse einen Entschluss: Ich werde Adam heute nicht gehen lassen.

»Du wirst jetzt nicht abhauen. Du gehst ganz sicher nicht durch diese Tür.« Ich wische mir die Augen trocken und stelle mich ihm demonstrativ in den Weg.

»Lass es einfach gut sein«, murmelt er, sieht mich aber nicht an.

»Nein.« Ich mache einen Schritt auf ihn zu. »Das werde ich ganz sicher nicht. Sieh mir ins Gesicht und sag mir, dass du mich nicht liebst.«

Sein Kopf schießt hoch und er tut es. Sieht mir ins Gesicht. Seine Augen sind rot.

»Das hat damit überhaupt nichts zu tun.«

»Sag es«, schreie ich all meine Verzweiflung raus. Es kann nicht vorbei sein. Ich liebe Adam. Auch wenn ich die Worte zu formen noch nicht bereit war. Ich tue es. Mehr als jemals irgendwen zuvor.

»Das tut nichts zur Sache«, brüllt mittlerweile auch er. »Nicht mehr jedenfalls. Was ich will und was ich tun muss, sind nicht immer die gleichen Dinge. Die letzten Tage waren wunderschön, aber wir sind hier in keinem verfluchten Märchen.«

»Es tut nichts zur Sache?«, keife ich. »Willst du mich verarschen, Adam?«

Ich muss es wissen. Er soll es sagen, damit ich endlich aus diesem Albtraum aufwache und weiß, dass alles gut wird. Ich brauche dieses Mach-dir-keine-Sorgen-Lächeln.

»Hier geht's nicht um dich, verdammt noch mal.«

Wir haben es von einem romantischen Abend zu dem übelsten Streit aller Zeiten in weniger als einer halben Stunde geschafft. Keine Ahnung, was hier gerade passiert, aber ich fühle mich, als hätte ich den letzten Schritt über einen Abgrund getan und könnte nicht mehr zurück.

»Worum dann? Denn wenn ich mich nicht täusche, hast du mir gestern deine große Liebe gestanden, nur um mich heute sitzen zu lassen! Allein! In diesem Land mit der übelsten Familienkatastrophe aller Zeiten!« Mein Hals kratzt beim Schreien. »Warum? Wegen Luke? Wegen unserer Eltern? Nun sag schon, denn ich kapiere wirklich nicht, was hier gerade los ist.«

Adam wirft seinen Rucksack auf die weißen Laken und starrt aufs Bett. Den Ort, an dem wir uns noch vor wenigen Stunden geliebt haben. Er hat mir süße Worte ins Ohr geflüstert, während unsere Körper zu einem verschmolzen sind.

»Es geht nicht immer nur um dich, Grace«, schreit er. »Du denkst, du bist die Verlorene? Du glaubst, du weißt nicht, wo du hingehörst? Wer du bist?« Er dreht sich zu mir. Tränen stehen in seinen Augen. Er weint. Adam Stevens weint und schreit mich dabei an. Und mir will einfach nicht in den Kopf warum.

»Adam«, wage ich einen sanfteren Versuch.

»Scheiße, nein!«, knurrt er mit nicht mehr ganz so viel Energie. »Weißt du was, Grace?« Er zeigt mit dem Zeigefinger auf mich. »Du hast keine Ahnung, was es heißt, verloren zu sein. Du bist einfach nur verwöhnt und kannst dich nicht entscheiden. Das ist dein einziges Problem. Aber das musst du auch nicht, denn es hat eh keine Konsequenzen. Nie. Egal was du auch tust, du wirst immer Daddys kleine Prinzessin bleiben. Und …«, er wirft die Arme in die Luft, »wenn das nicht reicht, kommt Onkel Scotty, wirft ein paar Scheine auf den Tisch und biegt alles wieder gerade. So einfach ist das bei dir. Du hast keine Ahnung, was es bedeutet, nicht zu wissen, wer man ist. Du bist nicht verloren«, spuckt er mir entgegen und ich habe das Gefühl, meine Knie können mich nicht länger halten.

Wir sehen uns an und ich bin nicht mal fähig zu weinen. Adam holt tief Luft. Er ist ganz offensichtlich noch nicht fertig mit mir und dabei kann ich seine Worte schon jetzt nicht mehr ertragen.

»Du denkst, ich sei zu gut für diese Welt?« Das abfällige Schnauben holt mich endgültig auf den Boden der Tatsachen zurück. »Da täuschst du dich gewaltig. Ich habe dich belogen, ich habe unsere Familien belogen. Ich bin nicht der nette englische Junge, der in dem weißen Haus mit den roten Fenstern groß geworden ist, Grace. Du hast keine Ahnung von mir. Genau wie alle anderen.«

Dieses Mal halte ich ihn nicht auf, als er seinen Rucksack schultert.

Die Klinke bereits in der Hand hält er noch einmal inne. Ich drehe mich nicht zu ihm um, höre nur seinen abgehackten Atem.

»Dass ich dich liebe, war nicht gelogen«, flüstert er in die Stille, die noch schlimmer ist als seine Worte.

Als ich mich schließlich umdrehe, ist er weg. Und ich folge ihm nicht. Denn es ist vorbei.

***

Vor ein paar Jahren ist im Londoner Zoo ein Schimpanse gestorben. Susi oder so ähnlich. Ich kann mich genau daran erinnern, weil ich mit Mum und Jordan dort gewesen bin und die Gedenktafel an seinem Gehege gelesen habe. Der zwölfjährige Affe sei vor Kummer wegen seines Partners umgekommen, hieß es dort. Ich werde nie vergessen, wie betroffen Mum und mein kleiner Bruder waren. Doch ich war mir ganz sicher, dass es sich einfach nur um eine schlechte PR-Aktion des Zoos handelte, um das Halten der Tiere in Käfigen und dessen Konsequenzen zu vertuschen.

Ich war fünfzehn, gerade das erste Mal von Tom Williams nach zwei Dates und einem Kuss verlassen worden und konnte mir nicht vorstellen, dass ein Lebewesen, egal ob Affe oder Mensch, an Liebeskummer sterben könnte. Denn so schlimm war es gar nicht. Sicher, ich habe geheult wie ein Baby und drei Nächte bei meiner Mum geschlafen. Aber deswegen sterben? Niemals. Und Schimpansen hielt ich für noch schlauer als Menschen. Von daher.

Wie so oft in meinem Leben werde ich eines Besseren belehrt. Denn seit gestern Abend warte ich darauf, dass mein Herz jede Sekunde aufhört zu schlagen, weil ich den Schmerz nicht länger ertragen kann. Dieses Stechen in der Brust, wenn man sich immer und immer wieder bewusst macht, dass man nichts tun kann.

Ausweglos. Man macht sich viel zu wenig Gedanken über die Bedeutung dieses Wortes. Ausweglos.

Adam ist weg. Und ich glaube, in meinem ganzen kurzen Leben war ich noch nie so hilflos wie in den letzten Stunden.

Die ganze Nacht habe ich geweint. In die Stille der Nacht geschluchzt und geschrien. Ich habe gebetet, dass er mit Pizzakartons und einem schiefen Lächeln im Gesicht wiederkommt.

Ich bin auf die Straße gerannt, in der Hoffnung, er stünde vor dem Hotel, unfähig mich zu verlassen. Aber er kam nicht. Und der Eingang des Hotels lag einsam und verlassen da und lachte über mich. Wie dumm ich doch bin.

Mit dem ersten Morgengrauen habe ich meine Sachen gepackt und das Hotel verlassen. Mir ist schleierhaft, wie man einen Ort auf die gleiche Weise dermaßen lieben und hassen kann. Einerseits werde ich das Gefühl, das wir gemeinsam in diesen Wänden erlebt haben, niemals vergessen. Den Geruch der Laken, die Intensität des Wassers in der Dusche, das auf unsere Haut traf, oder den Ausblick auf die Stadt, wenn der Himmel sich rosa gefärbt und Adam dabei seine Hände von hinten um mich geschlungen hat. Auf der anderen Seite jedoch wollte ich dieses Gebäude so schnell wie möglich verlassen und will nie wieder dorthin zurückkehren. Denn hier hatte ich Hoffnung. Für mich, für Adam, auf eine glänzende Zukunft. Zerstörte Hoffnung ist schlimmer, als gar keine zu haben. Der Vorgeschmack auf etwas Besseres, etwas Bedeutendes kann wunderschön sein, doch wird er einem genommen, wäre es besser, man hätte ihn nie erlebt. Man wüsste ja nicht, worum man eigentlich trauert.

Als würde die Stadt mich verstehen, regnet es seit der Nacht in Strömen. Ich weine pausenlos. Und Rotterdam mit mir.

Siebenunddreißig Kilometer bis zur Fähranlegestelle. Die ersten zehn bin ich gelaufen. Habe einfach einen Fuß vor den anderen gesetzt und mit jedem Meter versucht etwas in meiner Erinnerung zu finden, das mir weiterhilft Adam zu verstehen. Was hat er gemeint damit, dass er nicht meinetwegen hier sei? Wegen wem dann und was hat das alles zu bedeuten? Wissen Greg und Emily, dass er vorhat hierzubleiben? Ich habe mein Handy ein Dutzend Mal in der Hand gehalten und mit dem Gedanken gespielt, es wieder anzuschalten. Doch ich konnte einfach nicht. Wollte nicht hören, was sie alle zu sagen haben. Am Ende spielt es doch keine Rolle.

Seine Worte haben tiefe Wunden hinterlassen. Denkt Adam so über mich? Dass ich verwöhnt und verzogen bin? Dass ich ihn nicht kenne? Ist er deswegen gegangen? Immer und immer wieder drängte sich ein Wort an die Oberfläche: Warum?

Der Regen vermischte sich mit meinen Tränen und ich hoffte, der Knoten in meiner Brust würde nachlassen. Stattdessen gaben meine Füße irgendwann nach und ich habe eine halbe Stunde auf einer Bank Rotz und Wasser geheult, ehe ich mich berappelt und mir ein Taxi gerufen habe.

Dachte ich wirklich, ein Dach über dem Kopf und eine Verschnaufpause würden meinen Schmerz in irgendeiner Form lindern? Denn dem ist nicht so. Im Gegenteil, mein Körper kann sich nun ohne Ablenkung mit dem Stechen in meinem Herzen beschäftigen.

Noch immer sind es zwei Stunden, ehe die erste Fähre ausläuft. Ich will nach Hause. Ich brauche meine Eltern, meine Freunde und mein Zuhause. Und trotzdem sperrt sich alles in meinem Körper dagegen, dieses Land zu verlassen. Denn das hieße, dass ich aufgeben würde. Und ich würde ihm recht geben. Denn dann wäre es vorbei.

Der schwimmende Riese, der mich zurück nach England bringen soll, hat bereits im Hafen angelegt und sie beginnen damit, Autos und Laster von der Hinreise zu entladen.

Was soll ich nur tun, wenn die Passagiere aufgefordert werden an Bord zu gehen? Meine Schultern beben immer wieder unter neuen Schluchzern. Mir ist egal, dass alle Menschen im Fährterminal mich anstarren, als wäre ich nicht ganz sauber. Ich kann meine Traurigkeit einfach nicht aufhalten. Es geht einfach nicht.

Zu Hause erwartet mich ein Trümmerhaufen, hier hinterlasse ich einen. Der erste Mann, bei dem ich mich einfach so wohlfühlen konnte, ohne irgendwas infrage zu stellen, hat mich verlassen.

Bevor wir das erste Mal miteinander geschlafen haben, hat er mich gefragt, ob ich sicher sei. Bei der Erinnerung schüttelt mich ein freudloses Schmunzeln. Seine Worte lauteten: »Danach gibt es kein Zurück mehr.« Erst jetzt wird mir klar, wie recht er doch hatte. Wir können nie wieder dorthin zurück, wo wir waren. Aber warum ist er diesen Weg gegangen? Hatte er die ganze Zeit vor mich zu verlassen? Wie konnte er so grausam sein und gleichzeitig so zärtlich?

Wir werden nie wieder unbekümmert mit unseren Familien Halloween feiern können. In vier Wochen wird Jordan achtzehn. Wie sollen wir gemeinsam an einem Tisch sitzen, wenn ich ihn nicht lieben darf? Was, wenn er eine neue Frau mitbringt? Ihr den Arm um die Taille legt und sie auf den Kopf küsst? Ich kann sie förmlich vor mir sehen, wie sie ihm den Nacken streichelt und über seine Schulter zusieht, während er etwas zeichnet.

Ich ziehe meine Wasserflasche aus dem Seitenfach meines Rucksacks. Irgendwie muss ich es schaffen, diese Vorstellungen runterzuspülen, ehe ich mich in der Eingangshalle des Hafens übergeben muss.

Die Frau, die neben mir auf der Bank sitzt, lugt immer wieder zu mir herüber und beobachtet, wie ich die Ecken meines Tickets abknibbele, nur damit meine Hände irgendwas zu tun haben. Nicht mehr lange und sie wird mich ansprechen. Sie wird wissen wollen, ob alles in Ordnung ist. Ob sie etwas tun kann. Eine nette Frau Mitte vierzig. Offensichtlich allein unterwegs, wie ich. Sie trägt keine Regenjacke. Auch wenn heute dafür das passende Wetter wäre. Allerdings ist sie nicht nass bis auf die Knochen, so wie ich.

Wenn sie mich anspricht, gibt es kein Halten mehr, dann würde ich endgültig zusammenbrechen. Deswegen schultere ich meinen riesigen Rucksack und halte meinen Daypack in der Hand. Erinnerungen blitzen durch mein Gehirn.

Mit meinem Gepäck, das nur halb so schwer auf mir lastet wie meine Sorgen, schlendere ich zu der Glasfront, von der aus man von oben aufs Wasser sehen kann. Von der Hinreise weiß ich, dass Passagiere ohne Autos neunzig Minuten vor Ablegen aufs Schiff müssen.

Achtundzwanzig Minuten Zeit, mich zu entscheiden. Achtundzwanzig. Und ich habe nicht die geringste Ahnung, was ich tun soll.

»Grace«, hallt mein Name durch den Abfahrtsbereich und ich muss mich nicht umdrehen. Ich weiß auch so, wer hinter mir steht. Ich spüre ihn. Mit jeder meiner Fasern kann ich seinen Körper in der Nähe meines wahrnehmen. Doch meine Augen wollen sich selbst überzeugen und deshalb drehe ich mich um und sehe in die schönsten blauen Augen, die ich je gesehen habe.

Das Erste, was mir auffällt, um sie herum liegen keine Fältchen. Adam lächelt nicht.

# Kapitel 23

Mein Blut schießt mit einer solchen Gewalt durch meinen Körper, dass ich das Gefühl habe, meine Haut würde explodieren. Er ist hier. In Jeans und einem grauen Hoodie steht er da, die Hände in den Hosentaschen. Er ist genauso durchnässt wie ich, auch wenn das Wasser an seinen Haaren abperlt und mir nasse Strähnen im Gesicht kleben.

Unfähig zu sprechen umklammere ich meinen Daypack so fest ich kann. Er ist hier. Der gleiche Mann, dem ich erst vor wenigen Tagen mein Herz geschenkt habe. Aber auch der gleiche, der es mir gestern aus der Brust gerissen hat. So viele Fragen schießen durch meinen Kopf, doch ich finde keinen Anfang. Stehe einfach nur da und starre ihn an.

»Ich …« Er sieht an mir vorbei und seufzt schwer, ehe sich unsere Blicke wieder treffen. »Ich kann dich nicht gehen lassen, ohne es zu erklären.«

»Du bist derjenige, der gegangen ist«, murmele ich. Ich habe keine Energie zu streiten. Die letzten Stunden haben mir sämtliche Kraft geraubt. Ich taumele ein Stück zurück. Denn erst jetzt wird es mir bewusst. Er hat kein Gepäck dabei. Er wird nicht mitfahren. Er ist gar nicht hier, um sich zu entschuldigen. Er will sich verabschieden. Das hier wird sein Abschied.

Adam greift nach meinem Arm und stützt mich. Er stellt meinen Rucksack auf den Boden und sucht meinen Blick.

»Alles okay?«, fragt er und streicht mir die Haare von der Stirn.

»Ja klar. Was glaubst du denn? Mir. Geht. Es. Hervorragend.« Ich schlage seinen Arm weg und entferne mich ein Stück. »Keine Sorge, Daddy wird es richten. Oder vielleicht bezahlt Scott mir einfach genug, damit ich dich vergesse. Richtig?«

Ich drehe mich von ihm weg und sehe durch die Scheibe, die vom Salzwasser angegriffen ist. Nicht mehr lang und ich werde ihn verlassen. Meine Arme schlingen sich um meinen eigenen Körper, der unter der Kälte bebt.

»Grace«, flüstert er dicht an meinem Ohr. »Es tut mir leid, was ich gesagt habe. Das habe ich nicht so gemeint. Bitte lass es mich erklären.«

»Und dann?«, frage ich und kann nicht verhindern, dass ich schon wieder heule wie ein Baby. »Was dann? Egal was du sagst, es wird doch darauf hinauslaufen, dass du nicht mitkommst. Oder?« Erneut schieße ich zu ihm herum. »Du wirst mich verlassen.«

»Ja«, seufzt er. »Ich kann nicht zurück.« Er fixiert meinen Blick, während seine Finger meine Hände nehmen und sie festhalten. Ich lasse ihn gewähren, denn selbst wenn ich es wollte, ich könnte mich niemals gegen eine seiner Berührungen stellen.

»Warum?«, schluchze ich.

»Wie ich schon sagte.« Er zögert einen Moment. »Es hat nichts mit dir zu tun. Die Sache ist die. Ich bin hier, um meine Familie zu finden.«

»Aber ... Ich verstehe nicht.«

»Ich muss meine leiblichen Eltern finden.« Mir fehlen die Worte. Mit vielem habe ich gerechnet, jedoch niemals mit so etwas. »Grace, ich war so gemein zu dir, weil ... ich neidisch war. Es tut mir leid.«

»Was redest du denn da?« In meinem Kopf ist nichts mehr da, wo es hingehört.

»Du denkst, du bist verloren und findest deinen Weg nicht. Das ist Quatsch.« Er führt unsere Hände zu seinem Mund und küsst meine Finger. Seine Lippen auf meiner Haut zu spüren heilt erste kleine Risse in meinem Herz. »Du weißt nicht genau, was du tun sollst, ja. Aber doch nur, weil du immer versuchst nach dem Perfekten zu suchen und dabei gar nicht merkst, dass dein Leben bereits perfekt ist. Es kommt nicht auf ein spektakuläres Hobby oder den richtigen Studiengang an. Du hast eine tolle Familie. Du hast Freunde und so viele Möglichkeiten. Du kannst tun und lassen, was du möchtest. Du bist perfekt.«

»Das alles hast du doch auch«, flüstere ich und drücke seine Hände fester. »Ich verstehe all das nicht, Adam.« Sein Gesicht verfinstert sich.

»Ich bin derjenige, der nicht weiß, wer er ist. Versteh mich nicht falsch, Greg und Emily sind toll. Aber wer bin ich? Ich bin nicht Adam Stevens.«

»Doch, das bist du«, weine ich.

»Nein. Das ist ein Name, den Menschen mir gegeben haben, um mir ein fantastisches Leben zu bieten. Ich bin dankbar dafür. Trotzdem muss ich wissen, wo meine Wurzeln liegen. Es macht mich krank, dass ich keine Ahnung habe, ob ich afrikanisches Essen mag.«

»Aber das macht dich doch nicht aus.«

»Ich will wissen, wo ich herkomme, Grace. Sieh mich an. Ich sehe nicht aus wie andere Afrikaner. Ich bin viel heller. Warum? War meine Mutter eine Weiße? Oder mein Vater? Warum haben sie mich überhaupt weggegeben? Was habe ich in den Jahren gemacht, bevor ich Teil deiner Welt wurde?«

»Das spielt doch überhaupt keine Rolle. Es ist egal, ob du hell oder dunkel bist. Wir sind deine Familie.«

»Nein«, sagt er und ich sehe, wie es ihn zerreißt. »Es gibt so viele Fragen, Grace. Ich brauche Antworten. Ich kann so nicht weiterleben.«

Mein Kopf schüttelt pausenlos hin und her. »Aber was hat das alles hiermit zu tun? Warum jetzt? Warum hier?«

Im Hintergrund sehe ich, wie die ersten Passagiere sich bereit machen. Ich werde nicht gehen.

»Vor ungefähr einem Jahr habe ich angefangen Nachforschungen zu betreiben, was meine leibliche Familie angeht.«

Ein Jahr. Meine Augen weiten sich. Er sucht seit einem Jahr seine Eltern, ohne etwas zu sagen. Oder bin nur ich diejenige, die nichts davon mitbekommen hat?

»Vor sechs Monaten hat mich die erste heiße Spur hierhergeführt. Dass du den Praktikumsplatz ausgerechnet in Rotterdam bekommen hast, ist Zufall gewesen. Oder einfach meine Chance. Ich habe meiner Mum direkt angeboten dich zu begleiten, um, na ja«, er zuckt mit den Schultern, »ein Auge auf dich zu haben.«

»Du hast alle belogen«, flüstere ich mehr zu mir als zu ihm.

»Genau wie du.«

»Hätte ich nicht gelogen, wären wir gar nicht hier … Dann hättest du nie … Und ich …«

Mein Blick hebt sich und wir sehen uns in die Augen. Es ist zu viel. Die Wahrheit liegt ausgesprochen vor uns. Dennoch verstehe ich es einfach nicht. »Und? Hast du sie gefunden?« In Anbetracht der Tatsache, dass die Drehkreuze gerade geöffnet werden, wahrscheinlich nicht die sinnvollste Frage, aber ich will es wissen.

»Na ja. Sozusagen.«

»Sozusagen?«, platzt es eine Spur zu laut aus mir heraus.

Adam sieht zum Einlass, wo der Scanner die ersten Tickets mit einem Piepton einliest.

»Ich habe die Adresse meines Onkels gefunden und laut Internet sieht es so aus, als hätte ich einen Bruder.« Er nimmt mich bei den Unterarmen. »Versteh doch, Grace. Ich habe einen Bruder. Und er lebt in dieser Stadt. Ich muss mich mit ihm treffen. Will mehr herausfinden. Ich brauche Zeit, Grace. Ich kann jetzt nicht gehen.«

»Deshalb wolltest du noch bleiben«, flüstere ich vor mich hin. Schon Anfang der Woche wollte Adam, dass wir noch länger hierbleiben. Ich hätte das viel heftiger hinterfragen müssen. »Wissen Emily und Greg davon?« Ich kann nicht glauben, dass er mich ebenfalls die ganze Zeit angelogen hat.

»Erst seit heute. Ich habe sie angerufen und alles gebeichtet.« Adam greift erneut nach meinen Händen und hält sie fest. »Mit ihnen ist alles geklärt. Ich kann dir das jetzt nicht genauer erzählen. Es tut mir leid, Grace. Alles, was ich zu dir gesagt habe, ist wahr gewesen. Ich liebe dich. Schon immer. Aber das hier ist nicht der richtige Zeitpunkt für uns.«

»Der richtige Zeitpunkt?«, frage ich viel zu schrill.

»Ich hätte es nie so weit kommen lassen dürfen.«

Er löst sich aus unserer Berührung und weicht etwas zurück. Ich spüre, wie sich Panik in mir ausbreitet. Ein leichtes Zittern, das sich von den Fingern über die Arme in meine Beine schlängelt. »Ich habe auch mit deinem Dad gesprochen.« Er macht einen weiteren Schritt zurück.

»Adam«, flüstere ich und gehe auf ihn zu.

»Du musst gehen, Grace.«

»Nein«, weine ich. »Warum? Wenn das alles nichts mit mir zu tun hat, warum kann ich nicht bleiben?« Ich mache einen Satz nach vorne und kralle mich an seine Hände. Egal ob er gelogen hat oder nicht. Ich liebe ihn. »Wir können sie gemeinsam suchen. Ich kann dir helfen. Wir schaffen das zusammen und dann gehen wir wieder zurück nach Hause. Du hast gesagt, du liebst mich, und ich ...« Ich klammere mich in den Stoff seines Pullovers. »Ich liebe dich auch.«

Adam dreht den Kopf zur Seite, er kann mich nicht ansehen. So habe ich es mir nicht vorgestellt, jemandem zum ersten Mal zu sagen, dass ich ihn liebe.

»Adam«, flüstere ich erneut.

Er schüttelt den Kopf. »Nein, Grace. Mein Name ist nicht Adam und mein Zuhause ist nicht in London. Ich weiß nicht, wo ich hingehöre und wer ich bin. Und das muss ich erst rausfinden.« Er sieht mich an und streichelt mit dem Handrücken über meine Wange. »Wie soll ich dich lieben, wenn ich nicht weiß, wer ich eigentlich bin?«

Tränen laufen über sein Gesicht. Sie tun mir genauso weh wie ihm. Ich möchte ihm so gerne helfen. Aber es ist ausweglos. Schon wieder. »Du musst gehen. Bis vor drei Tagen wusstest du selbst nicht, was du mit dir anfangen sollst. Daran hat sich nichts geändert.«

»Alles hat sich geändert«, unterbreche ich ihn.

»Nein.« Er umfasst meine Handgelenke und schiebt mich von sich weg, löst sich von mir. Die Kluft zwischen uns wird so tief, dass es tödlich enden kann, wenn man den falschen Schritt setzt. »Wir müssen beide unser Leben in den Griff kriegen.«

»Aber ich habe dir gerade gesagt, dass ich dich liebe.«

Er legt sich beide Hände vors Gesicht und wischt seine Wangen trocken. Als er mich wieder ansieht, ist der Schmerz in seinem Ausdruck greifbarer denn je.

»Ich weiß und du hast keine Ahnung, wie viel mir das bedeutet, Baby.« Immer wieder bahnen sich neue Tränen den Weg über seine kantigen Wangenknochen. Würde er doch bloß seine Hände um mein Gesicht legen. Wenn ich ihm doch bloß zeigen könnte, wie sehr ich ihn brauche. Dass ich bei ihm sein will. Dass es egal ist, wer wir sind, solange wir es nur gemeinsam sind.

»Und gerade weil das so ist, musst du gehen.« Nur noch vereinzelt sind Leute im Fährterminal. »Man kann nur aufrichtig lieben, wenn man mit sich selbst im Reinen ist.« Er zieht einen Mundwinkel nach oben. »Und da haben wir beide noch einiges zu tun.«

»Ich kann nicht«, winsele ich und sehe mich um. Es wird Zeit für eine Entscheidung.

»Du kannst. Und du wirst. Ich habe es deinem Dad versprochen. Er erwartet dich in Harwich.«

Er packt meinen Rucksack und drückt ihn mir in die Hand.

»Was ...? Ich ...«, schluchze ich. »Bitte komm mit«, bettele ich. »Ich ... kann nicht«, wiederhole ich. Ein Mitarbeiter der Reederei schließt die ersten Drehkreuze und beobachtet uns. Adam nickt ihm zu. Ich schüttle immer wieder mit dem Kopf. *Nein. Nein. Nein.* Das ist alles, was ich denken kann.

»Pass auf dich auf«, flüstert Adam, küsst meinen Kopf und bevor ich irgendwie reagieren kann, wendet er sich von mir ab und nimmt meine letzte Kraft mit sich.

»Miss«, sagt der Reedereimensch im selben Moment und hindert mich daran, auf die Knie zu sacken. »Sie müssten dann.« Er deutet auf das letzte geöffnete Drehkreuz.

Mein Blick wandert in Zeitlupe zwischen ihm, der Fähre und der Tür, durch die Adam längst verschwunden ist, hin und her.

Und dann tue ich es. Setze einen Fuß vor den anderen. *Es ist das Beste so,* versucht mir mein Verstand weiszumachen. Doch mein Herz wird mir diesen Schritt nie verzeihen.

»Eine gute Reise«, wünscht mir der Mann, der mein Ticket scannt. Das Schloss rastet hinter mir ein und ohne zurückzublicken, verlasse ich Rotterdam. Und ich verlasse Adam Stevens. Denn für mich wird er immer Adam Stevens bleiben.

***

Sechs Stunden lang sitze ich in der VIP-Lounge der Fähre und sehe aus dem Fenster. Beobachte, wie Rotterdam und schließlich die Nordseeküste immer kleiner werden und nichts außer dem Meer zu sehen ist. Ich esse nicht. Ich trinke nicht. Ich will nicht an Deck sein. Kann den Wind um meine Nase heute nicht ertragen. Es macht mir keinen Spaß und ich will mich auch nicht lebendig fühlen. Ohne mich zu rühren, lasse ich immer und immer wieder Adams Worte durch meine Gedanken wandern. Sie vermischen sich mit Erinnerungen an das Hostel. Marissa. Luke. Und immer wieder Adam. Unsere Ankunft. Unser Frühstück am Fuß der Erasmusbrücke. Die Nacht, in der er mich gerettet hat. Unsere Stunden im Hotel, die das Intimste waren, das ich je erlebt habe.

Um mich herum flüstern die Menschen ihre Bestellungen und laben sich an dem hübsch arrangierten Buffett. Ich drücke das kleine Büchlein in meinen Händen fester an meine Brust. Immer wieder tropfen Tränen auf mein Shirt. Unmittelbar nach Ablegen der Fähre habe ich Adams Notizbuch im Seitenfach meines Daypacks gefunden. Auch wenn es nichts Neues mehr zu entdecken gibt, da ich es schon Dutzende Male durchgesehen habe, schlage ich immer wieder die letzte Seite auf. Die Zeichnung, die er nach unserem ersten Sex angefertigt hat. Ich sauge die Worte ein, die vorgestern ganz sicher noch nicht dort standen.

Ich werde dich immer lieben.

Die zarten Bleistiftstriche wirken so vergänglich. Ich wage es nicht, mit dem Finger darüberzufahren.

Ich wünschte, wir hätten mehr Zeit gehabt. Ich wünschte, er hätte mir vertraut und sich mir geöffnet. Ich wünschte, ich könnte ihn besser verstehen. Ich erinnere mich an den Moment, als er nach meiner Absturznacht gesagt hat, es gebe noch so viel Unausgesprochenes. Hat er das gemeint? Sich und seinen Teil dieser Geschichte?

So viele Fragen, auf die ich in seinem Büchlein keine Antworten erhalte. Mir bleibt nichts übrig, als dazusitzen und auf den Horizont zu starren, der sich im leichten Gang der Wellen zu heben und senken scheint.

Ich kann nicht mal sagen, ob ich es bereue, aufs Schiff gestiegen zu sein.

Das, was Adam gesagt hat, ist ja nicht falsch. Nur irgendwie auch nicht richtig. Und vor allem tut es weh. Es schmerzt einfach so sehr, von ihm getrennt zu sein. Er hat gesagt, er ist in London nicht zu Hause. Bedeutet das, dass er möglicherweise niemals zurückkehren wird? Denn das könnte ich nicht ertragen.

Er hat einen Bruder. Ich verstehe seinen Wunsch, sich der Vergangenheit zu stellen. Nur wäre ich dabei gerne an seiner Seite. Kein Mensch sollte solche Emotionen allein aushalten müssen.

Am Rande bekomme ich mit, wie die anderen Passagiere mit ihrem Geflüster aufhören und wieder in ihre schicken Regenmäntel steigen. Wir sind da. Ich bin zu Hause.

Als ich vor über einer Woche nach Rotterdam aufgebrochen bin, habe ich keine Ahnung gehabt, wann und wie ich zurückkehren würde. Nur bei einem war ich mir sicher. Adam würde dabei sein. Er würde neben mir sitzen und irgendwas auf eine Serviette des Bordrestaurants kritzeln, während ich über die Sinnhaftigkeit von Regenjacken philosophieren würde. Wir wären zusammen und doch irgendwie Lichtjahre voneinander entfernt.

Schon komisch. Jetzt bin ich allein. Ohne ihn. Und doch habe ich das Gefühl, nie jemandem so nah gestanden zu haben.

Das Schunkeln der Fähre wird stärker. Wir haben das Anlegemanöver eingeleitet. Ich hieve den schweren Rucksack auf meinen Rücken und nehme den anderen in die Hand, um mich auf den Weg zu den Rampen zu begeben.

Jeder Schritt ist anstrengend. Ich bin müde. Habe viel zu lange nicht gegessen und getrunken. Aber vor allem bin ich traurig. So unfassbar traurig, dass mir das Laufen schwerfällt.

Der Wind bläst kräftig, während ich die Fähre verlasse. Alle Sorgen lösen sich für einen Moment in Luft auf. Schon von Weitem sehe ich an einer Leitplanke des Parkplatzes meinen Dad stehen. Die Haare wie immer zottelig im Nacken zusammengebunden lehnt er am Metall und scharrt mit den Füßen im Schotter. In schwarzer Jeans und schwarzem Hemd. Ohne Regenjacke. Er hat die Hände in die Hosentaschen geschoben und sieht höchstens aus wie Mitte dreißig. Dabei ist er schon weit über vierzig. Er beobachtet die Passagiere, die mit mir von Bord gehen, und dann entdeckt er mich. Sein Blick ist hart. Ich erkenne an seinen zusammengeschobenen Augenbrauen, wie wütend er ist. Verdammt wütend.

Ihn zu sehen löst eine neue Welle Tränen aus und ich empfinde nur noch Erleichterung. Egal ob es gemein war oder nicht. Adam hatte recht. Egal was passiert. Mein Dad wird immer da sein und mir helfen. Ganz gleich ob ich den größten Mist gebaut habe oder nicht.

Bei jedem meiner Schritte wird sein Ausdruck weicher und die letzten Meter kommt er mir mit großen Schritten entgegen, ehe ich ihm schluchzend in die Arme falle. Er schlingt seine Arme fest um mich und streichelt mir den Kopf. Seinen Duft einzuatmen tut so unfassbar gut. Er riecht nach meinem Dad und … nach Zuhause.

»Schon gut, Prinzessin«, flüstert er. Genau so, wie er es immer getan hat. »Daddy ist da. Wir kriegen das hin.«

Und ich weiß nicht, wie er das anstellt. Aber für den Augenblick glaube ich ihm.

# Kapitel 24

»Wie konntest du dich nur auf diesen Idioten einlassen?«, mault mein Dad, während er mein Gepäck auf die Rückbank seines Rovers schleudert. Nur mein Handy und Adams Büchlein halte ich in der Hand. Ich will beides bei mir behalten. Immer noch warte ich darauf, dass er anruft oder wenigstens schreibt.

»Adam?«, fahre ich ihn an und steige in seinen Wagen. Ich habe Mühe, auf den hohen Beifahrersitz zu klettern.

»Quatsch. Mr Right«, zischt er und steigt neben mir auf den Fahrersitz. Trotz allem, was passiert ist, genieße ich kurz die Tatsache, wieder links zu sitzen.

»Luke?« Dieses Problem ist seit gestern Abend stündlich weiter in den Hintergrund gerückt. Jetzt, unter den Augen meines Dads, schäme ich mich fürchterlich für diese Dummheit.

»Ich weiß nicht, wie oft ich dich vor Typen wie ihm gewarnt habe.« Die erste Sentimentalität unseres Wiedersehens ist verflogen. Zeit für Sam, den Dad raushängen zu lassen. »Hast du bei all meinen Vorträgen überhaupt zugehört? Du kennst die Regeln, Grace.«

»Es ist doch nichts passiert«, murmele ich und knibbele am Ledereinband von Adams Buch rum.

»Es ist nichts passiert?« Er wendet sich zu mir und lehnt sich auf die Mittelkonsole. »Grace Charlotte Handerson!« Wenn er mich bei meinem vollen Namen anspricht, heißt das meist nichts Gutes. »Du hast Drogen genommen. Ein Foto davon kursiert im Netz und ruiniert das letzte bisschen guten Ruf deines Onkels. Mal ganz abgesehen davon, dass deine Mum und ich auch nicht gerade gut dabei wegkommen.«

»Aber das ist doch jetzt überhaupt nicht mehr wichtig«, schreie ich und habe ehrlich gesagt keine Ahnung, wo das auf einmal herkommt. Ich schlage beide Hände vors Gesicht und heule wie eine Sechsjährige, die ihr Spielzeug nicht mehr finden kann.

Mein Dad löst meine Finger von meinem Gesicht und schließt sie in seine. Die Finger seiner rechten Hand sind alle tätowiert, so wie seine Arme und ein Großteil seines Oberkörpers. Für mich ist das nichts Besonderes. Ich kenne ihn nur so.

»Na komm, Prinzessin. Rede mit mir. Was genau ist da passiert in der letzten Woche?« Ich ziehe die Nase hoch und sehe ihn aus Tränen verhangenen Augen an. »Gott«, knurrt er vor sich hin. »Nur eine Woche. Sieben Tage und ihr schafft es, ein riesengroßes Chaos anzurichten.« Er rauft sich die Haare und hinterlässt ein ziemliches Durcheinander in seiner Oldschool-Zottelfrisur. »Du hast keine Ahnung, wie Scott und deine Mum getobt haben.«

»Es tut mir leid«, heule ich.

»Davon kann dein Onkel sich auch nichts kaufen«, meckert er. »Die Presse belagert das Penthouse pausenlos.«

»Was soll ich denn noch tun außer mich entschuldigen? Mein Gott. Er hat Schlimmeres überstanden.«

»Grace«, donnert mein Dad, »wir alle müssen deine Dummheit ausbaden. Du könntest wenigstens ein bisschen mehr Respekt zeigen.«

»Es tut mir leid, Dad. Okay? Ich würde all das rückgängig machen, wenn ich könnte. Aber das kann ich nicht.«

Ich nehme mir die Wasserflasche, die in seinem Getränkehalter hängt. Mein Dad verlässt das Haus nie ohne etwas zu trinken und gerade bin ich dankbar dafür.

»Willst du nun wissen, was passiert ist, oder lieber nicht?«

»Natürlich. Alles. Du erzählst mir jetzt alles der Reihe nach. Ich will jedes noch so kleinste Detail hören, damit ich sicher sein kann, dass ich dich nicht zu Unrecht bei deiner Mutter verteidigt habe.«

Ich presse die Lippen fest aufeinander. Meine Mum ist großartig. Ich liebe sie. Keine Frage. Aber sie ist streng. Viel strenger als mein Dad. Ganz sicher bekomme ich von ihr den heftigsten Anschiss aller Zeiten. Ganz gleich ob Onkel Scott auch ohne meine Hilfe ein Idiot ist. Und ihr ist es auch egal, ob ich fünf oder zwanzig bin. Sie wird mir wahrscheinlich auch mit vierzig noch die Leviten lesen.

Also erzähle ich meinem Dad alles. Wir sitzen mitten auf dem Parkplatz des Fährterminals und er hört mir zu. Der Regen trommelt auf das Dach des Wagens und die Scheiben beschlagen und trennen uns vom Rest der Welt.

Ich berichte ihm von dem Praktikum und gestehe, dass ich mich geschämt habe ihnen von der Absage zu erzählen. Ich lasse auch nicht aus, wie mies ich mich all die Monate zuvor gefühlt habe. Dass ich nicht mehr wusste, wohin mit mir, und keine Ahnung hatte, was ich aus meinem Leben machen soll. Wie sehr ich mich unter Druck gesetzt gefühlt habe, weil sie sich so bemüht haben, aber nichts wirklich das Richtige für mich gewesen ist. Nicht dass sich daran etwas geändert hätte, aber ich erzähle ihm auch von meiner neuen Hoffnung. Weil es mir plötzlich nicht mehr so ausweglos erscheint. Voller Euphorie schildere ich ihm, wie ich am Klavier gesessen habe und dass mich seitdem der Gedanke nicht mehr loslässt, es noch mal zu versuchen. Es hat mir damals viel Spaß gemacht und Adams Worte haben mich dazu gebracht zu hinterfragen, warum ich aufgehört habe. Heute ist es mir nicht mehr klar.

Natürlich beichte ich ihm auch die Sache mit Luke. Nicht dass ich bei ihm geschlafen habe oder wir uns geküsst haben. Aber dass er mir quasi ein Alibi gegeben hat, während ich alle in dem Glauben ließ zu arbeiten. Ich erzähle von Marissa, dem Hostel und schlussendlich auch von Adam.

Wie sehr ich in ihn verliebt bin und fest daran glaube, dass ich ihn schon vorher geliebt habe, es nur nicht kapiert habe. Und von seiner Rettung aus dem Club und wie er mich schließlich ins Hotel gebracht hat.

»Er hat sich um mich gekümmert. Wir sind eine Weile im Hotel geblieben und haben ...« Ich sehe ihn an und ziehe die Unterlippe zwischen die Zähne.

»Okay. Du solltest nicht weiterreden, wenn dir an seinem Leben was liegt.«

Ich kann mir ein leises Kichern nicht verkneifen. So sehr mein Dad auch mein Freund ist, er ist und bleibt ein Vater. Und diese wollen nun mal sicher keine Lovestorys ihrer Kinder hören. Schon gar nicht ihrer Töchter. Das wiederum spare ich mir für meine Mum. Auch wenn sie wesentlich strenger ist als mein Dad. Sie ist eine ewige Romantikerin. Mit ihr kann ich über solche Dinge sprechen.

Immer mehr wird mir bewusst, wie recht Adam doch hatte. Mein Leben ist bereits perfekt. Ich habe die besten Eltern der Welt. Einen besseren Start kann ein Mensch im Leben nicht haben.

»Ich weiß, du willst das nicht hören, aber ich liebe ihn, Dad.« Er legt die Hände vors Gesicht und atmet tief ein. »Mir ist klar, wie komisch das für euch ist und so, aber ich habe noch nie derart für einen Menschen empfunden.«

War ich die letzte halbe Stunde recht gefasst, stampft mich die Traurigkeit jetzt mit all ihrer Kraft wieder in den Boden.

»Du und Adam also?«, murmelt mein Dad.

»Ich und Adam«, flüstere ich, aber meine Stimme bricht bei der letzten Silbe.

»Hey«, sagt mein Dad und nimmt seine Hände vom Gesicht. Er legt seinen Arm um mich. »Prinzessin. Das kommt alles wieder in Ordnung.«

»Hat ... er«, stottere ich, »hat er dir alles erzählt?«

»Ja. Hat er. Zumindest den Teil, in dem er in Rotterdam bleibt, um seine Familie zu finden. Und das war abzusehen, Gracy.«

»Was?«, kreische ich und starre ihn an. »Was meinst du damit?«

»Uns allen war klar, dass eines Tages der Moment kommen würde, an dem Adam seine Wurzeln sucht. Das ist normal, Spatz.«

»Aber warum?«, jammere ich. »Emily und Greg sind toll. Er hat doch ein fantastisches Leben.«

»Das schon«, gibt mein Dad mir recht und streichelt über meine Haare. Der Regen hat sie gekräuselt und mir ganz sicher eine Achtzigerjahre-Frisur beschert. »Und trotzdem muss er rausfinden, woher er kommt. Emily und Greg wussten, dass das irgendwann passieren wird. Vor einiger Zeit haben sie sich deswegen an Lauren gewendet. So war die Überraschung für die beiden nicht allzu groß.«

Das Karussell in meinem Kopf nimmt schon wieder volle Fahrt auf.

»Hä?« Ich kapiere das alles nicht. Lauren ist die Exfrau meines Onkels. Sie hat Adam damals während einer ihrer Afrikaexkursionen an Greg und Emily vermittelt. »Was meinst du damit?«

»Grace. Lauren hat Adam damals aus einer sehr armen Familie geholt. Er war damals gerade mal sechs Jahre alt. Sie hat ihn zu sich genommen. Er hat viele Monate mit ihr verbracht. Sie kennt seine Herkunft. Seine Heimat. Seine Verwandtschaft. Wenn dein Onkel seine Ehe nicht in den Sand gesetzt hätte, hätten wir alle viel früher davon erfahren. Aber Emily wusste, dass Adam eines Tages Fragen haben würde. Vor ungefähr einem Jahr hat er sich immer weiter zurückgezogen. Also haben die Stevens zu Lauren Kontakt aufgenommen und sie darum gebeten, ihm alles zu erzählen, was sie weiß, wenn er sich bei ihr melden sollte.«

»Und das hat er getan«, spreche ich für ihn weiter und setze das Puzzle in meinem Kopf zusammen. »Also wussten Emily und Greg, dass er nicht meinetwegen nach Rotterdam will?«

»Sie haben es geahnt«, gesteht mein Dad. »Was das angeht, wart ihr nicht die Einzigen, die gelogen haben. Wir kannten keine Details, aber Emily hat sich so was in der Richtung gedacht und mit Mum und mir darüber gesprochen.«

»O mein Gott«, hauche ich. »Ihr wusstet das auch? Die ganze Zeit hatte ich ein schlechtes Gewissen, dass ich ihn dorthin geschleppt habe, und dabei war ich nur das Mittel zum Zweck?«

Ich kann ihn nur anstarren.

»Ein wenig«, gesteht er. »Wir dachten, wir hätten zwei Fliegen mit einer Klappe geschlagen.«

»Na, das hat ja brillant funktioniert«, maule ich. Ich kann es nicht fassen. Meine Eltern haben mich ebenfalls belogen.

»Grace«, stöhnt mein Dad. »Jetzt mal ganz ehrlich.« Er zieht eine Augenbraue nach oben und mir ist schon fast klar, was kommen muss. »Meeresbiologie in Rotterdam?«

Ich beiße meine Kiefer so fest zusammen, dass es schmerzt.

»Wir waren uns fast sicher, dass daraus nichts wird. Du gehst nicht mal schwimmen, wenn du eine Qualle siehst.«

»Haha.« Ich entziehe ihm meine Hand. »Ist doch prima, wenn man sich auf das Versagen seiner Tochter verlassen kann.«

»Das ist doch Quatsch«, knurrt mein Dad dazwischen. »Du musst einfach aufhören dir so dermaßen den Kopf zu zerbrechen. Dann findest du schon das Richtige für dich.«

»Mach ich doch gar nicht.« Wenn wir nicht im Auto säßen, würde ich trotzig auf den Boden auftreten.

»Du bist nach Rotterdam gefahren, weil du uns nicht hast sagen wollen, dass du den Platz nicht bekommen hast. Wie würdest du das denn nennen?«

»Ach«, schnaube ich, »all das ist doch jetzt sowieso egal.« Ich hätte nicht zurückkommen sollen. Ich hätte bei Adam bleiben müssen. Dann müsste ich mir jetzt nicht eingestehen, dass sie alle recht haben. Meine Eltern. Adam. Alle. Jeder scheint immer zu wissen, was das Richtige ist. Nur ich nicht.

»Wir haben uns gedacht, dass du nicht allein bist, wenn das mit dem Praktikum nicht so läuft wie erwartet, und außerdem sind wir der Meinung gewesen, du könntest im Zweifelsfall Adam beistehen. Dass ihr dabei ein Paar werdet, war jetzt eher nicht Teil unseres Plans.«

»Toller Plan. Und jetzt bin ich todunglücklich und Adam allein und es könnte ihm alles Mögliche passieren.«

»Adam passt auf sich auf, Grace.«

»Ich kann es echt nicht fassen. Ich kann nicht glauben, dass ihr die ganze Zeit Bescheid wusstet. Verdammt«, keife ich.

»Gracy«, ermahnt er mich.

»Nein«, brülle ich. »Nein, Dad. Wie kann Emily das zulassen? Ich mein … wie kann sie erlauben, dass er sich eine neue Familie sucht? Er hat doch uns«, schluchze ich und falle meinem Dad in den Arm. »Wir sind seine Familie.«

Ich weine mich an seiner breiten Schulter aus. »Ich vermisse ihn jetzt schon so sehr, Dad. Ich kann das nicht aushalten. Es tut so schrecklich weh.«

»Ich weiß, Mäuschen«, flüstert er in meine Haare. »Ich weiß.«

»Wie können sie das nur zulassen?«, heule ich. Er löst mich etwas von sich und streichelt mir über die Wangen. Weil er eben der beste Dad der Welt ist, gibt er mir einen Moment, bis ich mich gefangen habe. Dann breitet sich ein Lächeln auf seinem Gesicht aus.

»Das ist ganz einfach, Spatz. Weil sie ihn lieben.« Ich wische mir über die Wangen und wir sehen uns eine Zeit lang still an. »Adam ist ihr Sohn. Greg und Emily würden alles für ihn tun. Eines Tages, wenn du mal Kinder hast, wirst du es verstehen.« Mir fällt nichts ein, was ich dagegen sagen könnte. »Und glaub mir. Ihnen fällt das nicht leicht. Deine Mum ist schon den ganzen Morgen bei Emily und tröstet sie. Ihr tut das genauso weh wie dir.«

In den letzten Stunden habe ich mir so viele Gedanken gemacht. Was Adam denkt. Warum er so gehandelt hat. Was aus ihm und mir wird ... Nur Gregs und Emilys Sicht habe ich nicht bedacht. Wie es für sie sein muss, wenn ich ohne ihn zurückkehre.

»Hätte ich bleiben sollen?«

»Nein. Auf keinen Fall.« Wir blicken beide Richtung Windschutzscheibe, aber man kann nichts erkennen. Der Regen ist weniger geworden, aber nach wie vor sind wir von dem Rest der Welt getrennt. »Du hast das Richtige getan. Du hast ihn gehen lassen.«

»Weil ich ihn liebe«, flüstere ich vor mich hin und entlocke meinem Dad ein leises Lächeln.

»Ich bin nicht sicher, ob ich mich je daran gewöhnen werde«, knurrt er, aber ich sehe, wie seine Mundwinkel zucken.

»Was, wenn er nicht wiederkommt?«, stelle ich mich meiner schlimmsten Befürchtung.

»Ich kenne Adam seit seinem ersten Tag bei den Stevens. Ich habe gesehen, wie er unsere Sprache gelernt hat und sich bei ihnen entfalten konnte. Sie sind seine Familie. Egal was passiert. Er wird wiederkommen, da bin ich mir sicher.«

Während mein Dad den Motor des Rovers anschaltet und die Lüftung mit aller Mühe die Scheiben freibläst, denke ich über seine Worte nach. Ich versuche mir vorzustellen, was Adam gerade macht. Ob er auch an mich denkt?

Noch vor wenigen Stunden war ich am Boden zerstört. Dachte, mein

Leben wäre vorbei und die letzten Tage hätten alles kaputtgemacht. Aber so langsam schöpfe ich neue Hoffnung. Denn Adam liebt mich. Dessen bin ich mir sicher. Wenn die Zeit, die wir gemeinsam hatten, auch noch so kurz war. Sie war echt. Und ich empfinde genauso für ihn. Mir fällt eine Zeile aus *The Rose* ein. Dem Lied, das wir gemeinsam auf dem Klavier gelernt haben. Ich kann mich nicht an den genauen Wortlaut erinnern. Im Groben und Ganzen geht es darum, dass ein Herz, das ständig nur Angst hat, nie zu tanzen lernen kann.

Und ich möchte tanzen. Mit Adam. Mein Dad hat recht. Ich habe ihn gehen lassen, weil ich ihn liebe. Nur deshalb bin ich auf dieses Schiff gestiegen. Ich habe ihn ziehen lassen. So wie er einst mich. Bin das Risiko eingegangen, ihn zu verlieren. Und dennoch werde ich so lange an unsere Liebe glauben, bis er mich persönlich vom Gegenteil überzeugt. Er wird zurückkommen. Er muss es einfach. Daran werde ich mich festhalten und mein eigenes Leben auf die Reihe kriegen. Das ist es, was er will.

»Ich bin froh dich wieder hierzuhaben.« Dad trommelt aufs Lenkrad, während er den Geländewagen vom Parkplatz dirigiert.

»Ich nicht«, lasse ich meine Gedanken raus. Wir sehen uns einen Moment an, ehe er wieder auf die Straße blickt. »Aber«, ich streichele ihm über die Schulter, »ich bin froh, dass du mich abgeholt hast.«

Noch einmal lächelt er mir kurz zu, bevor wir das Hafengelände endgültig verlassen. Es liegen noch neunzig Minuten Fahrt zwischen mir und meiner Mum, deren Ansage sicher nicht ganz so gnädig verlaufen wird.

»Dad?«, sage ich nach den ersten Meilen. Die stetige Musik seiner Lieblingsband und das monotone Wischen des Scheibenwischers wirken einschläfernd.

»Hm?«, brummt er und dreht die Musik etwas leiser.

»Du und Mum ...« Ich ergebe mich dem Drang, meine Augen zu schließen. Etwas, das ich bislang vermieden habe, weil es immer nur Adam ist, den ich dann vor mir sehe. »... ihr seid die besten Eltern der Welt. Ich bin dankbar meine Wurzeln bei euch zu haben.«

Ich spüre seine warme Hand, die meinen Oberschenkel tätschelt, und nach und nach weicht alle Anspannung der letzten Woche aus meinem Körper. Ich bin so müde.

»Schlaf ein bisschen, Prinzessin«, flüstert er und ohne es zu wollen, tue ich, was er sagt.

*Er wird zurückkommen,* denke ich noch, bevor der Schlaf mich übermannt.

# Kapitel 25

Mit der Liebe ist das so eine Sache. Ja, sie ist vielleicht wie eine Pflanze, die mit der Liebe der Sonne … bla, bla, bla. In Songs klingt das alles immer so herrlich einfach. In meinem Fall ist die Hoffnung auf Liebe eher wie ein Kaktus. Wie ein stacheliger, nichtssagender Kaktus. Er steht einfach da. Auch ohne dass man sich um ihn kümmert. Er sieht weder besonders hübsch aus noch bringt er Farbe in dein Leben. Wenn man sich mit ihm beschäftigen will, piekst er. Streift man ihn versehentlich im Alltag, hat man noch Stunden später nicht sichtbare Stacheln unter der Haut stecken. Meine Hoffnung ist ein Kaktus. Sie ist da, aber vollkommen nutzlos.

»Mum und Dad sind bei dieser Buchvorstellung in der Stadt.« Jordan streckt nur den Kopf in mein Zimmer. Man kann dabei zusehen, wie er versucht alles in kürzester Zeit aufzunehmen. Ja, ich habe mein Zimmer in den letzten vier Tagen kaum verlassen. Ich habe nicht gelüftet oder mich geduscht. Dafür habe ich alles an Süßigkeiten gegessen, was ich finden konnte. Mein Gepäck liegt verteilt über den Holzboden. Ich habe es nicht fertiggebracht, es wegzuräumen. Außerdem habe ich sämtliche Fotoalben auf meinem ausklappbaren Sofa verteilt, um Fotos von Adam und mir zu suchen. Mein Zustand ist schlimmer als ein Kaktus. »Es läuft heute dieser neue Zombiefilm. Ich dachte, vielleicht könnten wir …«

Mein Seufzer hindert ihn am Weitersprechen. Mein Bruder sieht aus wie Dad. Blaue Augen, schwarze Haare. Seine fallen ihm lockig in die Stirn. Das muss irgendein Gen sein, das in der Familie liegt. Denn auch mein Grandpa und mein Onkel Chandler besitzen diese Kombination, auf die so gut wie alle Frauen abfahren. Schade eigentlich, dass ich die Haare meiner Mum geerbt habe. Unser braun ist gar keine richtige Farbe. Es ist einfach da. Wie der Kaktus.

»Ich spiele seit vier Tagen Zombie, da brauch ich den Mist nicht noch im

Fernsehen, Barney«, maule ich ihn an. Dabei spucke ich ihm seinen richtigen Namen boshaft vor die Füße. Nur weil mir bewusst ist, wie sehr er es hasst. Im selben Moment tut es mir aber auch schon leid. Meine Familie bemüht sich wirklich. Es ist nicht fair, dass ich so fies zu ihnen bin. Sie können nichts dafür, dass ich kein Praktikum habe und Adam mich verlassen hat. Sie tragen keine Schuld für mein Desaster mit dem Drogenbild und auch nicht dafür, was für ein erbärmliches Häufchen Elend ich doch bin.

»Na schön«, meckert er im gleichen Tonfall. Er zieht den Kopf zurück, doch bevor er die Tür schließt, öffnet er sie noch einmal vollständig. »Aber weißt du was?« Ich ziehe meine Decke bis zum Kinn. »Du bist nicht die Einzige, die ihn vermisst.«

Meine Tür knallt so laut ins Schloss, dass ich zusammenzucke. Und wach werde. Ich bin es. Ich bin der verdammte Kaktus. Ich steche jeden, der mir zu nahe kommt. Und das ist scheiße.

Ohne lang zu überlegen, schlüpfe ich aus meinem Bett und schlurfe ins Wohnzimmer. Unser Haus ist nicht besonders groß, aber ich liebe das schmale Reihenhaus. Die Zimmer und Flure sind alle nicht besonders breit, aber die Decken sind hoch und meine Mum hat einen verrückten Einrichtungsstil, der aus jeder Ecke etwas Besonderes macht. Mein Zimmer liegt im Erdgeschoss und es sind nur wenige Schritte durch den Flur, in dem alles in Schwarz-Weiß gehalten ist. Von den Bodenfliesen bis zu den Fotografien, die an der Wand hängen. Die meisten sind Kinderfotos von meinem Bruder und mir.

Am Ende der Wohnlandschaft bleibe ich stehen und sehe zu meinem Bruder. Genau wie mein Dad kann er gekonnt eine Augenbraue nach oben ziehen.

»Hey, Jordi«, druckse ich rum. »Auf einen Zombie mehr oder weniger kommt es doch nicht an, hm?«

Mit dem großen Zeh schiebe ich die Kante des dicken Wohnzimmerteppichs hin und her und fummele an dem Saum meines Hoodies. Es ist ein uralter Pullover meines Dads. Er ist schwarz und das alte Fußballlogo der

Ramsgate Firebirds ist schon fast vollständig abgeblättert. Dennoch liebe ich ihn. Ich finde die Vorstellung toll, dass Dad ihn getragen hat, als er noch für meinen Grandpa Fußball gespielt hat und abends mit meiner Mum und den anderen Spielern so richtig highschool-musical-mäßig ausgegangen ist. Meine Mum lacht immer über diese Vorstellung. Sie meint, ich hätte ja keine Ahnung.

Jordan presst den Kiefer zusammen, lässt mich aber nicht allzu lange zappeln. Er schlägt die Decke beiseite, die auf seinen Beinen liegt, und klopft neben sich. Draußen herrschen angenehme Temperaturen, aber die alten Gemäuer unseres Hauses lassen es immer kalt wirken.

Ohne zu zögern, krabbele ich zu ihm aufs Sofa und setze mich dicht neben meinen Bruder. Ich ziehe die Knie an meinen Körper und er legt die Decke über uns. Er ist mit seinen siebzehn Jahren schon viel größer als ich.

»Du vermisst ihn auch, hm?«, sage ich nach einer Weile. Wir sehen uns nicht an. Starren beide auf den Bildschirm, der noch dunkel ist.

»Ich hab Angst, dass er nicht wiederkommt«, gesteht er und fasst meine schlimmste Sorge in Worte.

»Ich auch«, flüstere ich. Ich bin nicht stark genug, um ihm etwas vorzugaukeln, das ich nicht wissen kann.

»Und ihr seid jetzt so richtig zusammen?« Jordan und ich reden nicht besonders viel miteinander. Ich nehme mal an, Mum hat ihm alles berichtet. Seit ich aus Rotterdam zurückgekommen bin, habe ich mit niemandem mehr wirklich gesprochen. Abgesehen von dem Gespräch mit Mum. Wir haben uns erst angeschrien, dann habe ich geheult und anschließend haben wir in meinem Bett Eis gegessen und ich habe ihr von Adam und mir erzählt. Wie erwartet war sie hin und weg.

Ansonsten hatte ich keine Lust, meine Freundinnen anzurufen oder auszugehen. Und vor Greg und Emily verstecke ich mich nach wie vor. Ich weiß nicht, was ich ihnen sagen soll. Sie tun mir leid. Mit Marissa schreibe ich hin und wieder. Ich kann nicht mit ihr telefonieren, dafür sind die Wunden aus Rotterdam noch zu tief.

»Na ja … ich weiß nicht, was wir sind. Aber auf jeden Fall waren wir es.«

»Ist es schlimm, wenn ich das … seltsam finde?«

»Nein«, lache ich. »Ich finde es selbst seltsam.«

Ich kuschele mich etwas an meinen kleinen großen Bruder und lege meinen Kopf auf seine Schulter. Mit Geschwistern ist das so eine Sache. Man redet nicht sonderlich viel und hat manchmal so gut wie keine Gemeinsamkeiten. Aber dennoch ist Jordan eine der Personen, die mir am nächsten stehen. Er weiß, was ich gern esse. Er kennt mein Gesicht, kurz bevor ich kotzen muss, und er weiß, wie ich ungewaschen im Pyjama aussehe. Wir haben uns bei all unseren Schritten im Leben begleitet. Da ist es egal, ob man sich im Grunde genommen leiden kann oder nicht.

»Und was hast du jetzt vor?«

Die Frage aller Fragen.

»Ich hab ehrlich gesagt keine Ahnung.«

Am Sonntag war ich noch voller Tatendrang. Ich habe meinem alten Klavierlehrer eine E-Mail geschrieben und mich durch die Angebote der Uni geklickt.

Irgendwann zwischen der Nachricht, dass ich für den Unterricht auf einer Warteliste stehe, und der Tatsache, dass ich immer noch keine Idee für einen neuen Studiengang habe, bin ich dann wohl zum Kaktus geworden.

»Hast du versucht ihn anzurufen?«

»Ich habe ihm geschrieben. Immer wieder. Du?«, frage ich und sehe ihn von unten an. An seinem Kinn wächst langsam ein Bart, was wirklich ulkig aussieht.

»Habe es versucht, aber er ist nicht rangegangen. Hat mir nur geschrieben, dass er sich bald wieder meldet. Und ich …«

»Er hat dir geschrieben?« Ich richte mich abrupt auf. Mittlerweile sind es drei E-Mails, die ich Adam geschrieben habe, aber alle sind unbeantwortet geblieben.

Jordan zuckt nur mit den Schultern. Nach einem längeren Blickkontakt lege ich meinen Kopf zurück auf seine Schulter. Trotzdem schlägt mein Herz eine Spur schneller als in den letzten Tagen.

»Und du was?«, frage ich, nachdem ich seine Worte noch mal Revue passieren lasse.

»Ich soll solange auf dich aufpassen.«

Ich kralle mich etwas fester an seinen Oberarm und eine einzelne Träne kullert auf seine Schulter.

»Du hast öfter mit ihm geredet, oder?« Ich wische über meine Wange und sehe ihn noch einmal an. »Über Dinge, die du nicht mit Mum und Dad besprechen willst.«

Er nickt lediglich. Im dämmrigen Licht von Mums Stehlampe sieht mein Bruder viel älter aus, als er es eigentlich ist. Bestimmt werden viele Mädchen auf ihn stehen und er checkt es nicht mal.

»Ich weiß, ich bin nicht Adam, und sicher wäre es etwas komisch, wenn du mit mir über ... na ja ... also, wenn wir über ... Sex oder so sprechen würden, aber du sollst eins wissen. Ich bin für dich da.«

»Wollen wir vielleicht lieber einfach den Zombiefilm sehen?«, fragt Jordan. Jede seiner Fasern ist angespannt, seit ich das Wort »Sex« laut ausgesprochen habe.

»Okay«, lache ich. Auch wenn mir eigentlich zum Weinen zumute ist. Ich habe nichts von Adam gehört und es verletzt mich, dass er meinem Bruder geantwortet hat und mir nicht.

Ob er mit Greg und Emily gesprochen hat? Vielleicht sollte ich doch den Schritt wagen und mit ihnen reden.

»Und morgen solltest du duschen«, murmelt mein kleiner Bruder, als hätte er meine Gedanken mit angehört, legt seinen Arm aber dennoch um mich. »Du riechst sogar wie ein Zombie.« Kein Hauch Humor in seiner Stimme. Und es könnte sogar sein, dass er recht hat.

Nach zwei widerlichen Filmen, die keinen Platz für meine Gedanken ließen, bin ich zurück ins Bett gekrochen und habe mir die Decke über den Kopf gezogen. Ich habe Angst vor Zombies unter meinem Bett und die Traurigkeit lauert in meinem Zimmer wie ein wildes Tier, das mich zerfleischen will.

Das Display erhellt meine kleine Höhle, während ich Adam eine weitere E-Mail schreibe, die er nicht beantworten wird.

Hey,
heute habe ich mit Jordi Zombiefilme gesehen. Ich weiß nicht, ob du gerne Zombiefilme schaust, und es macht mich wahnsinnig, dass ich dich nicht einfach fragen kann. Außerdem habe ich etwas festgestellt. Ich bin ein Kaktus. Aber da du eh nicht antworten wirst, muss ich das nicht näher erklären.
Auf die Gefahr hin, mich zu wiederholen, ich vermisse dich, Adam. Es vergeht kein Tag, keine Stunde, wo ich mich nicht frage, wo du bist oder was du gerade machst. Wo übernachtest du? Heute Morgen hatte ich kurz den Hörer in der Hand und wollte beim Hostel fragen, ob du dort bist. Ich habe mich nicht getraut. Denn was wäre gewesen, sie hätten Ja gesagt? Wäre ich auf die nächste Fähre gestiegen? Wahrscheinlich ... Und ich werde das Gefühl nicht los, dass du das nicht möchtest. Oder? Bitte sag mir, wenn du mich gern bei dir hättest. Ich könnte noch heute Nacht ein Ticket buchen und schon morgen bei dir sein.
Ach ... was red ich. Du wirst dich ja doch nicht melden.
Bitte vergiss mich nicht.
Ich liebe dich.
Wirklich. Ich möchte für dich da sein.
Ach ... vergiss das.
Ich lasse es lieber mit »Ich liebe dich« enden.
Gracy

PS: Du hast es geschafft, dass ich mit meinem Bruder über Sex reden wollte. Ganz toll!

In meiner ersten E-Mail habe ich lange über ihn und mich philosophiert. Über das, was er mir bedeutet, und darüber, wie sehr ich ihn vermisse. Ich habe ihm berichtet, dass ich ihm eigentlich lieber altmodische Liebesbriefe geschickt hätte, weil ich glaube, die Vorstellung wäre was für ihn. Wenn die Liebste mit einem Schiff romantische Worte auf altem Papier über das Meer zu ihrem Geliebten schickt. Sicher würde er mir mit Zeichnungen antworten. Da all das ihn niemals erreicht hätte, bin ich auf E-Mails umgestiegen. Ich weiß, der Vergleich hinkt, aber meine Möglichkeiten, ihn zu erreichen, sind eingeschränkt. Und ich verbiete es mir, einen seiner Social-Media-Accounts zu öffnen. Es würde mir das Herz brechen zu sehen, dass er online ist, aber nicht antwortet. So kann ich mir wenigstens vorgaukeln, er hätte meine Worte nie erhalten.

Ganz abgesehen davon hat Scott mir verboten meine eigenen Profile zu öffnen. Erst muss Gras über die Sache mit Luke wachsen. Seine Anwälte haben den Beitrag löschen lassen und auf Schadensersatz geklagt. Keine Ahnung, ob das irgendwas bringt, und unterm Strich ist es mir auch egal. Soll die Welt doch denken, was sie will. Ich meine, hey … ich bin ein Kaktus, oder nicht?

# Kapitel 26

Der Regen, von dem ich mittlerweile überzeugt bin, dass er sich meiner Laune anpasst, hat seit zwei Tagen nachgelassen und die Sonne sticht mit alter Gewohnheit in meinen Nacken, während mein Finger vor der Klingel der Stevens schwebt.

Weitere zwei Wochen konnte ich mich drücken, aber heute ist es so weit und ich stelle mich einem Gespräch mit Greg und Emily. Nicht dass ich Angst vor ihnen hätte. Eher ist es Angst davor, Adam und seinem Zuhause nah zu sein.

Seit einer Woche weine ich nicht mehr jeden Tag mehrmals, sondern in der Regel nur noch vorm Einschlafen. Ich habe eine ausgewogene Hygiene und schaffe es, mit meiner Familie regelmäßig zu essen. Doch viele meiner alten Gewohnheiten sind nur Fassade. Damit die Menschen um mich herum endlich aufhören mich zu bemitleiden. Denn ohne Adam zu leben, scheint immer noch absolut unmöglich.

Jetzt in Grays vor seiner Haustür zu stehen, nur ein paar Schritte von seinem Zimmer entfernt, lässt den Kloß in meinem Hals wieder anschwellen.

»Gracy!« Emilys Stimme lässt mich zusammenzucken. Wie aus dem Nichts taucht sie vor mir auf und wischt sich die Hände an einem Geschirrtuch trocken. Ich habe nicht mal mitbekommen, dass sie die Haustür geöffnet hat. »Willst du reinkommen oder soll ich wieder zumachen und du überlegst es dir noch mal?«

Ihr Zwinkern zusammen mit dem vertrauten Duft, der aus dem Haus in meine Nase weht, löst meine Anspannung ein wenig. Emily ist meine Lieblingstante. Dads Schwestern und meine andere Patentante Cindy sind auch cool, aber zu Emily hatte ich schon immer einen besonderen Draht. Wahrscheinlich ist das auch der Grund, warum ich einen Schritt auf sie zu mache und ihr um den Hals falle.

»Ich wollte viel früher kommen«, murmele ich in ihre dicken hellbraunen Haare. Seit ich denken kann, sind sie so lang, dass sie beinahe ihren Hosenbund berühren. Meist hat sie die obere Partie in einen Dutt gebunden. Emily ist die trendigste Tante, die man sich vorstellen kann. Heute trägt sie einen knallroten Minirock und ein geringeltes Shirt.

»Es ist viel für dich gewesen, ich weiß.« Sie drückt mich fest gegen ihren schmalen Körper und streichelt mir über den Rücken.

»Gracy.« Wir lösen uns voneinander, weil Greg am Treppenabsatz zum Keller erscheint. Der älteste Freund von Mum und meinem Onkel ist ein unscheinbarer Kerl mit kurz geschorenem Haar und ausgetragenen Latschen. Aber er ist der netteste Kerl auf der Welt. Mum und Emily erzählen uns oft Geschichten, wie er und mein Dad sich früher gehasst haben. Sie haben sich sogar einmal geprügelt, was ich mir bei beiden so gar nicht vorstellen kann.

»Hi, Onkel Greg«, murmele ich. Keine Ahnung, warum ich so verlegen bin. Vielleicht weil ich Sex mit ihrem Sohn hatte. Irgendwie fühlt es sich an, als könnte man mir es an der Nasenspitze ansehen.

»Komm doch rein.« Emily schiebt mich durch den schmalen Eingangsbereich in das helle Wohnzimmer. Bei den Stevens sieht es ganz anders aus als bei uns. Keine bunten Wände, keine bunten Möbel. Dafür jede Menge Fotos – Emily ist Fotografin – und schlichte, schicke Möbel. Und Wände voller Zeichnungen von Adam, die sich in meine Netzhaut brennen wie Säure. Wenn es nur nicht so schrecklich wehtäte, ihn zu vermissen.

Ich habe meine halbe Kindheit in diesem Haus verbracht, doch nie zuvor haben Greg, Emily und ich wie Fremde auf dem Sofa gesessen und uns angestarrt, als wäre ich die neue Freundin, die das erste Mal die Schwiegereltern kennenlernt. Aber irgendwie ist es ja so. Also nicht wirklich, denn immerhin weiß ich nicht, was zwischen Adam und mir läuft. Damit wir ein Paar sein können, müsste er streng genommen wenigstens mit mir reden.

»Ganz schön komisch, oder?«, bricht Emily als Erste das Eis. Sie hat Limonade ausgeschenkt und sitzt neben ihrem Mann, mir gegenüber. Bei jedem anderen Besuch hätte sie die Beine auf die Couch gelegt und mir gesagt, ich solle mir selbst was zu trinken holen.

»Ganz schön scheiße, dass er mich das allein machen lässt«, platzt es aus mir heraus und ich schlage mir die Hand vor den Mund. Egal was aus mir wird, ich muss lernen mein Temperament zu zügeln.

Zu meiner Überraschung lachen Emily und Greg und ich lasse meine Hand langsam sinken.

»Tschuldigung«, murmele ich. »Das war nicht so gemeint. Es ist nur ... Ich bin so ...« Meine Hände ballen sich von allein zu Fäusten.

»Wütend?«

»Enttäuscht«, korrigiere ich Onkel Greg und lasse meine Schultern sinken.

»Ach, Gracy«, seufzt Emily. »Wir wissen nicht, was zwischen dir und A gelaufen ist.« Seit Adam bei den Stevens ist, nennt sie ihn nur A. Das ist ihr persönlicher Kosename für ihn. Keine Ahnung, ob er das doof findet, aber ich denke nicht, dass sich daran je etwas ändern wird. »Und unterm Strich geht uns das auch nichts an. Immerhin seid ihr erwachsen.«

Greg starrt unentwegt auf die Holzdielen unter seinen Füßen. Wahrscheinlich sieht er die riesige Denkblase über meinem Kopf, in der blinkend in roter Schrift steht: »Wir hatten Sex.«

»Aber was ich weiß«, fährt meine Tante fort, »ist, dass er dich liebt.« Mein Blick schießt von Greg zu ihr und ich fürchte, jeden Moment fallen mir die Augen aus dem Kopf. »Jungs reden nicht viel, aber ich bin nicht blöd. Er liebt dich, seit ich denken kann. Nie hat er ein anderes Mädchen mitgebracht oder so von einem seiner Dates gesprochen wie von dir. Er hat dich immer in Schutz genommen und ich bin mir sicher, jetzt gerade tut er das auch noch.«

»Aber er hat mich weggeschickt«, protestiere ich. Denn wenn ich ehrlich bin, ist das nach wie vor mein größtes Problem. Dass er mich von sich gestoßen hat.

»Und es ist dein gutes Recht, deswegen sauer zu sein. Aber ich bin mir sicher, ihm ist diese Entscheidung nicht leichtgefallen.«

Ich sehe Adams verweinte Augen vor mir und kann nur nicken.

»Du warst noch sehr klein, als Adam zu uns kam«, ergreift Greg das Wort. »Sicher kannst du dich nicht daran erinnern.«

War ich bis eben noch eine wortgewandte Frau, kann ich jetzt nur mit dem Kopf wackeln wie ein Idiot.

»Es ging ihm damals sehr schlecht, Grace.«

»Warum?«, bringe ich mit größter Mühe über meine Lippen. Vielleicht hilft es mir, Adam zu verstehen, wenn ich seine Geschichte kenne.

»Als Lauren ihn zu sich genommen hat, ist er ziemlich traumatisiert gewesen. Seine Mutter ist von Rebellen getötet worden, als er noch ein Baby gewesen ist. Sein Vater konnte nicht für ihn sorgen und gab ihn schließlich in Laurens Hände.« Emily wischt sich eine Träne weg, die stumm über ihre Wange läuft.

»Er hat sich so gut entwickelt, seit er hier ist. Doch wir wussten immer, dass ihn die Vergangenheit eines Tages einholen wird.«

Meine Hände zittern, doch ich zwinge mich dazu, nicht zu weinen. Wenn mein Herz nicht schon ein Scherbenhaufen wäre, würde es jetzt brechen.

»Also ... wusstet ihr all das?«, frage ich. Ich habe nie mit meiner Familie darüber geredet. Es gab keinen Grund. Adam war für mich immer einer von uns.

»Nein«, antwortet Greg, »nicht im Detail jedenfalls. Wir wollten damals nichts über seine Vergangenheit wissen. Wir haben Lauren gebeten es für sich zu behalten. Er sollte unvoreingenommen groß werden. Sorgenfrei, ohne Mitleidsblicke.«

»Ich weiß, bei Adams Adoption ist nicht alles so gelaufen, wie es sollte«, erklärt sich Emily. »Lauren hätte eigentlich die Verpflichtung gehabt, uns über alles aufzuklären. Doch dadurch dass Adam nie offiziell vermittelt worden ist, sondern sein Vater ihn einfach weggegeben hat, haben wir ein Schlupfloch gefunden. Wir wollten alle von vorne anfangen. Gemeinsam.«

»Aber dann hat er angefangen zu forschen«, murmele ich in Gedanken.

»Wir haben gemerkt, wie ihn etwas bedrückt, und konnten es uns denken. Ich habe Lauren eine E-Mail geschrieben, dass sie ihm alles erzählen soll, falls er sich bei ihr meldet. Das war von Anfang an die Abmachung. Er sollte selbst entscheiden, ob und wann er mehr erfahren möchte. Und Adam wusste das. Wir haben oft darüber geredet. Die Entscheidung lag bei ihm.« Greg presst die Lippen aufeinander. Es muss schlimm für die beiden sein. Sie haben ihm so ein traumhaftes Leben ermöglicht und doch werden sie die Lücken in seinem Herzen nie füllen können.

»Was er ganz offensichtlich getan hat.«

»Mir war klar, dass irgendwas im Busch ist, als er gleich gesagt hat, er begleitet dich. Als er uns aus Rotterdam angerufen hat und uns endlich alles erzählt hat, musste ich ihn einfach verstehen. Ich wollte wissen, was sie ihm gesagt hat und was ihn erwarten wird, wenn er seine Vergangenheit wieder hervorholt. Bis dahin hatten wir ja selbst keine Ahnung.«

»Du hast Lauren getroffen?«, frage ich Emily.

Ich habe meine Tante nicht mehr gesehen, seit ich ein Kind war, aber ich würde sie gerne wiedersehen. Außer dem Hochzeitsfoto, das noch immer riesengroß in Scotts Penthouse hängt, habe ich nicht viele Erinnerungen an sie.

»Nein. Sie lebt in Simbabwe. Aber wir haben lange telefoniert. Sie hat mir Adams Geschichte erzählt und auch wie er sich an sie gewendet hat.«

Ich muss schlucken. Ich frage mich, wie ich das übersehen konnte. Wie konnte ich mit ihm in Rotterdam sein und all das nicht bemerken? Was für ein furchtbarer Mensch muss ich sein, dass ich seinen Schmerz nicht gespürt habe?

»Er ist erwachsen. Es ist sein gutes Recht, nach seiner Herkunft zu forschen.« Greg wischt sich übers Gesicht und erinnert mich damit an Adam. Auch wenn sie sich kein bisschen ähnlich sehen. »Wir hätten uns nur gewünscht, er hätte vorher mit uns darüber gesprochen.«

»Tja«, seufze ich, »darüber darf ich mir wohl als Letzte ein Urteil erlauben.«

Mir ist klar, dass meine Mum Emily und Greg alles erzählt hat. Unsere Eltern sind schlimmer als die Klatschpresse.

»Er muss das für sich tun. Und wir sind hier, um ihm den Rücken zu stärken, wenn er uns braucht«, sagt Emily. Sie strafft die Schultern und lächelt mich an. »Noch Limonade?«, fragt sie. Sie spielt mir etwas vor. Mein Dad hat mir erzählt, dass sie tagelang geweint hat, weil Adam weg ist.

»Hat …«, schüttele ich den Kopf. Ich traue mich gar nicht zu fragen, weil ich nicht sicher bin, welche Antwort ich gern hören möchte. »Hat er sich bei euch gemeldet?«

»Seit unserem Telefonat damals haben wir nicht mit ihm geredet. Aber wir haben uns darauf geeinigt, dass er jeden Abend kurz schreibt, ob alles okay ist, nur damit wir wissen, dass es ihm gut geht.«

»Und das tut er«, unterbricht Emily ihren Mann. Sie schenken sich ein flüchtiges Lächeln. »Meist schickt er nur ein ›Gute Nacht‹ oder ein Foto, aber das reicht.«

Der Kloß in meinem Hals drückt mir die Luft zum Atmen ab. »Huch, schon so spät«, sage ich eine Spur zu schrill und schaue auf mein Handgelenk. Ich habe noch nie eine Uhr getragen. »Ich muss dann wirklich langsam los.«

Ich kann meine Wut und die Trauer nicht länger aufhalten und ich habe mir fest vorgenommen nicht vor den Stevens zu weinen. Ich nehme mir jeden Tag aufs Neue vor, nicht mehr zu weinen. Geklappt hat es bislang nie.

»Grace.« Emily legt ihre Hand auf meinen Unterarm, während ich, in dem Versuch, meine Kehle freizuspülen, meine Limonade exe. »Irgendwann wird er vor deiner Tür stehen. Und dann kannst du dir sicher sein, dass er dir gehört. Glaub mir, mein Sohn macht keine halben Sachen.«

Ich stelle mein Glas zurück und blicke ihr in die Augen. Ich wünsche mir von ganzem Herzen, dass sie recht behält. Doch irgendwann welkt sogar ein Kaktus.

Warum meldet er sich bei allen, nur nicht bei mir? Ich will auch Fotos und was gäbe ich erst für ein »Gute Nacht«. Vielleicht finde ich niemals das passende Hobby oder meinen Traumberuf. Doch eins weiß ich mit hundertprozentiger Sicherheit. Ich liebe Adam Stevens und es bringt mich um den Verstand, dass er mich nicht bei ihm sein lässt.

»Ich sollte dann«, murmele ich und schreite mit so großen Schritten, wie mein enger Jeansrock zulässt, zur Haustür. Auf dem Weg zur Bahnstation krame ich mein Handy aus der kleinen Handtasche, die ich mal auf einem Flohmarkt gekauft habe. Sie hat die Form einer Kirsche und ist total albern. Aber ich mag sie. Und dann lasse ich meinen Gedanken freien Lauf.

Ich war gerade bei deinen Eltern. Also, bei Greg und Emily. Offensichtlich siehst du sie ja nicht mehr als deine Eltern. Und das obwohl sie alles für dich tun. Verdammt. Alles, Adam. Und du? Du geisterst durch die Welt und jagst etwas nach, das du vielleicht gar nicht finden willst. Ich weiß von deiner Geschichte. Dass deine leibliche Mutter tot ist, ist furchtbar und ich würde dich so gerne trösten. Aber du lässt mich nicht. Du meldest dich bei Jordan. Bei Greg und Emily, aber mich willst du offensichtlich nicht mehr. Vielleicht sollte ich aufhören auf dich zu warten. Vielleicht sollte ich aufhören dich zu lieben. Aber scheiße noch mal, weißt du was, du dämlicher Idiot? Ich kann nicht. Denn du bist das Erste in meinem Leben, das ich nicht einfach ersetzen kann. Ich kann an nichts anderes denken und das macht mich krank. Egal wie schlimm deine Kindheit war. Egal was du erlebt oder gesehen hast oder welche Familie du gerade gefunden hast. Scheiße noch mal, du kannst mir nicht sagen, dass du mich liebst und mich dann allein lassen. Dazu hast du einfach kein Recht. Ich hasse dich. Ich hasse dich. Ich hasse dich. Und ich liebe dich. Und ich will, dass deine Mum recht hat und du vor meiner Tür stehst. Ich will, dass du sagst, es ist für immer, und der Schmerz in meinem verdammten Herzen endlich aufhört, denn ich kann nicht mehr und ich weiß nicht, wie lange ich das noch aushalten kann.

Ohne meine Worte noch einmal zu überdenken, drücke ich auf senden und hasse mich im selben Moment dafür. Würde er sich doch einfach melden. Ich möchte ihn wirklich verstehen. Aber ich kann es nicht, wenn er sich nicht meldet.

Tut mir leid. Ich hasse dich natürlich nicht.

schicke ich in einer zweiten E-Mail hinterher und fahre nach Hause. Es ändert doch eh nichts. Adam ist weg. Und kein Mensch weiß, ob er je wiederkommt.

# Kapitel 27

**Adam**

»Ich kenne da jemanden, der könnte dir sicher einen guten Job besorgen.« Hanad bläst den Rauch seiner E-Zigarette in die stickige Luft seines Wohnzimmers. Mir ist klar, wie teuer die Mieten in Rotterdam sind, aber die Wohnung, in der mein Halbbruder zusammen mit meinem Onkel lebt, ist wirklich widerlich. Die Wände sind vergilbt, die Möbel alt und zusammengewürfelt. So oft ich auch in den letzten Wochen hier war, nie finde ich etwas Persönliches. Bilder. Die fehlen mir am meisten. Mit jedem Tag fällt mir das Malen schwerer.

»Danke. Cool von dir. Ich bin nur nicht sicher, ob ich einen brauche.« Wir führen diese Unterhaltung nicht zum ersten Mal. Mein Halbbruder wünscht sich ebenfalls, dass ich hier einziehe, wogegen ich mich weiter wehre.

Seit Stunden lungern wir auf seiner Couch und warten darauf, dass mein Onkel auftaucht. Es ist Samstagabend. Wir haben geplant auszugehen. Von Pünktlichkeit hält meine leibliche Verwandtschaft nicht viel.

Fast vier Wochen habe ich beinahe jeden Tag mit ihnen verbracht. Einen Bruder zu haben ist ein tolles Gefühl. Auch wenn wir nicht sonderlich viel gemeinsam haben. Weder unser Äußeres noch unsere Interessen lassen darauf schließen, dass wir verwandt sind. Hanad ist wesentlich dunkler als ich und auch was die Figur angeht, kreuzen sich unsere Gene kaum. Er ist nicht viel größer als Grace, dafür könnte man aus ihm drei von ihr machen.

Die ganzen Tage herrschte reger Verkehr in dieser Wohnung. Ich habe außer ihm und meinem Onkel noch jede Menge Tanten und Cousinen kennengelernt. Für keinen von ihnen schien es nur ansatzweise so bedeutsam, ein neues Familienmitglied in ihrem Clan zu haben, wie für mich. Die Familie meines leiblichen Vaters ist riesig. Ich blicke nicht im Ansatz durch, wer zu wem gehört.

Anfangs habe ich es genossen, Zeit mit ihnen zu verbringen. Einzelheiten zu erfahren. Über mich und meine Eltern. Ich kenne mittlerweile meinen ursprünglichen Namen. Adebowale. Für mich hört sich das stark nach einer Krankheit an. Jetzt ist mir auch klar, warum meine Mum mich A nennt. Und auch warum sie mich Adam getauft haben. Ich verstehe, warum sie all das getan haben und wir nie über meine Vergangenheit geredet haben. Denn die Dinge, die ich erfahren musste, waren schmerzlich. Dennoch glaube ich, es hätte mir viel Leid erspart, hätten wir es getan.

»Von deiner Kleinen?«, fragt Hanad. Ich habe nicht mal mitbekommen, wie er sich über mein Handy gebeugt hat. Er riecht nach Zimt und eine Reihe blitzweißer Zähne strahlt mir entgegen. Alle hier sind sehr gastfreundlich, das muss ich ihnen lassen.

Seit Stunden starre ich auf eine Nachricht von Grace. Er kennt weder ihren Namen noch wissen die Menschen hier Einzelheiten über meine Adoptivfamilie. Für mich gibt es zwischen ihnen eine Grenze und ich bin nicht bereit sie einzureißen.

»Hm«, brumme ich nur. Meine Laune ist schon den ganzen Tag im Keller. Bislang haben ihre E-Mails mir immer Kraft gegeben. Ihren Namen in meinem E-Mail-Postfach zu lesen hat mich mit Energie erfüllt. Doch die letzte Nachricht lässt mich einfach nicht mehr los, zieht mich runter bis auf den Grund meiner inneren Dunkelheit. Sie war bei meinen Eltern. Mir vorzustellen, wie sie gemeinsam mit ihnen in unserem Wohnzimmer gesessen hat. Mein Dad mit seinen altmodischen Hausschuhen und meine Mum wahrscheinlich völlig außer sich vor Sorge. Das macht mich fertig. So richtig müde und zerrissen. Bislang habe ich mich voll und ganz auf meine Mission konzentriert. Ich wollte alles herausfinden und vor allem wollte ich wissen, wer ich bin. Doch seit ich Gracys Worte gelesen habe, beschleicht mich eine entsetzliche Angst. Was, wenn sie mich vergisst? Was, wenn ich nach Hause zurückgehe und alle einfach ohne mich weitergemacht haben? Wenn ich kein Teil mehr von ihnen bin? Was dann?

Im Hintergrund läuft eine holländische Fernsehsendung und mein Halbbruder tippt auf seinem eigenen Handy rum. Ist es das hier wert? Sind diese

Leute, mit denen man zweifellos Spaß haben kann und die mich akzeptieren, ohne Fragen zu stellen, meine Familie? Möchte ich hier leben und mich bekochen lassen von Tanten, die kein Wort von dem, was ich sage, verstehen? Nach meinem ersten afrikanischen Essen war ich kurz davor, Grace zu schreiben. Ihr zu erzählen, wie sehr ich die Gewürze verabscheue und ich den halben Tag auf der Toilette verbracht habe. So viel zu ihrer DNA-Theorie. Ich habe es mir selbst verboten. Hätten wir nur den geringsten Kontakt gehabt, einer von uns wäre eingeknickt. Ich wollte nicht derjenige sein. Nicht bevor ich nicht im Reinen mit mir bin. Und jetzt stellt sich mir langsam nur noch eine letzte Frage: Habe ich alles beantwortet? Bin ich nach diesen Wochen schlauer als vorher? Weiß ich, wer ich bin, und kann endlich zu ihr zurückkehren? Denn das möchte ich unbedingt. Gracy zu verlassen war das Schwerste, das ich je tun musste.

Jede Nacht im Schlaf sehe ich ihr Gesicht vor mir. Wie sie mir mit Tränen in den Augen ihre Liebe gesteht. Die Stunden mit ihr waren alles für mich und die Tatsache, wie sehr sie mir fehlt, sollte Antwort genug sein.

Ich öffne mein Handy und richte zum ersten Mal seit Wochen mein Wort an sie.

Gracy,
erst einmal ... ich habe all deine E-Mails gelesen und du hattest recht. Die Vorstellung, wie du in einem mittelalterlichen Kleid Briefe mit echter Tinte schreibst und sie mir übers Meer schickst, hat etwas. Das wollte ich dir die ganze Zeit schon sagen. Auch wenn es nicht von Bedeutung ist. Denn es gibt so vieles, das ich sagen muss. Ich möchte all meine Erfahrungen und Erlebnisse der letzten Wochen unbedingt mit dir teilen. Denn du fehlst mir so. Ich denke oft an dich. Daran, wie sehr ich die Stunden mit dir genossen habe. Und da fällt mir ein. Du bist vieles, Baby, aber sicher kein Kaktus. Spaß beiseite, denn ganz oben auf der Liste mit Dingen, die du wissen musst, steht: Es tut mir leid.
Ich muss mich bei dir entschuldigen, dass ich dich allein nach Hause geschickt habe. Ich weiß nicht, ob das ein Fehler war. Das frage ich mich seither jeden Tag. Ich hoffe, dir ist klar, wie schwer mir das gefallen ist ...

Es klingelt an der Tür und ich stecke mein Handy in die Tasche, während Hanad mit seinen viel zu langen Hosen durch den Flur schlurft. Egal ob es mein Onkel ist oder irgendwelche Freunde meines Bruders. Ich werde die Mail später weiterschreiben. Wenn ich allein bin. Wenn ich in dem Bett liege, mit dem ich so viele Erinnerungen verbinde. Roy hat nicht schlecht gestaunt, als ich wieder auf der Matte stand. Ich habe Gracys Bett gemietet. Marissa, Rachel und die anderen sind mittlerweile alle weg und haben die letzte Vertrautheit, die mir blieb, mitgenommen. Doch wenn ich in der viel zu engen Koje liege, mit Fremden, die um mich herum schnarchen, fühle ich mich ihr ein Stückchen näher. Und nicht ganz so einsam. Denn obwohl ich mir das Zimmer mit sieben Menschen teile, die ich nicht kenne, und jeden Tag mit einem Haufen neuer Verwandtschaft konfrontiert werde, bin ich das. Einsam.

»Jo, Mann«, Hanad kommt gefolgt von zwei jungen Männern zurück, die ich nie zuvor gesehen habe, »Besuch.« Sie reichen mir freundschaftlich die Hand. »Das ist mein Bruder«, erklärt er ihnen. Sie wirken recht unbeeindruckt. Murmeln was auf Holländisch, was ich nicht verstehe. Außer einem »Hi« bringe ich ebenfalls nichts hervor. Was auch?

»Jeremiah ist ein Cousin zweiten Grades und wer der andere Kerl ist, weiß ich selbst nicht«, lacht mein Halbbruder und lässt sich zurück in die abgewetzten Kissen seines Sofas fallen.

Ich blicke zu den Jungs, die sich wie selbstverständlich auf das andere lümmeln. Alle hier sind nett und aufgeschlossen. Man gibt mir das Gefühl, Teil dieser Gruppe zu sein, die aus den unterschiedlichsten Menschen besteht. Und dennoch ist alles, was ich in diesem Augenblick denken kann: Es wird Zeit, nach Hause zu fahren.

# Kapitel 28

»Happy birthday, lieber Jordan, happy birthday to you«, singen alle im Chor und mein Bruder verzieht das Gesicht zu einer Grimasse, weil Mum ihn vor seiner neuen Freundin dazu zwingt, die Kerzen auszupusten. Achtzehn. Mein kleiner Bruder wird volljährig. Kaum zu glauben. Unser Garten ist voller Menschen. Die ganze Verwandtschaft ist gekommen. Meine Grandma Karen, meine Stiefgrandma Rita, alle Onkel und Tanten. Einige Freunde von Jordan und die Nachbarn. Meine Eltern lieben es, große Feste zu feiern. Tagelang hängen sie Girlanden zwischen den Bäumen auf und organisieren so viel Essen, dass wir noch tagelang davon haben. Mein Onkel Chandler beschallt den Garten mit Musik und bunten Lichtern und alle unterhalten sich ausgelassen.

»Na, mein Spätzchen?« Meine Grandma Karen ist gerade mal Mitte sechzig, aber sie sieht aus wie vierzig. Ihre langen blonden Locken und die schmale Taille lassen sie so jung wirken. Nur in ihrem Gesicht zeichnen sich die Jahre ab.

»Granny«, sage ich und stoße mich von der Hauswand ab, an der ich lehne, um sie zu begrüßen. Ich gebe mir die größte Mühe, fröhlich zu sein, aber es fällt mir schwer. Die meiste Zeit halte ich mich in der Küche auf oder versuche mich zu verstecken.

Vier Wochen lang habe ich nichts von Adam gehört. Vier Wochen gegen drei Tage, die wir gemeinsam erlebt haben, und langsam zweifele ich an meinem Urteilsvermögen. Vielleicht habe ich mir all das einfach nur eingebildet und es war nicht von so immenser Bedeutung, wie ich es eingeordnet habe.

Ich schließe meine Grandma in eine herzliche Umarmung. Sie fehlt mir. Seit wir Whistable vor vier Jahren verlassen haben, sehen wir uns nicht mehr allzu oft. Zwar ist es nur knapp eine Stunde mit dem Auto, aber vorher sind es nur wenige Häuser gewesen, die uns getrennt haben. Jede freie Minute habe ich bei ihr verbracht oder tagelang bei ihr übernachtet.

»Ich vermisse dich«, lasse ich meinen Gedanken freien Lauf und muss aufpassen, dass ich genug zwinkere, um meine Mascara nicht zu verwischen.

»Dann komm doch raus nach Hause.« Sie hält mich bei den Oberarmen und lächelt mich an. »Das Haus steht so einsam da. Und solange du hier nichts zu tun hast, können wir Austern schlürfen und Muschelketten basteln.«

Meine Granny schafft es immer, mich zum Lachen zu bringen. Schon oft habe ich die Wochenenden bei ihr verbracht und lange Strandspaziergänge gemacht, anstatt mich mit meinen Freundinnen in Londons Nachtleben zu stürzen. Unser Zuhause in Whistable fehlt mir. Und jetzt, da die Sommertouristen langsam eintrudeln, kehrt wieder Leben in das kleine Küstenstädtchen. Ich habe das immer geliebt. Unser Haus in Ilford ist toll und ich mag London, aber ich werde immer in dem alten Haus am Meer zu Hause sein. Vielleicht wäre eine Auszeit am Meer genau das Richtige, um einen klaren Kopf zu bekommen.

»Wenn ich ehrlich bin, habe ich schon darüber nachgedacht.« Seit Wochen suche ich nach einem Ausweg aus meiner … ich will es mal Situation nennen.

»Oh, ich hätte nichts gegen ein bisschen Gesellschaft.« Seit Dads Schwester Hope vor vielen Jahren gestorben ist, ist meine Grandma ziemlich einsam. Sie war körperlich behindert und Granny hat sich für ihre Pflege aufgeopfert. Wir alle wussten, dass ihre Lebenserwartung nicht besonders hoch war, und dennoch hat es alle hart getroffen. Meine Eltern hatten die Hoffnung, Grandma zöge anschließend zu uns in die Stadt, aber sie weigert sich bis heute vehement. Ich kann das gut verstehen.

»Sieh ihn dir an«, lacht sie und zeigt zu Jordan, der umständlich versucht seiner Freundin einen Arm um die Schulter zu legen. Es funktioniert nicht wirklich.

»Er wird erwachsen«, lache ich mit ihr.

»Und ich alt.« Sie nimmt mich an der Hand und versucht mich in den Garten zu führen. »Komm, lass uns Kuchen essen. Es gibt nichts, was ein gutes Stück Torte nicht wieder ausbügeln kann.«

Ihr Gesicht verrät, dass sie alle Einzelheiten kennt. Natürlich. Bei den Handersons kann man kein Problem für sich behalten. Da wird grundsätzlich alles im großen Kreis kommuniziert.

»Ich muss noch schnell Dad helfen, dann komme ich«, lüge ich, denn ich brauche einen Moment für mich allein. Torte kann mir nicht helfen. Genau wie mein hübsches rotes Kleid mit den weißen Punkten, das ich trage. Es ist mein Lieblingskleid. Wahrscheinlich nützt mir das ebenso wenig wie die Idee, ein paar Wochen ans Meer zu flüchten. Nichts kann mir wirklich helfen, denn der Kaktus steht immer noch da. Er verspottet mich dafür, dass meine Hoffnung einfach nicht verschwinden will. Es ist ausweglos. Langsam nervt mich dieses Wort so richtig.

Die ersten zwei Wochen hatte ich mein Handy in jeder freien Minute dabei, in den Tagen danach bin ich nur noch bei jedem Benachrichtigungston panisch geworden. Mittlerweile juckt es mich nicht mehr. Denn Adam schreibt sowieso nicht. Ganz gleich was ich ihm an den Kopf werfe. Und ich habe wirklich einiges versucht.

Deswegen habe ich keine Eile, als ich die Ankunft einer E-Mail höre, nachdem ich mich in mein Zimmer geschlichen habe. Ich werde mich nicht lange drücken können, aber wenigstens kurz durchatmen werden sie mich lassen. Ich kann spüren, wie das Mitleid meiner Familie nach und nach weicht und sie erwarten, dass ich mich zusammenreiße. Als hätte ich es nicht versucht …

Ich scrolle durch drei Nachrichten von Marissa, die schon länger auf eine Antwort wartet, und eine von Scott. Er hat mir ein Bild geschickt. Von mir. Ich lehne an der Hauswand und starre in den Garten. Ich sehe traurig aus. *Jetzt lach endlich wieder, ich bin nicht mehr sauer,* steht drunter. Idiot. Als ob mich das interessiert. Nachdem ich es gelöscht habe, öffne ich die E-Mail-App und mein Herz bleibt stehen.

**Adam Stevens**
**Betreff: Wiedersehen**

Eine Gänsehaut breitet sich auf meinem Körper aus und ich befürchte jeden Augenblick zu hyperventilieren. Ich weiß nicht, was ich tun soll. Schreien? Heulen? Lachen? O mein Gott.

»Nun lies erst mal«, meckere ich mich selbst an und spüre, wie mein Puls in meinem Hals pocht. Er hat mir geschrieben. Er hat mir geschrieben. Es ist nicht vorbei. Mit zitterndem Finger öffne ich die Nachricht.

Gracy,
erst einmal ... ich habe all deine E-Mails gelesen und du hattest recht. Die Vorstellung, wie du in einem mittelalterlichen Kleid Briefe mit echter Tinte schreibst und sie mir übers Meer schickst, hat etwas. Das wollte ich dir die ganze Zeit schon sagen. Auch wenn es nicht von Bedeutung ist. Denn es gibt so vieles, das ich sagen muss. Ich möchte all meine Erfahrungen und Erlebnisse der letzten Wochen unbedingt mit dir teilen. Denn du fehlst mir so. Ich denke oft an dich. Daran, wie sehr ich die Stunden mit dir genossen habe. Und da fällt mir als Erstes ein. Du bist vieles, Baby, aber sicher kein Kaktus. Spaß beiseite, denn ganz oben auf der Liste mit Dingen, die du wissen musst, steht: Es tut mir leid.
Ich muss mich bei dir entschuldigen, dass ich dich allein nach Hause geschickt habe. Ich weiß nicht, ob das ein Fehler war. Das frage ich mich seither jeden Tag. Ich hoffe, dir ist klar, wie schwer mir das gefallen ist.
Aber ich bin auch nur ein Mensch und habe, was dich angeht, eine Menge falsch gemacht. Den ersten großen Fehler habe ich begangen, als ich dir meine Gefühle verschwiegen habe. Den zweiten, als ich dir in Rotterdam nicht die Wahrheit erzählt habe. Ich wollte es. Als wir am Klavier saßen. Du so wunderschön in dem neuen sexy Rock und der Frisur aussahst, die ich so an dir liebe.

Wie von selbst fasse ich mir in meine Haare. Ich trage sie heute genau wie damals. Ich wünschte, er wüsste das. Mit einem tiefen Seufzer lese ich weiter.

Und ich einfach nur feige war. Feige und dumm. Ich habe es nicht fertiggebracht. Heute kann ich nicht mal mehr sagen, was mich damals abgehalten hat. Wahrscheinlich hatte ich einfach Angst. Ich weiß es nicht mehr. Schon komisch, am

Ende bin ich es gewesen, der dich verlassen hat. Ich, der jahrelang auf dich gewartet hat. Ich habe unschöne Dinge über dich und deine Familie gesagt. Auch das bereue ich. Ich habe nichts davon ernst gemeint. Du weißt, wie sehr ich dich und deine Familie respektiere.

Dass ich mich nicht bei dir gemeldet habe, hat nichts mit meinen Gefühlen für dich zu tun. Ganz im Gegenteil. Den anderen Nachrichten zu schreiben ist mir nicht schwergefallen, aber mir ist klar gewesen, würde ich dir nur eine einzige Zeile, schon ein einziges Wort schreiben, würde ich dem Drang nachgeben, bei dir sein zu wollen. Denn das wollte ich. Die ganze Zeit. Mehr als alles andere. Ich bin mir nicht sicher, ob du verstehst, warum ich das hier allein machen musste. Es war keine Lüge, dass ich kaum noch Erinnerungen an früher habe, aber was ich in meinem Kopf habe, war grausam und verschwommen und hat mich beinahe aufgefressen. Ich musste Klarheit haben. Verstehen, warum ich dort bin, wo ich bin. Und das musste ich allein tun. So sehr, wie ich deine Nähe brauche oder ich die Tage mit dir genossen habe. Es war mir ernst, als ich sagte, dass ich erst mit mir ins Reine kommen muss. Und ja, ein kleiner Teil in mir hat auch gezweifelt. An dir. Das gebe ich zu. Denn du bist ein leidenschaftlicher Mensch und wirfst dich so schnell Hals über Kopf in irgendetwas, ohne darüber nachzudenken, ob du es wirklich willst. Ich hatte Angst, mit mir wäre es genauso. Jahrelang habe ich dich still geliebt und ertragen nicht in deiner Nähe sein zu können, wie ich es gewollt hätte. Und ausgerechnet dann, wenn ich mich selbst verliere, musst du mir deine Liebe gestehen. Ich wusste nicht, was ich tun soll. Ich hätte dir die Wahrheit sagen müssen. Hätte dich bitten müssen auf mich zu warten. Stattdessen habe ich mir das genommen, nach dem ich mich all die Jahre so sehr gesehnt habe. Ich konnte nicht anders. Und das tut mir leid. Ich hätte es anders machen sollen. Und dennoch bereue ich keine Minute, die wir zusammen in diesem Hotel verbracht haben. Es waren die schönsten Stunden meines Lebens.

Ich bin mir nach deinen letzten Nachrichten nicht sicher, ob du mir oder uns noch eine Chance gibst, aber du sollst wissen, dass ich dich liebe. Ich liebe dich von ganzem Herzen. Und das habe ich schon immer. Ich habe an dich gedacht, während ich meinen ersten Kuss von Melissa bekommen habe, und ich habe dich geliebt, als ich mit Carina Rodriguez mein erstes Mal hatte. Nie zuvor habe ich einer anderen Frau gesagt, dass ich etwas für sie empfinde, denn ich wollte nicht lügen. Niemals hätte ich mein Herz einer anderen geben können, gehörte es doch die ganze Zeit nur dir. Das musst du mir bitte glauben. Ich hoffe, wir finden die Zeit, miteinander zu reden. Denn ich würde gerne mit meiner besten Freundin über das sprechen, was ich in den letzten Wochen erlebt habe. Es gibt einiges, das ich verarbeiten und verstehen muss, und ich wünsche mir nichts mehr, als dass du mir dabei hilfst. Es gibt noch immer so viel Ungesagtes und das will ich ändern. Endlich!

Bis dahin vergiss mich nicht. Verzeih mir und lächele etwas öfter. Die Menschen, die dich lieben, machen sich Sorgen um dich, Baby.

Ich sitze im Bett des Hostels und esse den Kuchen, den du so magst. Den mit Marzipan und Schokolade an den Enden. Das Zeug ist widerlich. Aber ich esse sie, denn sie erinnern mich an dich.

In Liebe
Adam

Pausenlos laufen Tränen über meine Wangen. Aus meinem Kaktus ist mit jeder weiteren Zeile ein bunt blühender Baum geworden und ich lache. Allein in meinem Zimmer sitzend lache ich und starre auf das Handy, das in meiner zitternden Hand hin und her wackelt.

Ich habe keine Ahnung, wie lange mir der Mascara schon über das Gesicht läuft, doch irgendwann werden aus den Freudentränen richtige. Ich lese die Zeilen wieder und wieder und versuche jedes seiner Worte in mir aufzusaugen.

»Ich hoffe, du weinst nicht nur, weil du den hier vermisst.«

Ich hebe meinen Kopf und erstarre. Im wahrsten Sinne des Wortes. Alles setzt aus. Mein Puls. Die Zeit. Das Sonnensystem. Alles steht still. Denn das ist er. Der Moment, auf den ich neunundzwanzig Tage und acht Stunden lang gewartet habe.

Adam. Vor meiner Tür. In hellblauem T-Shirt, meiner Lieblingsjeans und einem Päckchen Kuchen in der Hand. Den mit Marzipan und Schokolade an den Enden.

»O mein Gott! Ich glaub, ich muss kotzen«, ist das Erste, das ich laut ausspreche.

Wir müssen beide lachen und dann gibt es kein Halten mehr. Ich springe von meinem Bett und springe ihm so schwungvoll in die Arme, dass er kurz nach hinten taumelt.

»Ich halte dir die Haare, wenn's sein muss«, flüstert er in mein Ohr und ich kann nicht fassen seine Stimme zu hören. Ganz real. Nicht nur in meiner Phantasie. »Ich habe mir sagen lassen, du würdest gerne hören, dass es für immer ist«, schmunzelt er. Und es sind wirklich seine Hände, die meine Taille umfassen und mir über den Rücken streicheln.

»Das ist kein Traum, oder?« Ich presse mein Gesicht noch dichter an seine Haut. Er riecht genau wie in meiner Erinnerung, die mich tagein und tagaus begleitet hat.

»Nein«, sagt er und streichelt über mein Haar. »Ist es nicht.«

Als ich die Augen das erste Mal einen Spalt öffne, sehe ich unsere Eltern am anderen Ende des Flurs stehen. Meine Mum hat die Hände vor dem Mund gefaltet und Emily weint, während Greg ihre Hand hält. Mein Dad schüttelt nur lachend den Kopf. Ich schlinge meine Arme noch etwas fester um Adams Hals und schließe die Augen wieder.

»Ich liebe dich so sehr«, gestehe ich ihm meine Gedanken.

Er löst mich ein Stück aus unserer Umarmung und legt seine Hände um mein Gesicht. Dabei wischt sein Daumen meine Wangen trocken. »Und ich liebe dich.«

Und endlich küssen wir uns. Seine Lippen liegen federleicht auf meinen und verursachen ein gigantisches Feuerwerk in meinem Bauch. Meine Gefühle übermannen mich und alles überschlägt sich. Der Wunsch, bei ihm zu sein. Mit ihm zu reden. Zu hören, was er erlebt hat. Mit unseren Familien zu feiern.

»Danke, dass du gewartet hast.« Seine Lippen schweben dicht vor meinen. »Danke«, wiederholt er und küsst mich erneut.

»Auch wenn ich oft verzweifelt gewesen bin oder an uns gezweifelt habe. Ich hatte immer Hoffnung. Denn unsere Liebe ist nicht nur wie eine Blume, die im Frühling blüht. Sie ist viel mehr und auch wenn ich noch genauso planlos bin wie vor einigen Wochen. Ich habe dich nie aufgegeben.«

Adam strahlt und seine Daumen streicheln sanft über meine Haut.

»So fühlt sich kein Kaktus an«, flüstert er.

»Okay, ich habe dich verflucht und in Gedanken angeschrien. Habe deinetwegen tagelang nicht geduscht und alle Menschen mit meinen Stacheln gepikst. Ich habe dich gehasst und war kurz davor, nach Rotterdam zu fahren, um dir eine zu verpassen, weil ich einfach immer ...«

»Grace«, unterbricht er mich und sein Lächeln wird noch breiter. »Halt die Klappe!«

Und das tue ich. Ich gehe auf die Zehenspitzen, ziehe ihn am Saum seines Shirts zu mir hinein und verpasse der Tür einen Tritt, sodass sie laut und scheppernd zuknallt.

»Was?«, fragt Adam und blickt hinter sich.

»Halt die Klappe«, lache ich und drücke meine Lippen auf seine.

Vielleicht gibt es noch viel Ungesagtes. Aber wir haben Zeit. Denn vor uns liegt ein ganzes Leben.

# Epilog

»Hab ich schon erwähnt, wie ätzend ich sie finde?« Mit übertriebenem Schwung schütte ich neue Süßigkeiten in die fast leeren Schüsseln. Da das Wetter für Ende Oktober recht mild ist, sind mehr Kinder unterwegs als in den Vorjahren.

»Nur gefühlte hundert Mal.« Adam schlingt seine Arme von hinten um mich. »Jetzt hör auf dich darüber aufzuregen«, lacht er und beißt mir in den Hals.

»Lass das«, kichere ich und werfe die leeren Verpackungen in den Abfall.

»Hallo?«, protestiert er und postiert sich neben mir an der Arbeitsfläche. »Ich bin ein Vampir. Ich darf das.«

»Damit sollten wir warten, bis unsere Eltern das Haus verlassen haben. Denn ich habe wenigstens noch etwas Anstand im Gegensatz zu dieser ...«

Adam lacht nur. Die weiße Schminke, die wir in seinem Gesicht verteilt haben, spannt dabei um seine Augen.

»Hast du das gesehen? Sie steckt ihre Zunge in seinen Hals, obwohl mein Dad danebensitzt.« Ich hasse die neue Freundin von meinem Bruder. Wirklich. Sie ist so was von oberätzend. In den letzten Monaten waren es vier verschiedene, die er uns vorgestellt hat. »Musste er sie unbedingt heute das erste Mal mitbringen?«

»Au«, schreit Adam, als ich ihm auf die Finger klopfe, weil er den Kindern die Süßigkeiten wegisst.

»Gracy«, sagt er und der Klang in seiner Stimme hat noch denselben Effekt wie bei unserem ersten Kuss. Ich schmelze dahin. Vergessen sind der Ärger über diese blöde Kuh, die sich bei meiner Mum einschleimt, nur weil sie auf Fußball steht. »Cool bleiben.«

Er streicht mit den Händen über seinen Kopf, bleibt aber an der Axt, die so aussehen soll, als würde sie in seiner Schädeldecke stecken, hängen. »Herrgott, ich kann einfach nichts Sinnvolleres sagen, wenn du so aussiehst. Es ist, als ob mein Gehirn ausgeschaltet hätte, seit du dich verkleidet hast.«

Mein Kichern übertönt die Stimmen aus dem Wohnzimmer. Wochenlang habe ich mich nicht für ein Kostüm entscheiden können. Und dann dieses Desaster.

»Ich fasse das mal als Kompliment auf.«

»Oh«, haucht Adam neben meinem Ohr und lässt seine Hände meine Taille rauf- und runterwandern. »Das solltest du unbedingt. Du bist die schärfste Wonderwoman, die ich je gesehen habe«, sagt er und gibt mir einen Klaps auf den Po.

»Ihr seid eklig«, unterbricht Jordan uns, der mit seiner Freundin, Wonderwoman 2.0, im Schlepptau in die Küche kommt. Allein wie sie an seiner Hand hinter ihm herdackelt und das Kaugummi in ihrem Mund andauernd platzen lässt. Ob ich mich je damit anfreunden kann, dass mein Bruder seine Freundinnen wechselt wie andere ihre Unterwäsche? Wenigstens werde ich diese hier ganz sicher nicht vermissen. Die letzte habe ich nur einmal kurz zu Gesicht bekommen, als wir zu Besuch bei meinen Eltern waren.

Nachdem Adam aus Rotterdam zurück gewesen ist, sind wir nach Whistable gegangen. Ich habe meinen Plan in die Tat umgesetzt und ihn direkt mitgenommen. Wir haben uns ein paar Wochen Auszeit gegönnt. Es gab eine Menge nachzuholen und wie sich herausgestellt hat, eignet sich mein Elternhaus perfekt dafür.

»Na, das sagt der Richtige«, zische ich und vermeide den Blickkontakt mit Beverly oder wie auch immer sie heißt.

»Wir sind dann weg. Da gibt's diese Party«, grummelt er und ehe er sich vernünftig verabschiedet hat, verlassen sie das Haus durch die schmale Hintertür.

»›Danke für das tolle Essen, Grace und Adam. Und auch danke, dass wir euch besuchen durften. Es war wirklich nett. Und entschuldige vielmals. Ich wollte dir dein Kostüm nicht klauen, Grace‹«, meckere ich hinter ihnen her und werde mit jeder Silbe aggressiver, weil die Tür schon längst geschlossen ist.

Adam schnappt sich einen letzten Schokoriegel aus der Schüssel und lacht nur.

»Jetzt komm, Wonderwoman. Es wird Zeit für das Dessert, ehe unsere Väter nicht mehr geradeaus laufen können.«

Seit ich denken kann, feiern unsere Familien im großen Stil Halloween zusammen. Früher haben wir Kinder uns verkleidet und sind um die Häuser gezogen. Heute haben Adam und ich alle nach Whistable eingeladen. Wir haben ein gigantisches Menü auf die Beine gestellt und den ganzen Tag das Haus geschmückt. Mir war dieser Tag sehr wichtig. Es ist der erste Feiertag, den wir gemeinsam feiern. Als Paar.

Nach Jordans Geburtstag gab es keine Gelegenheit mehr, alle gemeinsam an einen Tisch zu bringen.

Natürlich wussten unsere Eltern damals, dass Adam an diesem Tag zurückkommen würde. Alle wussten es. Nur ich nicht. Nachdem sie meine schlechte Laune wochenlang ertragen mussten, wollten sie mich überraschen. Meine Familie weiß, wie sehr ich Überraschungen hasse.

Nach der ersten Euphorie, die die ganze Nacht über gedauert hat, kamen alle Gefühle zum Vorschein, die ich so lange für mich behalten hatte. Ich habe ihn angeschrien und geheult und bin in seinen Armen zusammengebrochen. Und dann haben wir geredet. Lange. Ich habe ihn in den Arm genommen und er hat mir alles erzählt, was in den vier Wochen ohne mich passiert ist.

Adam hat in Rotterdam einen Bruder gefunden. Zumindest einen Halbbruder. Sie haben sich mehrmals getroffen und auch seinen Onkel väterlicherseits und jede Menge entfernter Verwandter durfte er kennenlernen. Er hat viel über seine Kindheit erfahren. Dass seine Mum eine Entwicklungshelferin war, die von Rebellen getötet wurde, als er knapp ein Jahr war. Er musste mit ansehen, wie sie auf sie einschlugen, bis ihr Körper den Strapazen nicht mehr standhielt. Sein Vater hatte Schwierigkeiten, ihn allein großzuziehen, und seine neue Frau wollte das Baby einer Weißen nicht akzeptieren.

Als Lauren in der Nähe des Dorfes eine Schule aufgebaut hat, hat sein Vater ihn ihr anvertraut. Er hat ihn ihr einfach in den Arm gelegt und ist gegangen. Ohne sich umzudrehen.

Ich glaube, am meisten macht ihm zu schaffen, dass er nie die Gelegenheit bekommen wird, mit seinen Eltern darüber zu reden. Sein Vater ist vor einigen Jahren gestorben. Der Bruder ist achtzehn, wie meiner, und kam mit seinem Onkel vor zehn Jahren nach Rotterdam. Adam sagt, egal wie lange er mit ihnen geredet hat, es bleiben Fremde für ihn. Sie hat nichts miteinander verbunden außer einer Blutlinie. Natürlich war ich mehr als erleichtert ihn wieder in die Arme zu schließen. Vor allem zu sehen, wie er mit reinem Gewissen Greg und Emily als seine Familie ansehen kann. Dennoch tut es mir leid für ihn. Ich weiß, wie sehr er darunter leidet, dass er seine Wurzeln niemals verstehen wird.

Vor zwei Monaten haben wir Lauren gesehen. Es war unglaublich. Meine Tante ist für einen kurzen Besuch in England gewesen und wir haben alle Hebel in Bewegung gesetzt und uns mit ihr getroffen. Sie nach all den Jahren wiederzusehen war wirklich schön und sie hat sich Zeit genommen, um Adam alle Fragen zu beantworten. Sie hatte Fotos dabei von dem Dorf, aus dem er stammt, und der Zeit, die er mit ihr in Kenia verbracht hat. Es war sehr emotional. Wir haben geweint und gelacht. Es zusammen durchgestanden. Ich glaube, unterm Strich haben ihm diese Stunden mehr gebracht als vier Wochen Rotterdam.

Denn Emily hat recht behalten. Seit dem Tag, an dem Adam mit dem Kuchen in der Hand in meinem Zimmer stand, sind wir zusammen. Ganz und gar. Keine Lügen. Keine Geheimnisse.

»Vielleicht solltest du Koch werden«, lallt mein Dad, nachdem ich das Dessert serviert habe und er den ersten Bissen seiner Crème brulée gekostet hat. Er und Greg machen an Halloween grundsätzlich eine Flasche Whiskey auf. Irgendeine dämliche Tradition, die von meinem Grandpa stammt.

»Haha. Sehr witzig. Du hättest als Clown gehen sollen.« Ich strecke ihm die Zunge raus.

Es ist komisch, dass Adam und ich plötzlich im Haus meiner Eltern die Gastgeber sind. Aber seit wir zusammen sind, ist unser ganzes Verwandtschaftsverhältnis komisch. Dass wir zu sechst an der hübsch gedeckten Tafel zwischen Kürbissen und Teelichtern sitzen. Doch auch daran werden wir uns alle gewöhnen. Und es wird ja nicht für immer so sein wie jetzt. Adam muss zurück an die Uni und ich … Ja, was ist eigentlich mit mir? »Aber … wo wir gerade dabei sind.«

Ich sehe rüber zu Adam. Mir fällt es auch schwer, ihn ernst zu nehmen, wenn er eine Axt auf dem Kopf hat. Er nickt mir aufmunternd zu.

»Oh … Irgendwie gefällt mir der Anfang dieses Satzes nicht.« Meine Mum, alias eine gute Fee, setzt ihren Hut ab und stellt ihn auf den Tisch. »Wenn du jetzt sagst, dass du schwanger bist, kotze ich höchstwahrscheinlich das Roastbeef aus.«

Adam und ich müssen beide lachen. Noch heute Morgen haben wir darüber diskutiert, ob ich die Gabe, etwas Unpassendes zu sagen, von meiner Mum geerbt habe. Unsere Eltern akzeptieren das mit uns. Zumindest geben sie sich größte Mühe.

»Weil du gewartet hast, bist du alt genug und verheiratet warst?« Ich ärgere sie nur ein bisschen.

»Grace Charlotte Handerson.« Mein Dad scheint mit einem Mal stocknüchtern.

»War doch nur ein Spaß«, lache ich. »Ich weiß, wie man die Pille nimmt, Dad.«

Adam schüttelt nur schmunzelnd den Kopf. Die Stevens machen den Anschein, als würde das Dessert in ihrem Hals feststecken.

»Ich will das nicht hören«, jammert mein Dad meine Mum an.

»Du wolltest ein Mädchen. Da hast du sie.« Sie setzt ihren Hut wieder auf und tätschelt ihm die Wange. Er ist heute Batman.

»Also, falls es noch irgendjemanden interessiert, was ich eigentlich zu sagen hatte. Ich habe eine Lehrstelle«, platzt es aus mir heraus und ich richte mich auf meinem Stuhl ein bisschen auf. Ich weiß es schon seit gut zwei Wochen, aber ich wollte es ihnen persönlich sagen.

»Du hast was?«, singen sie beinahe synchron im Chor.

»Ich habe eine Lehrstelle«, wiederhole ich voller Stolz. »Ich werde nicht zurück zur Uni gehen und auch nicht mit euch nach Ilford kommen. Ich werde hierbleiben und mich zur Schneiderin ausbilden lassen.«

»Du wirst dich zur Schneiderin ausbilden lassen«, wiederholen sie meine Worte und ich muss lachen.

»Wollt ihr jetzt alles nachäffen, was ich sage?«

Adam drückt mein Bein und schenkt mir mein geliebtes Alles-wird-gut-Lächeln. Auch wenn ich es eigentlich gar nicht mehr brauche. Denn es ist schon alles gut.

»Eine kurze Erklärung wäre ganz nett«, zwitschert meine Mum und verkrampft ihre Lippen zu einem gequälten Lächeln.

»Die Sache ist die ...«

»Irgendwie fängt bei Grace jede Katastrophe mit diesen Worten an.« Mein Dad stützt seine Batman-Ohren in die Hände.

»Ach komm schon«, lache ich. Ich bin so glücklich, sie können sagen, was sie wollen. Ich weiß, dass das der richtige Weg ist. Ich weiß es einfach.

»Und du bleibst auch hier?« Emily, die als Hippie verkleidet ist und irgendwie gar nicht wirklich verkleidet aussieht, fixiert ihren Sohn.

»Jetzt lasst sie doch erst mal ausreden«, meckert Adam, kann sich aber ein Schmunzeln nicht verkneifen. Unsere Familie ist einfach vollkommen durchgeknallt.

»Die Sache ist die. Ich will nicht wieder zurück in die Stadt. Ich bin glücklich hier. Ich liebe das Haus und es ist auch nicht verkehrt, wenn jemand in Grandmas Nähe ist.«

»Damit hat sie recht«, unterbricht mich mein Dad und zeigt mit dem Dessertlöffel auch mich.

»Und ich habe so viele Dinge an der Uni ausprobiert. Das ist einfach alles nichts für mich. Ich möchte etwas mit den Händen tun.«

»Schneidern«, bringt meine Mutter ein.

»Genau. Vor ein paar Wochen habe ich diese wundervolle Schneiderei entdeckt und der Besitzerin angeboten ihr ein bisschen zu helfen. Du weißt, wie gerne ich verrückte Klamotten nähe.«

»Allerdings«, lacht meine Mum. Schon als Kind haben wir oft zusammen genäht und ich habe sie gezwungen die Dinge zu tragen, die ich für sie gemacht habe.

»Sie macht das wirklich gut«, unterstützt Adam mich. »Barbara ist total verliebt in sie.«

»Barbara?«, fragt Emily. Greg hat die Arme vor der Brust verschränkt und beobachtet alles stillschweigend.

»Barbara Hopkins? Ist die nicht schon hundert?«

Ich verziehe das Gesicht und schenke meinem Dad einen zornigen Blick.

»Ist sie nicht. Sie ist sehr talentiert und hat mir eine Lehrstelle angeboten. Also werde ich Schneiderin. Und ich liebe es jetzt schon.«

»Und du?« Irgendwie scheint Emily das Talent für vollständige Sätze verloren zu haben.

»Ich werde kein Schneider«, erwidert Adam und ich bin die Einzige, die lacht.

»Ich werde zurück nach London kommen und studieren. Allerdings würde ich die freien Tage und Wochenenden hier verbringen, sofern ihr nichts dagegen habt.« Damit wendet er sich an die gute Fee und Batman, die beide aussehen, als ob sie jeden Augenblick vom Stuhl fallen würden.

»Also«, sage ich, nachdem keiner sich rührt. »Was sagt ihr dazu?«

Jetzt, nachdem es endlich raus ist, kann ich in Ruhe mein Dessert genießen. Den ganzen Tag bin ich fast verrückt geworden vor Nervosität.

»Grace«, meine Mum faltet die Hände auf dem Tisch und ich lasse den Löffel doch noch mal sinken, »du brauchst unsere Zustimmung nicht.« Sie sieht meinen Dad an und greift nach seiner Hand. »Wir lieben dich und werden dich unterstützen, ganz gleich was du vorhast. Und was dich angeht«, wendet sie sich an Adam, »du bist hier genauso zu Hause wie das kleine Schneiderlein.« Ein Strahlen breitet sich auf ihrem Gesicht aus. »Irgendwie gefällt mir das.« Sie klatscht in die Hände.

»Zumindest solange du sie nicht schwängerst«, schiebt mein Dad hinterher und Greg verschluckt sich an seinem Whiskey. Wir alle müssen lachen. Adam zieht mich zu sich heran und küsst mich auf die Schläfe.

Wir reden wild durcheinander. Stellen Fragen über meine neue Lehrstelle und wann es für Adam an der Uni weitergeht. Alle fünf Minuten klingelt eine Horde Kinder und bettelt nach Süßigkeiten. Wie immer herrscht das reinste

Chaos. Aber das ist es, was uns ausmacht. Das ist es, wer wir sind. Und das ist es, worauf es ankommt. Wir sind eine Familie. Wir fangen einander auf, wenn wir fallen, und das ist das größte Geschenk auf der Welt.

Ich weiß, Adam und ich sind beide noch nicht dort, wo wir einmal stehen wollen. Aber ich weiß, dass wir beide unseren eigenen Weg gehen können, ohne einander zu verlieren. Denn ich liebe ihn und er liebt mich. Wir gehören einfach zusammen. Vielleicht war es bereits unser ganzes Leben vorherbestimmt, dass wir zusammenfinden. Wer weiß das schon. Fakt ist. Wir haben uns gefunden. Und ich werde alles daransetzen, ihn nie wieder zu verlieren.

**ENDE von Band 1**

# Danksagung

Mit Grace und Adam startet der Auftakt zu einer neuen Trilogie und wenn das kein Grund ist, dankbar zu sein, dann weiß ich es auch nicht. Spaß beiseite. Ich danke dem Impress-Verlag von ganzem Herzen. Ihr gebt mir die Chance, so viel zu lernen und daran zu wachsen. Etwas, das mir jeden Tag bewusst ist und wofür ich sehr dankbar bin. Insbesondere gilt mein Dank Larissa Bendl. Wir durften gemeinsam unser erstes Projekt starten und ich würde mal behaupten, wir waren von der ersten Minute an ein super Team. Ich habe mich bei dir stets gut aufgehoben gefühlt. Nicht zuletzt, weil du immer ein offenes Ohr für mich hattest und mich in meinen Ideen unterstützt hast. Das ist nicht selbstverständlich und ich bin darüber wirklich sehr glücklich. Ich hoffe, wir können noch viele Romane zusammen auf den Weg bringen. Und wenn ich gerade über grandiose Lektorinnen schreibe, dann sollte ein Name nicht ungenannt bleiben. Yvonne Lübben. Wow! Was soll ich sagen? Wir haben uns vor langer Zeit kennengelernt, dann mussten wir uns verabschieden und auf einmal arbeiten wir so eng gemeinsam an der To-Me-Reihe. Als ich davon erfahren habe, war die Freude groß. Doch unsere Zusammenarbeit hat dann noch mal alles getoppt. Danke. Für deine Geduld, für dein Talent, meine kleinen Fehlerteufel aufzudecken, und dein Engagement, alles aus meinen Texten rauszuholen, was in ihnen steckt. In jedem Buch steckt auch ein Teil der Lektorinnen und ich bin glücklich, dass du ein Teil von Grace und Adam bist.

Wenn wir über Verlagssachen sprechen, sollte ich mich unbedingt bei Dana Müller-Braun bedanken. Sie war es, die das wundervolle Cover zu meinem Roman entworfen hat. Doch, liebe Dana, auch wenn es dir nicht klar ist, so steckst du nicht nur im Cover dieser Geschichte. Du warst mir in all unseren Gesprächen und Nachrichten Inspiration. Als wir uns das erste Mal gesehen haben, war es, als würden sich alte Freunde treffen. So wie bei Grace und

Marissa. Ganz viel deiner Intelligenz und Empathie stecken in Marissa und ich wünschte, die Menschheit würde die Welt ein bisschen mehr wie durch deine Augen sehen. Du bist ein großartiger Mensch.

Ein Spin-off zur Secret-Reihe war nie wirklich geplant und kam für mich genauso überraschend wie für meine Leser. Es war eine fixe Idee zwischen Hausarbeit und Corona-Wahnsinn, die sich binnen Stunden in meinem Kopf festsetzte und die nächsten Wochen nicht mehr loslassen sollte. Es vergingen nur wenige Tage, bis der Verlag grünes Licht gab. Und das ist in der Regel der Moment, in dem ich mich gedanklich von meiner Familie und Freunden verabschiede, um in eine andere Welt abzutauchen. Meist kehre ich erst wieder vollständig zurück, wenn das Wörtchen »Ende« unter einem Roman steht. Und aus diesem Grund muss ich mich wie immer, aber in diesem Fall besonders, bei meinem Mann bedanken. Du hast alles aufgefangen. Kinder, Homeschooling, Haus und Garten, Freunde und Familie. Und das nur, damit ich die Chance hatte, ungestört meine Kreativität auszuleben. Nie zuvor hat mich ein Mensch so respektiert, wie du es tust, und dafür liebe ich dich mehr, als ich je für möglich gehalten habe. Danke!

Ich danke meinen Kindern, die wie bei jedem Buch die Zeit ohne Mama mit zu viel Playstation und McDonalds genießen und eher als Urlaub anstatt als Opfer ansehen. Dieses Buch widme ich euch. Denn ihr seid großartige Menschen, denen Geschlecht, Hautfarbe und Äußerlichkeiten egal sind. Eines Tages werdet ihr Männer sein, wie die Welt sie viel mehr bräuchte. Eine neue Generation, die ohne Rassismus und Intoleranz durchs Leben geht. Ich bin unendlich stolz auf euch.

Und zuletzt danke ich natürlich meinen Lesern. Denn ohne euch macht all das keinen Sinn. Zuallererst natürlich meine Testleser, auf die ich mich immer verlassen kann. Danke, dass ihr jederzeit bereit seid mit mir zu plotten oder über Charaktere zu diskutieren. Und natürlich fürs fleißige Lesen und Korrigieren. Eure Meinung bedeutet mir viel und ich möchte kein Buch ohne eure Stimme in den Buchladen schicken. Aber auch all meine anderen Leser liegen mir sehr am Herzen. Wie auch schon in den letzten Büchern kann ich nur wiederholen, wie sehr es mich freut, wenn ihr euch bei mir meldet. Jede Rezension, Rückmeldung oder einfach nur ein lieber Gruß bereichern mein Leben. Denn jeder Einzelne von euch erfüllt mir mit dem Lesen meiner Bücher ein Stück meines Traums.

Besucht mich auf meinem Instagram-Account (mimiheeger) oder auf Facebook.

Liebe Grüße

Mimi

DIE MACHT DER GEFÜHLE
TAUCH EIN IN ROMANTISCH-FANTASTISCHE GESCHICHTEN.
IM PRESS
#IMPRESSBOOKS
ALLES VON IMPRESS HIER:
IMPRESSBOOKS.DE

Impress
*Die Macht der Gefühle*



**Impress**
Ein Imprint der CARLSEN Verlag GmbH
November 2020

Lektorat: Yvonne Lübben
Umschlagbild: shutterstock.com / © Nika Mooni / © Vandathai / © nadia
Umschlaggestaltung: formlabor, Dana Johanna Müller-Braun
Satz und Umsetzung: readbox publishing, Dortmund
Druck und Bindung: CPI Books GmbH, Birkach
ISBN 978-3-551-30330-1
Printed in Germany
www.carlsen.de/impress

Alle Bücher im Internet: www.carlsen.de